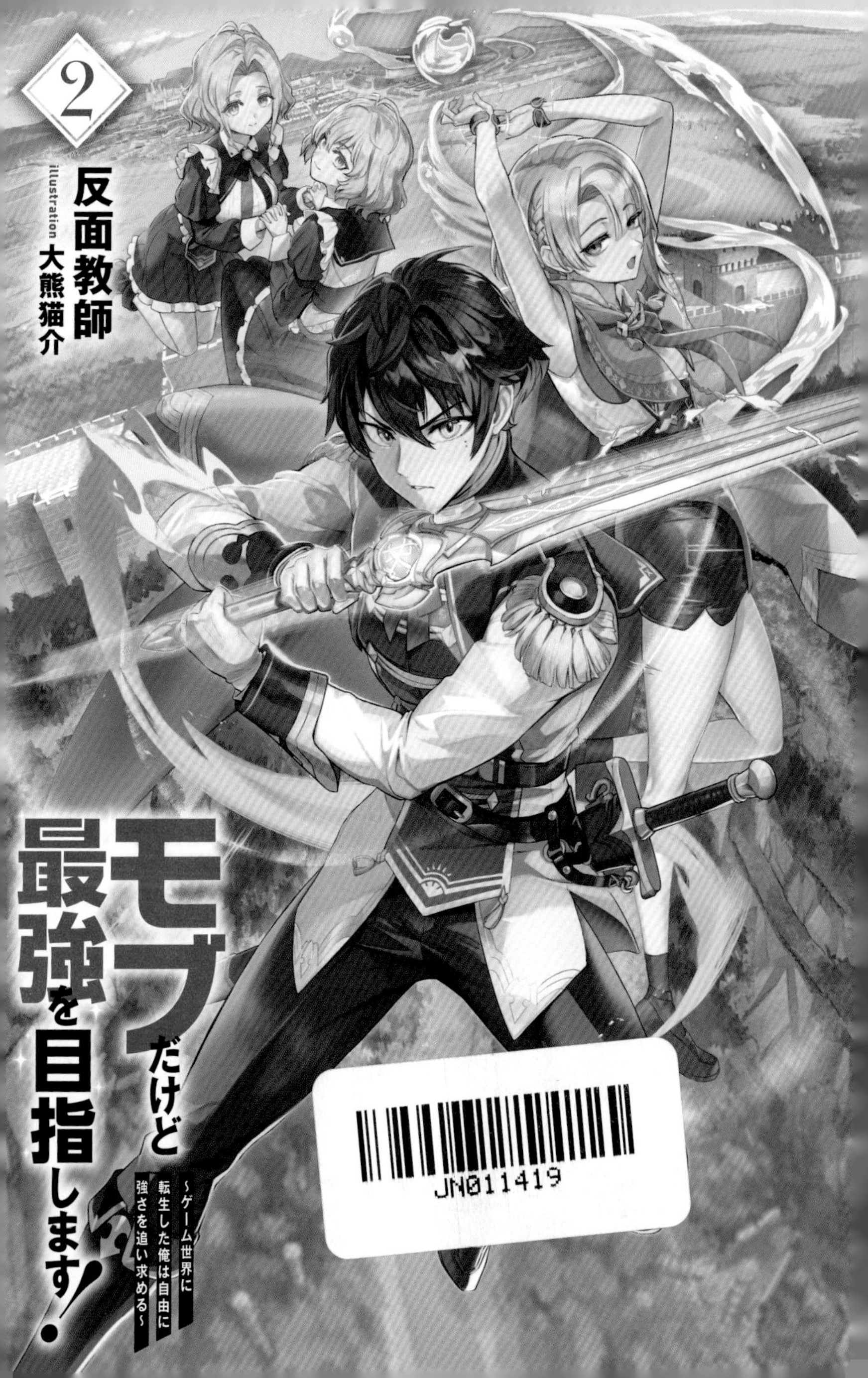
2
反面教師
illustration 大熊猫介
モブだけど最強を目指します！
～ゲーム世界に転生した俺は自由に強さを追い求める～
JN011419

ヘルメス
レア

フェローニア
フロセルピア
アトラス

風の妖精
シルフィード
「妖精と契約できた!? ついに俺も妖精魔法が使えるのか!!」
風の妖精と契約――新たなステータスが追加されました
「きゅる～」

Contents

プロローグ　魔法の申し子

ある日の夕暮れ。

すべての授業が終わり、その日の放課後。

開いた窓から流れ込んでくるわずかに熱気を帯びた風に頬《ほお》を撫《な》でられながら、そろそろ夏も間近だな……という感想を口にする暇もなく、俺は正面に立った女子生徒に声を掛けられた。

彼女は勢いよく人様のテーブルを叩《たた》くと、口端に笑みを刻んで言った。

「ヘルメスくん、魔法を教えてほしいんだけど」

内容は酷《ひど》くシンプルだった。捻《ひね》りもないし、こちらが理解するのに時間を必要としない。

会話はスムーズに行われるべきだ。常々俺もそう思っていたが、今回ばかりはあまりにも唐突すぎて困惑せざるを得ない。

「急にどうしたのかな……？　レア嬢」

彼女の名前はレア・レインテーナ。

特徴的な明るい空色の髪を、窓から差し込む夕陽《ゆうひ》が照らしてやや赤く染まっている。それはそれで幻想的な光景だ。青に赤が混じる、たったそれだけでも美しく、儚《はかな》い印象を与えた。

そして同時に、彼女のミステリアスな雰囲気に拍車をかける。

まっすぐ向けられた黄土色の瞳に、妖しい輝きのようなものが見えた。ささいな動揺を隠そうと

もしない俺に対し、依然笑みを浮かべたままのレアは言葉を続ける。

「学年別試験だよ、学年別試験」

「学年別試験？　この前結果が貼り出されたアレかな」

「うん、それ」

彼女は首を縦に振って肯定する。

「ボクももちろん結果は見たよ。魔法試験は自信があったからね」

「確かレア嬢の点数は満点だったと記憶してるよ。さすがは魔法の申し子」

トリルキルティス王国どころか、他国にまで響く二つ名を持つだけあって凄《すご》いね。

俺は素直に称賛の言葉を口にした。けれど、彼女は微妙な表情を作る。

「ありがとう、ヘルメスくん。同じく満点を取ったヘルメスくんにそう言ってもらえて嬉《うれ》しいな。……けど、内容は全然違うんだ」

ぽつりとレアが零《こぼ》す。

「ボクの点数は、他の生徒基準で満点だった、だけ。それに比べてヘルメスくんは、満点以上の点数を付けられなかった」

「それは……」

レアの言葉は俺の図星を突いた。

彼女の言うとおり、俺が魔法試験で見せた〝並列魔法起動〟などは、他の学生では再現することすら不可能な技術だ。大人だって驚くほどの未知の技である。

他にも、魔法の申し子であるレア・レインテーナすら凌駕《りょうが》する魔法の威力。それらが、ただ四種類の属性を見せたレアと同列に扱われているのが、彼女は許せないのだろう。

先ほど言った自信。むしろ並々ならぬ自信があったからこそ、レアは強いショックを受けている。

その上で「魔法を教えてほしい」という提案。何となく、彼女の意図が読めた気がした。

「ううん、別にボクに同情してほしいってわけじゃないんだ。少なからず残念ではあったけど、それとは別に新たな魔法の可能性を見られた。それだけでも感謝すべきだよ。君の魔法は明らかに学生レベルを逸脱していたからね」

そう言いながら、徐々にレアのテンションが上がっていく。体を前のめりに突き出し、顔を近づけてきた。

「……ねぇ、ヘルメスくんはどうやって魔法を同時に使ったの？　どうすれば魔法を同時に発動できるの？　教えてほしい。ボクが差し出せるすべてを渡してでも、知りたい」

爛々《らんらん》と力強く輝くレアの瞳が、普段より明るく見えた。彼女は一瞬たりとも、俺の顔から視線を外さない。

内心で（ひぃぃぃぃッ！　レアの顔が近いぃぃぃぃッ！　可愛《かわい》いなぁ……）と複雑に情緒がバグッていた。赤面を必死に理性で抑えつけ、体が後ろに動くのを耐える。

落ち着け……落ち着くんだ、俺。オーバーリアクションなど取ったらカッコ悪い……。最強を目指す俺はカッコよさも重視するのだ。

沈黙が数秒ほど続き、ヘルメスらしさを何とか維持して俺は答えた。

「そ、そうだね……レア嬢になら魔法の並列起動を教えてもいいよ」

「ほんと!?　あれは並列起動って言うの？」

「ああ。正確には、俺は〝並列魔法起動〟って呼んでる」

「並列魔法起動……なるほど、シンプルだからこそ分かりやすい名前だね」

ようやくレアの顔が離れた。

少しばかり残念と思うのは、俺の心が汚れている証拠かな？

「それじゃあ早速、今から……は、ちょっと訓練場を借りるのが難しいかな？　明日の放課後に魔法の訓練を手伝ってくれない？」

ジッとレアに見つめられた。

彼女のどこか甘えるような仕草に、俺は「うっ」とたじろぐ。

いけないいけない……かなり身長が低めのレアに過剰な反応をすると、自分が恐ろしく罪深い存在に思えてくる。いや、レアは同い歳《どし》だし、大人っぽい雰囲気はあるけどさ。

俺が噂《うわさ》で変態野郎と言われないためにも、何より主人公のアトラス君のためにも、適切な距離感を保たなきゃいけない。その上で、彼が今後迎えるであろうレアの個別ルートのために、俺は彼女に魔法を教えることに決めた。

きっと将来的に彼女の命を助けることになるだろう。それを祈って首を縦に振る。

「了解。レア嬢ならきっとすぐ複数の魔法を同時に扱えるようになるよ」

「うん、頑張る！」

グッと拳を握り締め、レアは純粋な笑みを浮かべた。

そして翌日。

約束どおり、レアが俺の下へやってきた。

時刻は午後三時を回った頃。まだ外には明るい青空が広がっていた。

俺と彼女はクラスメイトなのだから、剣術の実技が終わった瞬間に駆け寄ってきても何らおかしくはない。特に汗をかいた様子もないレアは、木剣を片手ににじり寄る。

「さあ！　さあさあさあ！　授業も終わったことだし、これからすぐに魔法訓練に入ろうよ、ヘルメスくん。ちゃんと第二訓練場の一角は予約してあるよ」

「気合が入ってるね」

いつの間に訓練場を予約したんだ。というか距離が近いです。今は傍《そば》にミネルヴァとアルテミスがいるから、あんまり近づかれると二人に誤解される。

案の定、俺たちの様子を見たミネルヴァが怪訝《けげん》な声を発した。

「……あの、お二人共」

「は、はい」

「ずいぶん仲がいいですね。私《わたくし》、ヘルメス様がレアさんと友人だったなんて話は初耳ですよ？　どういうことですか？」

最後の「どういうことですか」という部分に妙な力が込められていた。まるで浮気がバレた男の修羅場みたいな、ひりついた空気が漂う。

もちろん俺はミネルヴァと付き合っていないし、近しい関係でもない。だが、彼女のオーラに気《け》圧《お》される。

やや声を震わせながら答えた。

「実は、昨日――」

「――ボクとヘルメスくんは大事な大事な用があるんだ。悪いけど独占させてもらうよ？　ミネルヴァさん」

「レア嬢!?」

俺の言葉を遮って、彼女はぺらぺらと余計なことを言う。

あぁ!?　ミネルヴァの額に青筋が浮かんだ！

きっと、自分との訓練の時間が奪われると解釈したんだろう。隣に並ぶアルテミスも、この世の終わりと言わんばかりに顔を青くさせている。

「そ、そんなぁ……ヘルメス様が私たちを裏切るなんて……」

「う、裏切る!?」

何がどうしてそうなった。

そもそもレアが勝手なことを言ってるだけで、ちゃんと二人の剣術指南も続けるつもりだ。

俺は慌てて自らの潔白を証明し、二人を安心させるための説明を始める。

「落ち着いて聞いてくれ、二人共。俺はレア嬢に魔法の技術を教えると約束したんだ。だから、少し彼女に付き合う必要がある」

「つ、付き合う!?　交際ですか!?」

「違いますよ!?」

大丈夫かミネルヴァ。さっきから二人共的外れなことばかり言ってるぞ。いったい何に動揺しているんだ……。

「魔法を教えるだけ！　それだけですから！」

「むぅ……そこまであからさまに否定されると、いくらボクでも傷付くよ？」

「そう言われてもね……」

レアはこれ以上余計な火種を投下しないでほしい。見てご覧、ミネルヴァとアルテミスの顔を。これでもかと動揺してるし、二人共捨てられた子犬みたいになってる。

俺は全然悪くないはずなのに心が痛んでしまう。今すぐレアとの魔法訓練を中止したい。

だが、それはダメだ。一度約束した以上はしっかり教えてあげないと。ヘルメスの評価が落ちるのはもちろん、レアに嫌われたらそれはそれで悲しい。

ここはミネルヴァとアルテミスに理解してもらうのが一番だろう。そう思っていたが、二人は予想外の返答をした。

「で、では！　その訓練に私たちも交ぜてください」

「お、お願いします！」

「ミネルヴァとアルテミス嬢も？」

こくこく、と二人は激しく首を縦に振った。

俺は「うーん」と考え込む。

「レア嬢に教えている技術は、まだミネルヴァとアルテミス嬢には早いと思う。魔法の並列起動はかなりの高等技術だよ？」

特にアルテミスが厳しい。ミネルヴァはワンチャンあるかな？

「それでも私たちは知りたいんです！」

「教えてもらえないでしょうか」

「……分かった。でも、一つ条件がある」

「「条件？」」

ミネルヴァとアルテミスは同時に首を傾《かし》げた。

「さすがに全員に同時に教えるのは厳しい。俺にも訓練があるからね。そこで、二人には課題を出します。――〝魔力操作〟の技術を上げてくれ」

「魔力操作の技術？」

「詠唱に頼らず、魔力操作で魔法を使うんだ」

これは後ほどレアにも教えるが、先に彼女たちには魔力操作《こっち》を習得してもらう。

並列魔法起動は魔力を上手《うま》く制御できないと成立しない技術だ。魔法に傾倒したレアはともかく、バランスよく学んでいるミネルヴァとアルテミスは魔力操作からじっくり練習しないといけない。

「なるほど……ヘルメス様のように魔法を使えるようにならないとダメなんですね」

「はい。だから二人で魔力操作の訓練をお願いします。もちろん、暇な時は俺も手伝うし、並列魔法起動も教えますよ」

「分かりました！　頑張りましょう、ミネルヴァ様！」

バッと手を上げてアルテミスがやる気を漲《みなぎ》らせる。

この様子なら、すぐにでも二人は魔力操作の感覚を摑《つか》むだろう。俺の負担も減って一石二鳥だ。

早速、ミネルヴァとアルテミスは俺たちと同じように第二訓練場の一室を借りるために職員室へ向かった。

その背中を見送り、改めてレアと第二訓練場へ足を運ぶ。

▼△▼

場所を移して第二訓練場。

ミネルヴァたちとは別れて、レアと共に足を踏み入れた。

光景自体は第一訓練場とほとんど変わらない。違う点といえば、剣術用ではなく魔法用の的が置いてあることとくらいだろうか。

「そこそこ時間を取られちゃったし、さっさと始めようか、ヘルメスくん」

「そんなに急がなくても練習には付き合うよ。約束だからね」

「ボクが早く始めたいんだ。新しい技術が学べると思うとワクワクする」

「気持ちは分かるよ、凄く」

俺もレアと同じ気持ちを抱いていた。

新しい技術というのは素晴らしい。まるで目の前にある新しい玩具《おもちゃ》を見ているような気分になる。

だが、並列魔法起動は危険を伴うため、しっかり、丁寧に説明しなきゃいけない。

俺は人差し指を立て、そのことをレアに伝える。

「とはいえ並列魔法起動は、一歩でも間違えると怪我を負うリスクがある。俺も右手を吹き飛ばしかけてメイドに怒られた」

メイドのフランが、俺の脳裏でムッとした表情を浮かべていた。

「おほん」と咳払《せきばら》いを挟んで続ける。

「レア嬢も両親に迷惑をかけないように、慎重に魔法を学ぼうね。いいかい？」

「了解。絶対にヘルメスくんの指示には従うよ。約束する」

「よろしい。じゃあ並列魔法起動のやり方を説明するね」

俺はかつて、自分が用いた練習方法と、魔法の並列起動に必要なイメージをレアに伝えた。

その際、レアに「魔力総量とか魔法の威力を求めるなら、バンバン外に出てダンジョンに潜るのが効率的だよ」とも伝える。

レアはダンジョンに潜ったことがあるのか？

「ああ、確かにね。ボクもダンジョンに潜ると強くなった気がするよ」

やはりというかなんというか、この世界では〝レベル〟という概念が周知されていない。鑑定の魔法道具があってステータスが見られるのに、俺と彼女たちとではステータスの見え方が違うのだ。

前に試したことがある。レベル以外の情報は同じだったが、どうしてもレベルだけが見えない。

対して俺は、自分のレベルまで好きな時に見られる。

きっとこれは、転生者である俺に与えられた恩恵の一つだ。しかし、他の人たちにもレベルという概念自体はあるはずなんだ。じゃなきゃレアがダンジョンに潜っても実力は向上しない。

もしかすると魔法の熟練度が上がって威力が上昇しただけかもしれないが、今後、ミネルヴァたちの経過も観察しつつ考察は続けていこう。

目の前で熱心に俺の話を聞くレアを見ながら、ふとそんな考えを巡らせた。

「……どうかな、レア嬢。並列魔法起動に関しては理解できた？」

説明すること数十分。

なるべく俺は、レアに分かりやすいよう噛《か》み砕《くだ》いて並列魔法起動のイメージなどを伝えた。

すると彼女は、うんうんと頭を捻りながらも小さく頷《うなず》く。

「たぶん大丈夫……かな？　やったことがないから自信はないけど、ここからは頑張って練習してみる」

「そうだね」

実践が最も効率のいい練習であることを俺はよく知っている。

もしレアが、俺の説明で並列魔法起動の習得に成功すれば、今までの説明はミネルヴァとアルテミスにも適用できる。無論、レアが特別天才なだけかもしれないが、少なくとも成功例が一つでもあるなら無駄に説明を変える必要はなくなる。

俺もまた、彼女の傍で魔法の練習をしながら様子を窺《うかが》った。

「魔法を複数、同時にイメージする。できるだけ最初は簡単な形に……」

ぶつぶつと呟《つぶや》きながら、レアは掌《てのひら》に魔法を浮かべた。

レアが構築したのは、水の初級魔法。小さな、野球ボールくらいの水球が空中に浮かぶ。

彼女は火・水・風・土の四属性に適性を持つが、一番得意な属性は水らしい。おそらく無意識のうちに現れた水球の横に、早速火の魔力が現れ――パシャッと最初に発動した水の魔法ごと空中で拡散した。

レアの体が水でずぶ濡《ぬ》れになる。

「うぅ……さすがに失敗かぁ」

水を浴びて服が肌に張り付いていた。

その扇情的な姿に、俺は思わず視線を逸《そ》らす。

「お、俺も最初は上手くいかなかったよ。こういうのは、反復練習すればするほど馴染《なじ》んでいくから……」

「そうだよねぇ。せっかくヘルメスくんが面白い魔法の技術を教えてくれたんだし、ボクも我慢強く練習しなきゃ」

そう言って、自分の姿を顧みることもなくレアは再び魔力を練り上げる。

今度も水球だった。一番スムーズに出せるのが水の魔法なんだろう。次に火をイメージしたのか、めらめらと小さな炎が出ては——魔法が飛び散る。

二度目の失敗だ。

幸いにも二番目に構築している火の魔法は、完全に炎としての形になる前に霧散している。でなければ、下手《へた》するとレア自身に炎が引火して大変なことになる……が、まあ服が濡れているから大事に至ることはないはずだ。

傍に俺もいるし、いつでも神聖属性の治癒魔法を使ってあげられる。

掌に炎を浮かべながら、しばらく意識をレアに割いた。

レアは悔しそうに、それでいて楽しそうに何度も魔法を発動する。

結局、一度も成功することはなかったが、魔力切れを起こすまで彼女の特訓は続いた。

時間にして二時間。

魔力が空になったことでレアが地面に転がる。顔もわずかに青い……魔力欠乏だ。

「大丈夫？　レア嬢」

「へ、平気……でもないけど、少ししたら治る……よ」

「なら休憩だね。ずっと集中してたしちょうどいい」

俺はインベントリから水筒を取り出し、倒れた彼女に手渡した。

「あれ？　ヘルメスくん飲み物持ってたの？」

「こっそりとね。それを飲んでゆっくり休むといいよ」

「はあい。できれば時間を無駄にはしたくないんだけどねぇ」

「魔力がないんだ、しょうがないさ」

レアの気持ちは痛いほどに分かる。

俺たち人間は、魔力の総量が決まっている。それは決して無限じゃない。だから、いかに効率よく魔法を使い、技術を吸収するのかが大事になってくる。

ゲームの頃もそうだったが、時間は無限にあっても足りないくらいだ。レアも技術を知った今が一番楽しいはず。ゲームだって、買って数日はずっとプレイしていたいくらい楽しい。

しかし、魔力がなければ魔法は使えない。世知辛い世の中だ。

ごくりと水筒の水を飲み下したレアは、むくりと体を起こして俺の顔を見た。

「そうだ、ヘルメスくん」

「ん？」

「ヘルメスくんは、ボクに並列魔法起動を教えてくれたけど、ボクはまだヘルメスくんに何もお返しができていないよね。何か欲しい物はある？　ボクが用意できる物ならなんでも用意するよ」

「あー……そういえば、そんな約束だったね」

正直、レアに魔法技術を教えるのはそれだけで俺にも得がある。何より、人に技術を教えるのって気持ちいい。すでに満足してるから、別段欲しい物もない。

しいて言うなら、魔法に関係したアイテム……あ、せっかくだし、アルテミスの父親が探していたアイテムに関して質問をするのは悪くないかもしれない。

そう思って視線を彼女に向けると、レアはにやりと不敵に笑って唐突に言った。

「もちろん報酬がボク自身というのも悪くないね」

「へ？」

「ボクの体だよ、体。結婚して子供を作るってこと」

「――ぶっ！」

たまらず俺は噴き出した。

だが、ツッコまずにはいられない。

「いやいやいや！　俺がレア嬢にそんなこと頼むわけがないだろう。変態とでも思われているのかな!?」

「そんなことないよ。ただ、ボクとヘルメスくんの間に子供ができたら、その子はきっと人類史上最高の天才になると思わない？」

「思わない」

そんなこと考える必要はない。レアはアトラス君と結ばれる運命にある。

せめてアトラス君がレア以外のヒロインを選んだ時にもう一度言ってほしい。その時は喜んでレアを嫁に迎えたいものだ。俺だって彼女が好きだから。

けれど、今は拒否する。

「ぶぅ。ヘルメスくんはいけずだね。……まあそれは冗談として」

「心臓に悪い冗談はやめてくれ……」

最近、ミネルヴァにもされた質《たち》の悪い冗談だ。

ヒロインから迫られる分には嬉しいけど、なまじ前世の記憶があるから、素直に受け取ることができない。だってこの世界は……原作主人公アトラス君のための世界だから。

「本当の報酬は、きっとヘルメスくんも気に入ると思うよ」

「すでに決まってたんだ」

「一つはね。それだけで並列魔法起動に釣り合うとは思わないけど、ヘルメスくんなら興味を抱くはずさ」

「いったい何かな？」

そこまでレアが言うなら楽しみになるってものだ。

かすかなワクワクを胸に、彼女の話に耳を傾ける。

レアは笑みを浮かべたまま言った。

「ヘルメスくんは知ってるかな？　――妖精魔法って」

「妖精……魔法？」

初めて聞く単語に俺は首を傾《かし》げた。

レアは軽く頷《うなず》く。

「うん、そう。〝妖精魔法〟。それがボクから提示できるヘルメスくんへの報酬」

「それってどんな魔法なんだ？」

「詳しくは知らない。ごめんね。ボクも絵本に出てくる妖精が使う魔法ってことくらいしか知らないんだ。でも、面白くない？　妖精が使う魔法」

「面白いね」

絵本に妖精と呼ばれる存在が出てくるのは、ヘルメスとしての記憶にあった常識の一つだ。しかし、妖精が魔法を使えることは言われなきゃ思い出せなかった。

すっかり忘れていたな……そうだよ、妖精魔法。こんな面白いテーマをなんで俺はスルーしていたんだ。

ここが俺の知るゲームの世界だから、ついシステムにないものを無意識のうちに弾《はじ》いていたんだろうな。自由度の高い剣術や魔法を使っておきながら。

盲点だった。

「ボクの家にはたくさん魔法に関する本があるんだけど、その中に妖精が魔法を使っていたってという一文があったんだ。著者は不明。メモみたいなものだったし、信憑性《しんぴょうせい》は決して高くないけれど……長い歴史のあるこの学園に、ひょっとすると似た本が置いてある可能性は高いよ」

「というと？」

「絵本で読んだことない？　王都の学園は、妖精が住んでいた湖の上に建てられてる。ずいぶん気になる話だろう？」

「なるほど。絵本の内容は、空想じゃなかったと」

「ボクはそう思ってる。じゃなきゃ幾つも妖精に関する本が残ってるはずもないだろうし」

うーん……それに関しては怪しい点がある。

俺が前に住んでいた地球でもそうだったが、空想話はどんどん誇張や妄想、尾ひれが付いて広がるものだ。神話しかり、精霊や妖精、天使しかりとね。

何千、何万の時が過ぎたあとにはただの情報しか残らない。それを証明する証拠もない。

だから、本当に妖精魔法なるものが存在するかは怪しい。学園の建設に関しても、湖云々《うんぬん》のくだりが本当かも分からないしね。

だが、それは言わないお約束だ。

レアが信じて探そうとしているなら、この世界を愛した俺もまた、彼女の意見に同意する。こういうのは、結果も大切だが過程も大切だと俺は思う。

互いに瞳を輝かせ、俺は言った。

「いいね、妖精魔法。本当にあるならぜひ習得したい。もしくは見てみたい」

「習得？」

こてん、とレアが首を傾げる。

「妖精しか妖精魔法が使えない――とは書いてなかったんだろう？　じゃなきゃレア嬢が俺に妖精魔法の話をするとは思えない」

魔法のことが知りたいだけなら、それは学者の仕事だ。俺は実際に覚えて試したいタイプ。それはレアも同じはず。

彼女はしばし目をぱちくりしたあと、にやっと笑う。

「正解。本当にヘルメスくんは他人とは思えないね」

「でも、妖精魔法をどう探すべきか……正直、雲を摑《つか》むような話だ」

「そこはほら、この学園にも図書室があるから」

「それしかないか」

「うんうん。二人で探せば半分の時間で見つかるかもよ」

「決まりだな。〝並列魔法起動〟の訓練をしながら、妖精に関する本を探す。これが当面の俺たちの目的だ」

最初はレアに並列魔法起動を教えるだけだったが、これは面白い流れになってきたな。

ひょっとすると、俺はさらに力を付けることができるかもしれない。新たな要素は、それだけ強くなるための秘訣《ひけつ》だ。

「魔力切れを起こしたら図書室に行くってのはどう？　どうせしばらく魔法が使えないわけだし」

「効率的だね」

「でしょ」

にかっとお互いに笑い、その場で立ち上がった。

一度やりたいことが決まると、俺とレアはいてもたってもいられなくなった。水筒を受け取り、こっそりインベントリに収納してから第二訓練場を出る。

そして、まっすぐ第三棟にある図書室を目指した。

▼△▼

レアと肩を並べて、第一棟から第三棟へ移動する。

第一棟には、主に午後の実技訓練と生徒個人の訓練場所として訓練場が。第二棟には、座学を受けるための教室や教師たちのスペース、他にも談話室などの共有スペースが。

そして第三棟には、生徒会室や図書室、その他特殊な用途に合わせた部屋が幾つも存在する。

俺とレアはその一つ、図書室に足を踏み入れた。

「今日は人が少ないね」

扉を横にスライドし、静寂に包まれた図書室に入った瞬間、きょろきょろと周りを見渡してレアはそう呟《つぶや》いた。

「学年別試験も終わったし、今頃はほとんどの生徒が実技に取り組んでいるんじゃないかな」

「ふーん。まあ、人がいないほうが探し物はしやすいからボクはいいんだけどね」

そう言ってすたすたと書架のほうへ向かっていく。探し物の基本は隅からじっくりと、だ。

二手に分かれて端から書架を確認していく。

「歴史に関する本が多いな……ワンチャン、この辺りに妖精に関する本とかあればいいんだが」

分かっていたことだが、妖精に関する本は簡単に見つからない。俺もレアも、なるべく早く本を探していくが、どれもこれも妖精とは関係ない国の歴史だとか、食べ物の歴史だとかばかりだった。

あとは大半が魔法に関係する本だな。魔法書と違って、著者が自分の感じたこと、やったことなどを綴《つづ》っただけの日記帳みたいなやつ。こんなの見てもなんの参考にもならない。宗教のような祈りを捧《ささ》げてる本もあった。

そんなこんなで、俺もレアもひたすら熱中しつつ本を探した。

しかし、一時間ほど過ぎても、それらしい情報は得られなかった。たまに妖精に関する本はあったが、絵本以上の収穫はなく、目を通すだけ無駄なことが多い。

せめて学園の歴史に関する本があれば、それっぽい情報の一つもあるかもしれないが……なぜか、学園に関する歴史の本は一冊も見つからなかった。

意図的に隠されているとすら感じる。

「どう、ヘルメスくん。何か有益な情報は見つかった？」

レアがひょっこりと書架の横から顔を出して問う。

残念ながら、と言うように俺は首を左右に振った。

「いや、今のところ妖精魔法の情報はほぼないね。レア嬢が読んだっていう絵本に関しては幾つか載ってるんだけど、そんな情報あっても意味ないし」

「だよねぇ。ボクも概《おおむ》ね同じかな。この図書室結構広いし、すべての本に目を通すには時間がかかるなぁ」

「最初から時間がかかることは分かっていたのに、いざ目の前にすると尻込みするね」

「ほんとにね」

お互いにため息を吐《つ》く。

下手《へた》すると、一学期の暇な時間は読書で埋まってしまいそうなほどの数だ。この世界は中世をベースにした設定で、タイトルのない本なんてごまんとある。その中から妖精魔法の情報だけ抜き取ろうとすると、いくらあっても時間が足りないな。

いっそこの図書室を管理する司書に話を聞いたほうが早いかもしれない。司書だからといって、妖精に関する本を知ってるとは思えないが。

「ねえ、レア嬢……うん？」

レアに声をかけようとした瞬間、ふいに視線を感じて振り返る。

「あれは……」

振り返った俺の視線の先には、書架の隅からこちらを窺《うかが》う二人の女子生徒がいた。

見慣れぬ女子生徒だ。

両方とも似た顔立ちをして、髪色も同じだ。どちらも薄い緑のような髪を肩まで伸ばしている。ところどころ跳ねていて個性的だが、やっぱりどこからどう見ても俺の記憶にはなかった。

首を傾げながらも声を掛ける。

「君たち、こんな所で何をしているのかな？」

図書室にいるのだから本を読みに来ているはずだ。ならば俺たちを見ている説明がつかない。

そんなにうるさかったかな？

申し訳ない気持ちをぶら下げて一歩前に踏み出すと、双子っぽい二人の女子生徒はビクリと肩を揺らした。

「……ん？　ごめん、怖がらせちゃった？　別に何もしないよ。どうして俺のことを見ていたのかなって」

再度訊《たず》ねる俺に、双子の片割れ、ボーッとこちらを見上げた少女が口を開いた。

「ふぇ、フェローニアは、フェローニアは……妖精という単語が聞こえて……」

「フェローニア？　もしかしてそれが君の名前かな？」

「は、はい」

こくりと彼女は頷く。

やや独特な話し方をするが、言葉遣いは丁寧で物腰も柔らかかった。少なくとも敵意があるようには見えない。

何より、彼女は面白い単語に引っ掛かってくれた。

「じゃあフェローニア嬢、質問を変えて三度訊ねるよ？　答えてくれると嬉《うれ》しいな」

俺はおずおずとした様子の双子に対し、床に膝を突けて目線を下げる。

双子の背丈は小さい。一五〇センチあるかどうかだ。俺は一七〇センチ以上あるし、目線は低くしたほうがいいだろう。子供に話しかけるように優しい口調を心がけて訊ねた。

「俺たちは今、妖精に関する情報を探しているんだ。もし何か知っていたら教えてくれないかな？」

俺は双子に狙いを定める。

この双子は、おそらく何かしら妖精に関する知識を持っている。じゃなきゃ、急に見ず知らずの人間の会話が気になって見に来ることはないだろう。

自分が知ってるからこそ頭の片隅に引っ掛かった。なぜ妖精に関する本を探しているのか気になったからこっちに来た……そう解釈するほうが自然な気がした。あとは勘だ。

俺の勘が、この双子は何か知っていると囁《ささや》いている。

「し、知っているも何も……フロセルピアたちは妖精と──むぐっ」

何かを喋《しゃべ》ろうとしたもう一人の少女の口を、フェローニアが慌てて塞ぐ。両手を使って大袈裟《おおげさ》に止めていた。

口を塞がれたどこかおっとりとした目の女子生徒は、「むーむー！」と何度も叫びながらフェローニアに視線で抗議する。

「ダメよ！　ダメよ！　フロセルピア。妖精のことを話しても誰も信じてくれないもの！」

「で、でも……この人たちは探してるみたいですよ？　ですよ？」

なんとかフェローニアの拘束を剝《は》がしたフロセルピアは、ちらちら俺の顔を見ながらフェローニアを説得しようとする。

だが、フェローニアは首をぶんぶん横に振った。

「軽率、軽率。分からない時は慎重に、よ。怒られるでしょ！」

「ごめんなさい……フロセルピアは、この方たちを信じたくなりました。なりました」

「分かるわ、分かるわ。気持ちはよく分かる。けど……」

「話の最中に割り込んでごめん。でも、何か知ってるみたいだから訊ねさせてくれ。俺たちは妖精のことが知りたい。どうしても知りたいんだ。だから、どうか協力してくれないかな？　なんでも欲しい物は用意するよ」

「本当ですか!?　チャンスですよ、チャンスですよフェローニア！」

フロセルピアと呼ばれている少女が、ぴょんぴょんとその場で跳びはねた。しかし、相変わらずフェローニアのほうは反応が薄い。

考えるように視線を床に落とした。

「理由を……理由を聞いてもいいですか？」

しばらく沈黙を貫いたフェローニアは、真面目な表情で俺に訊ねた。

即答する。

「ただの興味……と言えばそこまでだね。俺と彼女——レアって言うんだけど、俺たちは妖精が使える魔法に興味があるんだ。できればそれを使えるとなお嬉しいってね」

「どんな些細《ささい》な情報でもいいんだ。ボクたちはもっともっと魔法のことが知りたいから！」

「……そう」

フェローニアは再び考える仕草をする。

今度は思考がまとまるのが早かった。顔を上げ、びしりと人差し指を立てる。

「じゃあ……じゃあ、最後の確認。この指に何が見える？」

「指？　別に何も……ッ!?」

俺はまじまじとフェローニアの人差し指を見つめた。それから数秒後に目を見開く。

最初は本当に何もなかったはずのフェローニアの指に……ゆっくりと、彼女の背後から一羽の小さな鳥がとまった。

緑色の鳥だ。幻想的なその鳥が、ジッと俺に視線を返した。

「と、鳥？」

俺は小さく呟く。

レアも背後で、

「鳥がいるね……」

と言った。

直後、びくりと双子の眉が動く。

「も、もしかして……二人には、妖精が見えているんですか？　見えているんですか!?」

「「妖精？」」

フロセルピアの疑問に、俺とレアは首を傾げてから——ハッと理解する。

「その鳥が……妖精ってこと？」

「嘘《うそ》っ!?」

俺が核心を突き、レアが驚いて声をあげる。

双子はほぼ同時にこくこくと頷いた。やはり彼女の指にとまっている緑色の鳥は妖精らしい。どことなく幻想的なイメージを抱いたが、妖精なら無理もない。まさに生ける伝説だ。

俺もレアも興奮度がピークに達する。一歩前に踏み出し、溢《あふ》れんばかりの気持ちを吐き出した。

「凄《すご》い！　キミたちは、もう妖精を従えているんだね！」

「どうやって妖精と仲良くなったんだ？　そもそも妖精ってどこにいる？」

「えとえと……えっと！」

レアと俺が早口でまくし立てると、フェローニアもフロセルピアも困ったような表情を浮かべて後ろに下がった。

まずい、と俺は冷静に自らの行いを律する。

本当ならもっとがっつきたいところだが、鋼の精神でそれを抑制した。

「……レア嬢、少し落ち着こう。俺たちの態度がフェローニア嬢たちを怯《おび》えさせてしまった」

「むむっ。ボクとしたことが冷静さを失っていたね」

「待望の妖精が目の前にいるんだ、少し理性が飛んでもおかしくないよ」

「こんな早く見つかるとも思ってなかったしね」

「ああ」

レアの言うとおりだ。

俺もレアも、妖精本体を見つけるのに相当な時間がかかると思っていた。それが、フェローニアたちの出現により大幅に時間が短縮されたのだ。おまけに妖精を使役？する彼女たちに話を聞ければ、より早く目標に到達できるかもしれない。

今もドキドキと胸が高鳴っていた。

「とにかくごめんね、フェローニア嬢、フロセルピア嬢」

俺は素直に頭を下げて謝った。

双子は慌てた様子でかぶりを振る。

「そんなっ！　そんなっ！　ヘルメス様は何も悪くありません！」

ぶんぶんと力強くフェローニアが首を左右に振って俺の言葉を否定する。

「……ん？　そういえば俺、まだ君たちに名前を名乗ってなかったよね？」

どうして双子は俺の名前を知っているんだろう。

その疑問に答えてくれたのは、双子ではなく背後に立つレアだった。

「ヘルメスくんを知らない生徒がこの学園にいるとは思えないな」

「そ、それは……気恥ずかしいね。けど、しっかり挨拶くらいはしないと」

ごほん、と咳払《せきばら》いを一回挟み、俺は二人に自己紹介を始める。

「俺の名前はヘルメス・フォン・ルナセリア。一応、ルナセリア公爵家の人間だよ」

「ボクはレア。レア・レインテーナ。よろしくね」

ちょうどいい、と言わんばかりにレアも俺の挨拶に続く。

すると今度は、恭しく頭を下げて双子が挨拶した。

「ふぇ、フェローニアは、フェローニア・ローズ、です。よろしくお願いします」

「ふ、フロセルピア・ローズです……よろしくお願いします……」

「ローズ……ああ、ローズ子爵家の子か」

「レアは彼女たちのことを知ってるの？」

「いんや。家名に覚えがあっただけさ。確かよく話しかけてくるミリシアって子が、同じ家名を名乗ってたはず」

「「ッ！」」

レアの口からミリシアなる人物の名前が出た途端、フェローニアもフロセルピアも肩を大きく震わせた。

一度だけじゃない。肩の震えは今もなお続いている。まるで、その人物に恐れを抱いているかのように。

俺は張り詰めた空気を弛緩《しかん》させるべく、強引に話題を変える。

「それで……フェローニア嬢、フロセルピア嬢。二人に訊《き》いてもいいかな？　妖精について」

「へ、平気です、平気です。フェローニアたちで答えられる範囲なら……」

話題を変えた甲斐《かい》があった。双子は明らかにホッと胸を撫《な》で下《お》ろしている。きっと家庭の事情だろう。深くは突っ込まないでおこう。

それより何より、妖精の話だ。レアも背後でワクワクしているのが隠せていない。小さく、「早く！　早く！」と呟いていた。

「じゃあまずは妖精の生態に関して教えてもらおうかな」

「生態？」

「妖精ってどういう存在なの？」

「どういう……えっと、えっと、体が魔力で構成されてるみたいです」

フェローニアが答えた。

「みたい？　それは妖精が教えてくれたのかな？」

「いいえ。妖精と契約した際になんとなく分かるようになりました。なりました」

今度はフロセルピアが答える。

「「契約!?」」

俺もレアも声を揃《そろ》えて叫んだ。

あまりにもどデカい情報がさらっと出てきたぞ。

「妖精と契約できるの!?　契約したらどんな恩恵があるんだ!?」

「お、恩恵？　それは、それは……妖精が、一緒に戦ってくれる……とか？」

なぜか疑問符を浮かべてフェローニアが首を斜めに傾けた。

「よく分かっていないってことは、フェローニア嬢たちも妖精に関してそこまで詳しくないのかな？」

「は、はい。実は……いつの間にか現れた妖精《このこたち》に話しかけていたら、知らないうちに契約してたっぽくて……ぽくて……」

もじもじと指を遊ばせながら、フロセルピアがか細い声で言った。

「そういうパターンもあるのか」

もしかすると妖精との契約は、妖精側に主導権がある？　それとも本人が気づいていないだけで、何かしらの条件を満たしたとか？

考えられるパターンは幾つもあるな。面白い。

「ちなみにフェローニア嬢は、どうして妖精が一緒に戦ってくれると思ったの？」

「簡単です、簡単です。妖精が魔法を使ってくれるから」

「妖精魔法だね！　それってどういう魔法か教えてくれない？」

やや興奮した様子でレアがさらに一歩詰め寄った。

「ふ、普通の魔法……です。変わったものじゃありません。人間でも使える魔法を、妖精も使ってるだけ……だけ」

レアの勢いに押されたフェローニアが口を閉ざすと、かわってフロセルピアが説明してくれた。

「そういうことか」

彼女の言葉を聞いて、ようやく妖精魔法の核心に近づいた。

妖精魔法とは、妖精専用の魔法――という意味ではない。妖精が使う魔法ってことだ。

似た言葉に聞こえると思うが、意味は全然違う。

妖精が魔法を使える。この点において残念なのは、俺がまだ知らない魔法を習得できる可能性が低くなったこと。

だが、反対にメリットもある。

妖精自身が魔法を使ってくれるなら、それは単純に戦力が倍になるのでは？　実際に妖精がどれほどの威力の魔法を使えるかにもよるが、今後のレベリングが遥《はる》かに効率よくなるのは間違いない。

あくまでフェローニアの話が本当なら、だが。

「ありがとうフェローニア嬢。もの凄く助かる情報だよ」

「どんどん妖精魔法の概要が見えてきたね、ヘルメスくん」

俺とレアは彼女たちに深く感謝を示す。

双子は逆に恐縮してしまうが、この感謝の気持ちは本物だ。背後でもレアが、「お金だったらいくらでも払うよ！」と大きな声を出している。

今さらだが、図書室に他に人がいなくてよかった。いたら俺たちは確実に怒られている。すでに司書には目をつけられているかもしれないが、ギリギリ声は抑えている……と言えなくもない。

とにかく、妖精に関して少しだけ詳しくなった。今度は、妖精をどう見つけるのか訊ねてみる。

「ちなみに、妖精はどこにいるのか知ってたりする？」

「す、すみません。フロセルピアたちは、学園にいる時偶然出会っただけだから知らないんです……知らないんです」

「そっか。でも、この学園に他にも妖精がいる可能性はあるね」

フェローニアもフロセルピアもこの学園で妖精と出会ったなら、あと一体や二体くらいいても何らおかしくはない。

レアも同じことを考えたのか、

「そうだね。片っ端から学園内を探し回ってみる？」

と面白い提案をしてくる。

今のところ足で稼ぐのが一番効率的ではあるかな？

「悪くない提案だね。何か知ってたら、フェローニア嬢たちも教えてくれると嬉しいな。俺たちは妖精と契約したいんだ」

「わ、分かりました！　分かりました！　フェローニアとフロセルピアでよければ何でも手伝います！」

ふんす、とフェローニアたちは胸の前で拳を作ってやる気を見せてくれた。

他人事《ひとごと》なのに本気になれるというのは、ずいぶん優しい性格をしている。彼女たちが妖精に好かれているのも、それが理由かもしれないな。

だとしたら俺は妖精に嫌われそうなタイプかも、と少しだけ不安になった。

「……あ。そういえば、少し前に妖精の気配があったような、あったような……」

「え？　ど、どういうこと？」

一歩前に踏み出して思わず声がどもる。

フェローニアがちらりと緑色の鳥を見て言った。

「一瞬。一瞬。本当に一瞬だけ、妖精みたいな影が見えたの。この子も何かに反応していたし、可能性はあるかもしれない……です」

「有力すぎる情報だよ、フェローニア嬢！　どこで妖精を見たのかな」

「えっと……第一棟の近くだった気が」

「訓練場のほうか」

「かなり範囲が狭まったね」

「妖精が自由に移動してる可能性もあるけど、ひとまず訓練場のほうに行ってみよう」

「了解」

レアは不満など漏らすことなく頷いた。

俺はその場で立ち上がると、

「ごめんね……フェローニア嬢、フロセルピア嬢。俺たち、妖精を探しに行ってみようと思う」

「一緒に行きます……。フロセルピアたちも力を貸せると思います。妖精が見つけやすくなるかも……なるかも」

「いいの？　ありがとう。妖精がいるなら心強いね」

妖精同士にしか分からない会話もあるだろうし、シンパシーみたいなものを感じれば簡単に見つけられるかもしれない。

フロセルピアの提案に喜び、俺たちは揃って図書室から出た。

すると、廊下を歩いてすぐ双子は足を止めた。目の前に見慣れぬ女子生徒が立ちふさがっていたからだ。

「まあまあ！　ヘルメス様にレア様じゃないですか」

「君は……」

「ミリシア・ローズです。ヘルメス様とこうして顔を合わせるのは久しぶりですね」

ぺこりと目の前の女子生徒――ミリシア・ローズは頭を下げた。

ミリシアと言えば、先ほどレアの口から出てきた生徒の名だ。ローズという家名からして、フェローニアたちの家族かな？

俺は、にこりと人当たりのいい笑みを浮かべて挨拶を返す。

「こんばんは」

「どうして君がこんな所に？　本でも読みに来たのかい？」

レアがぶっきらぼうな口調でミリシアに問う。

レアとミリシアは共に子爵家の令嬢だ。同格と言える。そうでなくとも学生のうちは身分の差などない。平等に扱われるし、対等な関係で付き合えと言われる。

フレイヤやレアが俺に対して平然とため口をきいているのはそういう理由だ。けど、レアはあまり彼女に興味がなさそうに見える。今の会話でもその片鱗《へんりん》が見えた。

「いいえ。そこの愚妹たちを迎えに来ましたの。いつもいつも勝手に外をほっつき歩いて……早く部屋へ帰れと私は言ったわよね？」

「ッ！　ご、ごめんなさい。ごめんなさい」

フェローニアは震えた声で繰り返し謝る。

フロセルピアにいたっては、恐怖のあまりフェローニアの背後に隠れてしまった。

その様子が気に食わないのか、ミリシアはさらに声を荒らげて言う。

「いいからさっさと戻りなさい！　あなたたちを見ていると不快なの！」

「は、はい……」

「ごめんなさい……」

ぺこりと俺たちに頭を下げて、フェローニアもフロセルピアもどこかへ走り去っていった。

あー……残念だな。せっかく、あの子たちがいれば上手《うま》く妖精を見つけられると思ったのに。

俺と同じ不満を抱いたのか、レアが明らかにテンションを落とす。

「むぅ……彼女たちにはお願いしてることがあったのに。酷《ひど》いことするね」

「お願い？　私でよければ話を聞きますよ」

「君には無理なんじゃないかな？　たぶん」

「それは……ッ！」

ギリリとレアの反応に不快感を示すミリシア。

ミリシアのほうはレアと仲良くなりたいようだったが、心証はあまりよくない。かくいう俺も、優しいあの子たちを雑に扱うミリシアには好印象など抱けなかった。

ヘルメスの記憶にミリシアの情報はほとんどないが、もう少し大人しい子だった気がする……成長したってことかな？　嫌な方向に。

まあいい、と俺もレアも歩みを進めてミリシアの隣を抜ける。

「悪いけど俺たちはここで。用事があるんだ」

「ま、待ってください！　ヘルメス様、私は……」

「何か用があるなら、また今度ね」

ひらひらと手を振って、俺たちは第一棟を目指し廊下をまっすぐ歩いていく。

ちらりと背後を確認すると、ミリシアが鬼のような形相を浮かべていた。

しかし、俺は彼女よりも……、

「ん？　今――気のせいか？」

いつの間にかミリシアの隣に並んでいた、無表情の執事に視線を奪われた。

ほんの一瞬、あの男から何か不吉な、覚えのあるオーラを感じたような……。

きっと気のせいだろう。その証拠に、今は何も感じない。

肩をすくめてその場から立ち去った。

▼△▼

ヘルメスたちの姿が消える。

しーん、と静寂に包まれた廊下の一角にて、ミリシア・ローズが顔を真っ赤に染め上げて拳を握り締めていた。

「ど、どうしてヘルメス様は私にあんな冷たい態度を！　そんなにあの双子がいいんですか!?」

彼女の声は虚《むな》しく響いた。誰も返事を返してくれる者はいない。

髪をやや乱暴に振り乱しながら、ミリシアは斜め後ろに控えている若い執事へと視線を移した。

「ユリアン！　ヘルメス様はどうして…………ユリアン？」

振り向いた彼女の視界に映ったのは、なぜか額に汗を滲《にじ》ませ、じっと正面の廊下奥を見つめているユリアンの姿だった。

疑問が口から零《こぼ》れる。

彼女の声に反応し、遅れてユリアンがミリシアを見た。信じられないものを見るような感情が、彼の瞳には宿っている。

「あ……申し訳ございません、お嬢様。少々ボーッとしていました」

「それはいいのだけど、何かあったの？」

「いえ、何も。お嬢様はいかがしましたか？」

「いかがも何も、見たでしょ!?　ヘルメス様とレア様の態度を！　なぜ私が二人にあんなことを言われなきゃいけないのよ！」

「そうですね……ヘルメス様もレア様も、何かフェローニア様たちに協力してもらっていることがあったのでは？」

「協力？　何を？」

「さあ？　さすがに話を聞いていないので、私にはさっぱりです。本人たちに聞くのが一番かと」

「……それもそうね。女子寮に戻ってあの双子に訊ねてみるわ」

くるりと踵《きびす》を返すと、ミリシアは女子寮に向けて歩き出した。ユリアンがゆっくりとその背中を追いかける。

途中、ユリアンから無意識に言葉が零れた。

「あれが……新たな勇者ですか……」

二章　砂上の楼閣

フェローニアとフロセルピアの姉、ミリシア・ローズが現れたことで、双子の姉妹はどこかへ消えた。

きっと今頃は、学園にある女子寮に帰っているのだろう。

彼女たちにも手伝ってもらえそうだったのに、何もできずに終わってしまって残念だ。それでも俺とレアは、時間のあるかぎり妖精を探そうとした。だが、時間が遅くなったせいで第一棟へ続く扉の鍵は閉められていた。入ることすらできず、お互いに肩を落として帰路に就く。

「まさか訓練場に入れないなんて……時間のこと、頭から外れていたよ」

「俺もさ。けど、まあいい」

「いいの？」

レアは不思議そうに首を傾《かし》げる。

「ああ。どうせフェローニア嬢たちがいなかったんだ、一日くらい余裕をもってもいいだろう？」

「言われてみればそうだね。でも、ヘルメスくんはそれだけが理由なのかな？」

「……気にならないと言えば嘘《うそ》になるな」

レアの言葉には、「他に気になることがあったから意識が逸《そ》れているんじゃないのか」という意味が込められていた。

間違いない。俺はミリシアたちの関係も気になっていた。

双子のあの怯《おび》えよう。おそらく暴力などを振るわれていると思われるが、それにしてはミリシアの様子もおかしかった。

彼女はあまりにも自然なのだ。

まるで双子が自分を恐れるのが当然のように。双子を虐げるのが当然のように振る舞っている。そこには悪意も後悔も違和感もない。だからこそ部外者の俺には、強烈な印象として残った。

「ローズ子爵家はさほど有名な貴族じゃない。ご先祖様が頑張っただけの弱小貴族」

「特に何かがありそうには見えないと」

「うん。ルナセリア公爵家くらい大きな家なら、内のゴタゴタとかありそうだけどさ」

「言っとくがウチは平和だぞ。家族仲は良好だ」

「知ってる～。ルナセリア公爵家の家族愛は有名だしね」

「え？」

マジかよ、と汚い口調が出かけた。

家族愛っていうか、たぶん俺への愛のほうだな。

俺には姉と妹がいる。その二人がとにかく俺を甘やかしてくるのだ。

なにかやらかしても「ヘルメスがそれをしたいならいいよ」くらい言いそうだ。それが周知の事実だと分かると、一気に恥ずかしくなってきた。

嘘だ！　と叫びたいくらいに。

「まあヘルメスくんのことはいいとして」

「いや全然よくない。その話はどれくらい広がってるのか詳しく教えてくれ」

「ローズ子爵家……なんだか最近はきな臭いねぇ」

「レア!?」

たまらず彼女の名前を呼び捨てにする。

しかし、そのままレアは俺の話をスルーして続けた。

「というか怪しいのはミリシアさん一人だよ。彼女、前はもっと優しい性格だったのに急変したって言われてるし、嫌がらせもたくさんしてるらしいよ。両親も急激な変化に戸惑ってるって誰かが言ってたような」

「………詳しいな、レア嬢は」

「レアでいいよ、ヘルメスくん。ふふ」

ようやく俺の言葉に反応を示してくれた。

こいつ……聞いてたくせにわざとスルーしたな？　けど、楽しそうなレアの顔を見ると何も文句は言えなかった。

可愛《かわい》いってズルい。

「ありがとうレア。その調子で妖精を探してくれると嬉《うれ》しいな」

「いやいや、噂話《うわさばなし》に詳しいくらいで見つけられたら苦労はないよ」

「期待してる」

「え!?　ちょっ、ヘルメスくん？　妖精の件、ボクに押しつけようとしてるわけじゃないよね？」

「今日の夕食は何かな～」

「ヘルメスくん！」

ぐいぐいっと服の裾を摑《つか》んでくるレアを無視して、俺は陽気な声を出しながら男子寮へ向かった。

今日の夜空は、妙に不吉な雲が月を覆っている。
▼△▼

翌日。

教壇に立ったテレシア先生が、今日もこの国の歴史に関して話をしていた。

本でも読んだことのある内容を聞きながら、俺は脳裏で別のことを考える。

最近、俺には気になることが多すぎる。

まずはレアが教えてくれた〝妖精魔法〟。厳密には、妖精を追いかけている。

フェローニアとフロセルピアがもたらしてくれた情報により、この魔法学園に妖精がいるかもしれないということが分かった。見事探し出し、契約できれば最高だ。

そして次にフェローニアとフロセルピアの事情。

昨日の様子を見るかぎり、ミリシアに何かされているのは明白だ。内容までは分からないが、どうせ暴力か暴言の雨に晒《さら》されているのだろう。

その手の虐《いじ》めみたいな行為は好きじゃない。余裕があれば助けてあげたいとは思う。だが、他家の事情に首を突っ込むのは難しい。二人が助けを求めてくるならまだしもな……。

まあその辺は、今後妖精を探す過程で解決できるはずだ。それとなく二人に声をかけてみよう。

最後に、俺はすっかり忘れていた自分自身の変化を思い出す。

――聖剣。

前に魔族を名乗る男マーモンと戦った際、俺の体から現れた謎の青白い剣。

あれの正体がいまだに摑めていない。というか、学業のせいでまともに検証できていなかった。

システムもマーモンもあの剣を〝聖剣〟と呼んだ。

歴史にも残るほど貴重な聖剣が俺の手にある。その能力を解明し、自分なりに扱えるようになれば、俺は飛躍的に強くなれるだろう。

問題は、妖精のついでに調べた聖剣の情報も、役立ちそうな情報が特に見つからなかったということ。聖剣は、いつかの授業でテレシア先生が語っていたように非常に謎が多い。外見以外の情報は何も得られなかった。

「……どうせなら、先生に訊《き》いてみるか」

今もすらすらと言葉を並べるテレシア先生を見つめながら、そんなことを考える。

しばらくすると校内中にチャイムが響き渡った。これで午前中の授業は終わり。教室から出ていくテレシア先生を追いかける。


「テレシア先生」

「ヘルメスくん？　どうしました」

廊下に出てすぐ彼女に声をかけると、テレシア先生は足を止めて振り返った。

前に王都内で住民を攫《さら》っていた犯罪者たちの話を聞いた時に状況が似ているな。

「呼び止めてすみません。テレシア先生に訊きたいことがあるんです」

「訊きたいこと？　なんでしょう。私が答えられる範囲でよければお教えしますよ」

「ありがとうございます。俺が先生に訊きたいのは、かつて勇者様が持っていた聖剣についてです」

「聖剣？」

頭上に「？」を浮かべたテレシア先生は、首を傾げる。

「はい。聖剣は具体的にどんな武器だったか、とか分かりますかね」

「すみません。私も聖剣には詳しくないんです。というより、この国の誰も聖剣について深くは知らないはずですよ。大昔、勇者様が隠してしまった——と言われていますからね」

「そういえば前の授業でそんなことを言ってましたね」

「ええ。実際に隠したかどうかも分かっていません。ただ、今になっても聖剣は見つかっていない。このことから、勇者様が隠した可能性のほうが高いでしょうね」

「なるほど……」

だがそれはおかしな話だ。

俺は最初から聖剣を持っていた。でも、そもそも聖剣は隠せるものじゃないように思える。

おそらく聖剣を持っていた勇者も俺と同じように、体内に宿していたのではないだろうか？

取り出すことはできても、永遠に聖剣を具現化しておく方法はない。俺も聖剣を使った時は恐ろしい勢いで魔力が消費されていったからな。

能力が同じなら、聖剣は魔力がないと顕現しない。けど、マーモンは俺の聖剣を見て別物だと判断していた。魔力を消費する部分は同じでも、能力——性能は違ったとか？

外見も授業で習った青白い剣身だった。そこに違いはない。だとしたら、聖剣は進化するか勇者によって能力が異なるのか。

いくら考えても無駄だな。もし後者なら、実際に使って確認する以外の方法はない。

「力になれず申し訳ございません」

「ああ、いえ。テレシア先生のおかげで少しは前進しました。助かります」

にこりと笑って彼女に別れを告げる。

相変わらず俺の魅力パラメータはえぐいな。テレシア先生もまんざらではなさそうに立ち去っていった。

その背中を見送ると、俺は決意する。

次の休日、ダンジョンに潜って聖剣の検証をしよう。レアには悪いが、妖精探しは彼女に任せる。

時間は有限だからな。効率よく使わないと無駄になる。

「とりあえずの目標は、妖精の発見と聖剣の検証だな」

振り返り、俺は教室に戻った。

▼△▼

昼休み。

俺は教室に戻るなり出迎えてくれたミネルヴァ、アルテミスの二人と昼食を摂《と》った。

最近、何やらコソコソしている件を訊《たず》ねられたが、変に隠し事をせずに「妖精を探しているんだ。

二人も何か知ってたら教えてくれ」と言ったところ、ミネルヴァもアルテミスも怪訝《けげん》な顔を作った。

やはり妖精に関しては一般的な知識ではないらしい。

フェローニアとフロセルピア、それにレアが特別であって、ミネルヴァもアルテミスも、これまで妖精を見たことがないらしい。

それでも、秘密にして後でバレるよりマシだろう。俺は身をもってよく知っている。

そんなわけで、昼食を摂りながら妖精に関する話をしていると、時間はあっという間に午後になった。今日は剣術の実技授業だ。


「ルナセリア公子、相手をお願い」

俺の前に銀髪の女子生徒が立つ。隣には紺色の髪の少女もいた。

「ああ、分かってるよ。フレイヤ嬢、セラ嬢」

今日はいつものメンバーじゃない。フレイヤとセラの剣術指南の日だ。

前に俺は、フレイヤの家に伝わる剣術を教わる代わりに、俺が知っている（開発したと思われている）柔術を二人に教えることを約束した。

なんだかんだ、あれから初めての指導だ。フレイヤはフラットな状態だが、セラのほうはやや緊張していた。

「それじゃあまずは、俺が二人に柔術を教えるね。ゆっくり話すから少しずつ実践していこう」

「了解」

「わ、分かりました！　頑張ります！」

胸の前でグッと拳を握り締めるセラ。

別に緊張する必要はないのだが、最高位の貴族である俺やフレイヤに囲まれて、すっかり委縮していた。男爵令嬢にはちょっと辛《つら》い環境かもしれないな。でも、慣れてもらわないと。

彼女には個人的な興味がある。

魔力を持ち、魔法の適性もあるのに、なぜか魔法が発動しない生徒。その秘密は何か——俺はじっくりと考える。

セラの秘密を知った時には思いもつかなかったが、今の俺は彼女の状態に心当たりがあった。俺自身も体験したから可能性は高いだろう。

一つ目はスキル。

マーモンが言ってた特殊能力のようなもの。

たとえば俺の聖剣。

あれは普段、俺の体内に収納されている。普通の武器と違って実体がない？

たとえばミネルヴァの魔力。あれは一時的に彼女のＩＮＴを底上げする能力だった。

事件以来、彼女とは例の黄金の魔力の話はできていない。次にダンジョンに潜る時は、俺も聖剣を使うわけだし訊いてみよう。

そしてセラについてだ。

普通に考えて魔力も適性もあるのに魔法が使えないわけがない。魔法が使えないのには何か理由があって、今のところ最も有力なのがスキルによる制限。

スキルがあるからこそ、魔法が使えないのではないか？

仮に俺の推測が当たっていた場合、セラの所有するスキルはそこそこの性能を秘めているはずだ。

俺の聖剣は特別なスキルだし、ミネルヴァ自身はこの世界のメインヒロイン。お手軽で強いスキルがあっても、何ら不思議じゃない。

だが、セラはモブだ——俺と同じモブ。

ひとまず、この憶測は胸の内にしまっておく。

ただ、常時発動しているタイプのスキルなら、おそらく魔力消費が必要ない能力だろう。コスパは俺やミネルヴァのものよりいいかもしれない。

俺は彼女のスキルを解明するためにも、今回はセラから目を離せそうになかった。

「とまあ……そんな感じで、柔術は相手の力を利用したり体勢を崩して使う技だ。理解できた？」

真剣に俺の説明を聞いていた二人に、ひととおりの説明を終えて訊ねる。

フレイヤはこくりと頷《うなず》いた。セラもおそるおそるといった風に頷く。

「よし。なら次は実戦だ。俺を相手に柔術をかけてみてくれ」

「ルナセリア公子に？」

「い、いいんでしょうか？」

フレイヤもセラも、やや遠慮気味に問う。

「もちろんだとも。この中で一番頑丈なのは、たぶん俺だと思うからね。それに、柔術には受身って基礎もあるから、それができる俺が投げられたほうが危険は少ないよ」

二人に教えたのは投げ方だけ。

時間は有限だ。こうしている最中も、第一訓練場の中では他の生徒たちが木剣を交えている。

離れた所で俺の様子を見守っているミネルヴァとアルテミスも、ちらちらこちらを睨《にら》みながら剣を打ちつけあっていた。

「……分かった。遠慮なく投げる」

「ゆっくりね？　最初から飛ばす必要はない。動作を確かめるようにゆっくり投げてくれ」

「ん」

相槌《あいづち》を打って、フレイヤは一歩前に踏み出した。

俺の伸ばした右腕の肘あたりを掴み、もう片方の手で襟首を掴む。次いで、体を素早く捻《ね》じり、自らの背中をぴたりと俺の前身に付ける。

これで最初に教えた背負い投げの準備が整った。

背負い投げは、攻撃の手段としては悪くない。相手をぶん投げるという意味でも覚えやすく、なおかつこの世界の住人たちにはステータスという神の加護が乗っている。前世の柔道家みたいに技術がなくても、パワーだけで相手をぶん投げられるのだ。

力だけで解決するならそれが一番だろう？　俺はそう思う。

事実、背中をぴたりと付けた状態で、フレイヤは俺を――いとも簡単にぶん投げた。

ぐるん、と俺の体が空中で一回転する。

地面に落ちる直前、受身を取ってダメージを分散した。それでも少しだけ痛かった……気がする。あまり痛みを感じなかったのは、俺の突出したレベルと、それによる高い耐久力パラメータのおかげだ。

背負い投げをしたフレイヤが、立ち上がった俺に問う。

「どうだった？」

「いいね。さすがフレイヤだ。いきなり完成度の高い背負い投げをどうも」

「ルナセリア公子の教え方が上手だった。何よりもこれはいい。武器がなくなった時に使える」

「そのとおり。柔術は素手による近接格闘だ。武器がなくなった時こそ一番役に立つ」

それ以外だと相手にあまり怪我をさせたくないとか、生きたまま捕まえたい時にも使えるな。

フレイヤは将来、父の跡を継いで騎士団長にでもなるだろうし、この技はきっとどこかで役に立つはず。本人もそれを理解しているのか、先ほどの背負い投げの動きをすぐに確認している。自分なりに、どうすればもっと投げやすいかの研究だ。

片や俺は、くるりと振り返ってセラのほうを向く。

彼女はビクリと肩を震わせた。

「次はセラ嬢の番だよ。フレイヤ嬢の動きをなぞるように真似《まね》すればいいから」

「は、はい！　頑張ります！」

いざ本番がくると、セラは緊張した様子で俺の前にやってくる。

こんな調子で大丈夫かな？　と思いながらも右腕を伸ばす。先ほどフレイヤがやったように、セラもまた俺の右腕の肘を摑み、もう片方の手で襟首を摑んだ。

くるりと体を捻じり、背中をぴたりと前身に張り付け……グッと俺の体を持ち上げる。そう思った時には、視界が眩《くら》むほどの速度でぶん投げられた。

「ぐはっ!?」

地面に背中が叩《たた》きつけられ、凄《すさ》まじい衝撃が生まれる。

フレイヤの時とは違った。圧倒的なパワーによって地面が砕ける。俺の防御力を貫通してダメージが通った。おそらくHPはガリガリ削られたことだろう。受身を取らなかったら三割ほど削られていてもおかしくない威力だった。

俺は訓練場の天井を仰ぎながら、ぱちくりと何度も瞬《まばた》きを繰り返す。そこへ、音を聞いたフレイヤが近づいてきた。

「ルナセリア公子……大丈夫？」

「あ、ああ……ちょっとびっくりしたくらいで、怪我はないと思う」

神聖属性の治癒魔法を使って体を癒《いや》す。

途端に、涙を滲《にじ》ませたセラがもの凄《すご》い勢いで頭を下げてきた。

「す、すみません！　すみませんすみませんすみません!!　本気で投げてしまいましたあああ！」

セラは半ばパニックに陥っていた。

しかし、俺は彼女の行為ではなく、彼女が見せた力に興味を抱く。

本格的に泣き始めたセラの肩に手を置き、ぶんぶんと首を左右に振った。

「謝らないでくれ、セラ嬢。君は何も悪くない」

「で、でも……」

「見事な背負い投げだったよ。もう技術とか関係ない気もするけど、相手を倒すという意味ではよかった」

「ほ、本当ですか？」

ひっく、と喉を鳴らしながらもセラは少しだけ落ち着いたようだ。

俺は何度も頷く。

「本当だよ。俺でもダメージを受けたってことは、たいていの相手に通用する。でも……今の力はどういうこと？　セラ嬢があんなに力自慢だったなんて知らなかったよ」

「そ、それは……実は、私……子供の頃から人より腕力や脚力があって……き、気持ち悪いですよね。女のくせに」

「そんなわけがない」

「え？」

ハッキリと断言した俺に、セラは眼鏡《めがね》の内側で大きく目を見開いた。

「どういう理屈かは知らないけど、羨ましいかぎりだ。きっと魔法が使えない代わりに、神様がセラ嬢に与えた奇跡だよ」

実際、肉体能力を底上げする代わりに魔法が使えない――なんて条件、フィクションの中じゃよくある。

だから、今は俺の推測にすぎないが、セラが魔法を使えない理由はそのフィジカルの強さにあると思う。

彼女の今のレベルがどれくらいかにもよるが、40に到達した俺の防御力を貫通するなんて普通であるはずがない。

気になるな……これがスキルなのか？

聖剣もそうだったけど、スキルはどれも魔法なんかとは比べ物にならない効果を秘めている。もちろん魔法も今後の研究次第では化けるが、スキルは扱いやすく、なおかつ性能が高い。

実に、気になってしょうがないな。同時に、この力を求める魔族たちの目的が余計に分からなくなった。

危険視するなら殺したほうがいい。しかし、マーモンは俺やミネルヴァを捕まえようとしていた。

確か、魔力に関係するスキルが欲しいとかなんとか言ってたな……。

それを集めて何をする気なのか。ふと、俺は関係ないのに考えてしまった。

その意識を、目の前で号泣しているセラが引き戻す。

「うわあああん！　ヘルメス様、私……そう言ってもらえて嬉しいですううう！」

「せ、セラ嬢？」

「ルナセリア公子がセラを泣かせた」

「本当のことだけど、すっごい誤解を招く!?」

冷静に言ってないでフレイヤもセラを落ち着かせてほしい。異性の俺より、同性の彼女のほうがセラも落ち着けるだろう。

俺はあわあわと焦りながら必死にセラを宥《なだ》めにかかる。

彼女が涙を止めたのは、ミネルヴァやアルテミスが集まってきてから、さらに十分後のことだった……。

はい。ミネルヴァたちにはもちろん詰められたよ。何をやっていたのか、とね。

「み、皆さん……ご迷惑をおかけしました……」

涙が止まり、一応の落ち着きを取り戻したセラが、土下座する勢いで頭を地面すれすれまで下げた。実際に腰を落として座っている状態だから、余計土下座しているように見える。

集まったメンバー、俺とフレイヤを除いて、ミネルヴァとアルテミス、それに騒ぎを聞きつけたレアまでその場に並んでいた。

彼女たちは苦笑と共に口を開く。

「セラさんは悪くありません。謝らなくていいんですよ」

「そ、そうですよ！　今のはただの事故。むしろ凄い威力でしたね」

「地面が割れるほどの腕力って普通に考えておかしいよね。セラさんって何者？」

ミネルヴァ、アルテミス、レアの順番でそう言った。三人とも気にしてる素振りは見られない。

そのことにホッと胸を撫《な》で下《お》ろしたセラは、それぞれの質問に答えていく。といっても、何も知らないセラに答えられることなど、たかが知れている。

「……とても同じ人間には見えなかった」

ミネルヴァたちと話すセラの様子を、少し離れた位置で見守る俺とフレイヤ。途中、フレイヤがぼそりと小さな声で呟《つぶや》いた。

「確かにさっきのは、人間離れした力だったね。今後の成長が楽しみだ」

「純粋な腕力だけなら私よりも上。あれなら魔法が使えなくても問題はない」

「まあね」

それには俺も同意する。

ますます魔法が使えない理由が、あの腕力にあると俺は目星を付けた。

気になるのは、彼女の意思でスキルのオンオフを切り替えられるのかどうか。強制的に発動するタイプのスキルなら、セラは今後魔法を使うことができない。それを差し引いても驚異的な腕力だ。その事実が明るみになった時、セラは受け入れることができるのか。

ふと、俺はそんな不安を抱いた。

「それはそうと、本当に怪我はないの？」

「平気だよフレイヤ嬢。このとおり体は問題なく動く」

叩きつけられた背中をぐいぐいっと捻じる。痛みも違和感もない。

「ならいい。そろそろ狩猟祭も始まるし、当然ルナセリア公子も参加するんでしょ？　怪我が理由で不参加になったら悲しい」

「狩猟祭？　……そうだったね、そろそろあのイベントが始まるのか」

フレイヤの台詞《せりふ》で俺は思い出した。

夏休み前に行われる、《ラブリーソーサラー》の共通イベントその二。

正式なイベントの名は〝倶利伽羅《くりから》への貢ぎ物〟。

極東に現れたとある龍《りゅう》へ、供物《くもつ》となる魔物を捧《ささ》げる――という部分から着想を得たのか、今では大陸中で行われている行事の一つ。

前世で言うバレンタインやハロウィンと似てるな。結構元の話から変わってる。

今じゃ意中の相手にモンスターの死体をプレゼントして、自身の気持ちを伝えるイベントだ。ラブリーソーサラーでは、モンスターを贈ると相手の好感度を稼げる。ゆえにモブの俺は今のところ、参加はしても誰にもプレゼントする気はない。

せめて原作主人公のアトラスくんが誰のルートに入るのか確認してからじゃないと、とてもヒロインたちを口説きにはいけない。

来年の狩猟祭に期待だな、俺は。来年になればアトラスくんがどのキャラのルートに入るのか確定する。今年最後に待ち構える冬の共通イベントでね。

「私も狩猟祭には参加する。目指せ一位」

「フレイヤ嬢が？　珍しいね、女性も参加するなんて」

こう言うのはなんだが、狩猟祭は男性が女性にアピールするイベントだ。けど、女性が男性にモンスターを捧げるのも同じ意味合いを持つ。何も不自然ではないな。

「せっかくモンスターと戦えるんだから参加しないと損」

「フレイヤ嬢らしいね」

さすが剣聖の娘。戦闘意欲に満ちていた。

しかし、俺もまた彼女と同じ理由で参加する。自由に外へ出て歩き回れるのだから、レベリングのいい機会だ。

「ヘルメス様はもう決まっているんですか？　倒したモンスターを誰に渡すか」

「ッ!?」

俺とフレイヤの話を聞いていたのか、ミネルヴァが余計な爆弾を投下する。

言葉の終わりに、ミネルヴァ、アルテミス、レア、フレイヤ、セラたちを含む訓練場内の多くの女子生徒から鋭い視線を向けられた。

こ、これがイケメンか……罪な男だな、俺も——と冗談を言ってる場合じゃない。みんな目がガチすぎて怖いよ。そんな顔されても、俺の答えは決まっている。

「そうだね……もう決めてるよ」

「!?」

ざわっ、と訓練場の中がひりついた。

視線を外し、多くの女子生徒たちがひそひそと話す。それはミネルヴァたちも例外じゃない。

「み、ミネルヴァ様、ヘルメス様はいったい誰に渡すのでしょうか？」

「そそそ、それはもちろん私《わたくし》に決まって……」

「声が震えていますよ、ミネルヴァ様」

「うるさいですわアルテミスさん！　そういうあなたはどうなの!?」

「わ、私ですか!?　ヘルメス様のような高貴で素敵な方が、私ごとき野良犬にプレゼントなどしてくれるはずがありません。期待するだけ無意味かつ失礼ですよ！」

「そ、そこまで卑屈にならなくても……」

まくし立てるように自らを卑下するアルテミスに、さすがのミネルヴァも激情を引っ込めて困惑していた。

俺も内心で「えぇ……」と呟く。

「先に言っておくけど、誰かは教えられない。当日、楽しみにしてて」

「「そ、そんな！」」

ミネルヴァ、アルテミスの両者から悲鳴に似た抗議の反応が飛んでくる。

だが、俺はそれ以上口を開くことはなかった。適当に誤魔化したが、誰にあげるかは決めていない。話は終わりだと言わんばかりに視線をフレイヤたちに戻す。

直後、どこか焦った様子でアルテミスが言った。

「そ、そうだ！　次の休日はどのダンジョンに行きますか？」

かなり苦しい話題の転換だ。けど、悪くないので俺は乗っておく。

「うーん……そうだね。今のところ中級ダンジョンの〝砂上の楼閣〟に行こうと思ってるよ」

「砂上の楼閣？　なになに、面白い話をしてるね」

意外なことに、興味を持ったのはレアだった。その瞳がまっすぐ俺の顔に向けられている。

よく見ると、フレイヤたちもちらちら俺の顔を見ていた。

「休日はよくダンジョンを攻略しているんだ。いい勉強になるよ」

「ふうん。ダンジョン攻略か……いいね」

なぜかにやりとレアは不敵に笑った。背筋がぞわっとする。

「レア？　何か？」

「いーや？　何でもないよ～。ふふっ」

鼻歌交じりに彼女は視線を逸らした。

「ルナセリア公子、ダンジョンの話もいいけど今は授業中。私たちにもっと技術を教えてほしい」

くいくいっとフレイヤに袖を引っ張られる。

そうだったな、と俺は意識をそちらへ戻した。

「ああ、ごめん。そういうわけだから、みんなまたね。授業はしっかり受けるように」

それだけ言って、俺はフレイヤたちとの練習に戻った。

▼△▼

数日後。

フレイヤとセラに柔術を教えたり、ミネルヴァやアルテミスと刃《やいば》を交えたり、レアにせがまれて一緒に魔法を練習したりと、そこそこの時間が経過した。

気づけばもう週末だ。今日は約束どおり、ミネルヴァたちとダンジョンへ向かう。

準備を済ませた俺は、学園の外で待っているミネルヴァたちの下へ向かうべく男子寮を出た。すると、寮の入り口で見慣れた顔が三つ、ほぼ同時にこちらを向いた。

「レア。それにフェローニア嬢とフロセルピア嬢まで」

日差しの下、キラキラと髪を輝かせて、彼女たちは喜びの色を顔に刻む。

三人が砂利を蹴りながら俺の傍《そば》に寄ってきた。

「こんにちは、こんにちは！　フェローニアのこと、覚えていてくれたんですね！」

ぴょんぴょんとフェローニアがその場で軽く飛び跳ねた。ふわりと薄緑色の髪が揺れる。

「もちろんだよ。フェローニア嬢とフロセルピア嬢には、妖精の件でだいぶ世話になったからね。君も元気かい？　フロセルピア嬢」

「は、はい！　最近はレア様と一緒に、あっちへ行ったりこっちへ行ったり楽しくさせてもらってます！　もらってます！」

「へぇ。妖精探しは順調？」

ちらりとレアの顔を見て訊ねると、彼女は両手を上げて「そんなわけないよ」と言わんばかりにかぶりを振った。

「順調だったら、休日にこんな所に足を運ばない」

「確かにね。押しつける形になってごめん、レア」

「ううん。ボクが望んで妖精を探してるわけだし、ヘルメスくんは何も悪くないさ。むしろ、ヘルメスくんには恩があるからね。妖精のことは任せてほしい」

「ありがとう。時間が取れたら俺も手伝うよ。その時はよろしく」

「うん。いってらっしゃい」

歩み出した俺を見送ってレアたちはひらひらと手を振った。

最後に、風に乗って小さくレアの呟きが耳に届く。

「い、い、い、いまたあとでね」

▼△▼

レアたちと別れてダンジョンへ向かう。

俺の両隣には、ミネルヴァとアルテミスの姿があった。

二人を伴い足を運んだのは、中級ダンジョン〝砂上の楼閣〟。

ここは、一面の砂漠地帯だ。コンセプトは分かりやすく土。土のダンジョンはだいたいこんな風景が広がっている。

洞窟を抜け、一面砂漠の世界に迷い込んだ瞬間、ミネルヴァたちは感嘆の声を洩《も》らした。

「ここが……中級ダンジョンの一角ですか」

「ミネルヴァは中級ダンジョンに来るのは初めてだっけ？」

「はい。初級ダンジョンになら入ったことはありますが……」

「なら気を引き締めてくれ。初級と中級にそこまで差はないけど、当然ながら初級ダンジョンより敵が強い」

「もちろんです。勝手な行動はしません」

くすりと笑うミネルヴァ。

彼女の表情にそこまで緊張の色は見えない。俺とアルテミスがいるから、落ち着いてるのだろう。

もう一人のアルテミスはというと、周りをきょろきょろ見渡しながらぽつりと呟いた。

「砂上の楼閣……父がよく行っていたダンジョンですね」

「ここでなら何か、アスター伯爵に繋《つな》がる情報が見つかるかもしれない。過度な期待はしないでおいたほうがいいだろうけどね」

「はい。でも……なんとなく、何かが待っているような予感がします」

「なら行こうか。時は金なりってね」

砂を踏みつけながら俺は前に進む。ミネルヴァとアルテミスが俺の背中を追いかけてきた。

このダンジョンは、一面砂漠地帯だ。広々としていてモンスターの接近に気づきやすい。ダンジョンという名前に見合わぬ世界だと思われがちだが、迷宮たる要素はある。

それは、ダンジョンの広さ。

砂上の楼閣は、前に俺が頻繁に足を踏み入れていた〝嘆きの回廊〟を遥《はる》かに凌駕《りょうが》する規模のダンジョンだ。出てくるモンスターが特別強いとかそういうわけではないが、攻略するには骨が折れる。

ゲームでは、無駄に時間がかかって嫌いだったな……しかし、今の俺には関係ない。前世の記憶を持っているため、最短でボスがいる場所まで行ける。

中級ダンジョンのボスはだいたいレベル50。今の俺が挑んでも、確実に勝てる保証はない。

ゆえに、ミネルヴァたちがいる状況でボスに挑んだりはしない。万が一俺が死んだ場合、ミネルヴァたちが地上へ戻るのが困難になるからだ。

俺の目的はあくまで三つ。

一つは、アルテミスの父親、アスター伯爵が残した痕跡を見つけること。

もう一つは、大量のモンスターを倒して経験値を得ること。

最後に、マーモンとの戦闘で獲得した〝聖剣スキル〟を検証すること。

この三つさえ達成できればそれでいい。わざわざ命を懸ける状況じゃない。

しばらく何もない砂漠の上を歩いていると、遠くから複数のモンスターが姿を見せた。ラクダのような小型のモンスターだ。レベルは20ほど。

「ヘルメス様、敵が」

ミネルヴァも見晴らしのよさですぐに気づく。

アルテミスは探知能力が優れているのか、すでに腰に下げた鞘《さや》から短剣を抜いていた。いい反応だ。

「ですね。二人には申し訳ありませんが、あのモンスターは俺が倒します。ちょっと検証したいことがあって」

「検証したいこと？」

「ミネルヴァは前に見たことがあるでしょう？　青白く輝く光の剣を」

「……ああ、マーモンと戦った時に使っていたアレですね」

ミネルヴァは記憶を漁《あさ》り、ポンと手を叩いた。

俺はこくりと頷く。

「それです。実はあの剣、俺もよく分かっていなくて。だから、検証したいんですが……いいですか？　譲ってもらっても」

「私は構いませんよ。ダンジョンに連れてきてもらっただけでも満足です」

「アルテミス嬢は？」

「もちろん、ヘルメス様にお譲りします。私は手伝ってもらってる立場ですから」

「ありがとうございます、二人共。聖剣の検証が終わったら、今度は二人の手伝いもしますからご安心を」

それだけ言って俺は、彼女たちより前に出る。

スキル〝聖剣〟の発動を心の中で願った。あの青白く輝く剣を寄越《よこ》せと。

直後、目の前にシステムメッセージが届いた。

『スキル〝聖剣〟を発動するための条件を満たしていません』

「…………はあああ!?」

相変わらず原理不明のメッセージ。そのメッセージが、俺の予想を裏切る形でパッと消える。

当たり前だが、言われたとおり聖剣は出てこなかった。

俺は盛大に声を荒らげ、びくりと背後のミネルヴァたちが肩を震わせる。

「へ、ヘルメス様？　どうしましたか？」

「モンスターが来ちゃいますよ？」

「ッ。ごめん、二人共。ちょっとモンスターを倒してくれるかな？　スキルが発動しなかったっぽいんだ……」

口調を乱しながらミネルヴァたちの後ろに下がる。

二人は、やや困惑した様子だったが、元から戦闘態勢には入っていた。それぞれが武器を構え、数体のモンスターと接触する。

その様子を眺めながら、魔法で二人を支援しつつぼやいた。

「クソッ。どういうことだ？　〝聖剣スキル〟を使うには条件があるのか？　そういえば前に使った時は……」

マーモンとの死闘を思い出す。

確かあの時は、かなりピンチな状況だった。システムメッセージは……俺の体力が一定値を下回ったから条件が解放されたと言っていた。

つまり、俺の体力が瀕死《ひんし》一歩手前くらいになれば聖剣は解放されるのか？　あまりにもリスキーすぎる。

だが、いざって時のために確認作業は必要だ。特に条件が厳しいならなおのこと、な。

俺はミネルヴァたちがすべてのモンスターを討伐するまで待った。

仮に自分の体力を削るなら、戦闘が終わったあと、二人が近くにいる状況じゃなきゃ安全とは言えない。

地上に戻ったほうがより安全ではあるが、下手《へた》すると聖剣を他の人間に見られる危険性がある。

あと、マーモンの時は衝撃波を無意識に放った。あれをやらかしたら周囲に甚大な被害を及ぼす。

すべてを踏まえて、聖剣の情報を秘密にし、なおかつ安全なのは、俺からしたらさほど敵も強くないダンジョンの中ということになる。

たとえ体力がそこそこ減っていても、ここなら雑魚《ざこ》の攻撃は痛くもないしな。それに、砂上の楼閣は見晴らしがいい。奇襲される心配もない。

最後の一体を討伐したミネルヴァたちが、涼しい顔で戻ってくる。

「お待たせしました、ヘルメス様。敵は掃討できましたよ」

「ミネルヴァ様、すごく強くなりましたね」

「アルテミスさんとヘルメス様のサポートがあったからこそです。……それで、何かありましたか？ヘルメス様」

スッと、ミネルヴァの海色の瞳が俺の顔に向いた。ジッと青色の水晶玉に見つめられる。

どう……説明したものか。

俺はほんの一瞬だけ迷ったが、ミネルヴァとアルテミスには説明しておくことに決めた。

「あの剣が出せませんでした。条件があるようです」

「条件？」

「前に出した時はピンチでしたからね。その時と同じ状況になれば、あの剣が取り出せるかもしれません」

「なるほど……って!? まさか自分を傷つけるような真似しませんよね？」

さすがミネルヴァ、俺のことをよく分かっている。察しがいいな。

無言を貫く俺の反応に、それが肯定だとミネルヴァは受け取る。顔がみるみる真っ青に変わった。

「あの剣？ 怪我？ お二人共、いったい何のお話ですか？」

唯一何も知らないアルテミスが頭上に「？」を浮かべて首を傾けた。

俺は簡単に説明する。

「実は、俺には特別な能力があるんだ」

自分で言うとなんだか胡散臭《うさんくさ》い話だな。厨二病《ちゅうにびょう》患者みたいな台詞になった。

「特別な力？」

「体から光の剣を取り出すことができる。前に、ミネルヴァが誘拐された時は、その剣を使って魔族と戦ったんだ」

「魔族……そういえば、軽くですが聞きました。王都に魔族が現れたという話を」

「その魔族を退けた剣が、たぶんある程度弱ってないと使えないんだ」

「だから自傷すると」

俺は素直にアルテミスの言葉に頷いた。

直後、ミネルヴァが声を荒らげる。

「ダメです！ あの時と同じ状況になるまで傷を負うなんて……ここはダンジョンですよ！」

「無策で自分をボロボロにしたりしませんよ。ちゃんと安全策は取ってます」

「教えてください」

有無を言わさぬ表情でミネルヴァが一歩前に出た。彼女の整った顔立ちで近づかれると妙に緊張する。

俺は視線をわずかに横へ逸らし、口を開いた。

「えっと……このダンジョン、砂上の楼閣は見晴らしのいい場所です。モンスターに奇襲される心配はないでしょう」

一つ上の上級ダンジョンなら地中から接近してくる個体もいるが、中級では出てこない。

「それに、俺の力は魔族に目をつけられています。できるなら人の目も避けて使いたい」

本当は魔族どころか、人間にも見られたくないのだが、ミネルヴァですら俺のあの剣が聖剣とは気づいていない。マーモンとのやり取りで聖剣がどうのこうのと言われていたが、今のところ一度も彼女の口からその単語が出たことはなかった。おそらく信じてくれるだろう。

「ですが……それなら学園の男子寮で行えばいいのでは？」

「ミネルヴァも見たと思いますが、俺の剣はとても威力が高い。下手に剣を取り出して周囲を破壊でもしたらどうなるか……お分かりでしょう？」

「寮の管理人さんにバレたら成績にも響きますね。何よりヘルメス様が危険な生徒だと認識されてしまうかも」

そうそう、それが言いたかったんだアルテミス。

「そこで、ダンジョンを利用します。ここなら人の目はほとんどない。魔族もそうそういないでしょうし、見晴らしがいいので万が一の時はすぐに回復すればいい。ミネルヴァとアルテミス嬢もいるから、なお安全です」

淡々と、子供をあやすようにミネルヴァへ説明する。

アルテミスは何がなんだか分かっていないようだが、真面目な話に無粋な声を挟まなかった。

しばし考え、ミネルヴァはため息を吐《つ》く。

「はぁ……仕方ありませんね。ヘルメス様がそう決断したなら、私が何を言っても聞かないのでしょう？」

「そんなことはないですよ。大切なミネルヴァのお願いなら、苦虫を嚙《か》み潰《つぶ》しながらも頷くでしょう」

「た、大切な!?」

ミネルヴァが一瞬にして顔を真っ赤に染め上げた。俺は首を傾げる。

どうしたんだ、ミネルヴァの奴《やつ》。熱か？

彼女はこの世界において、最も大切なメインヒロインだ。体調を崩されでもしたら俺だって心配する。

右手を伸ばし、ミネルヴァの額にピタリと触れた。

——ジュッ。

あっっっっつ!?

結構な高熱だぞ。触れた瞬間にさらに熱が上がったように見えた。

「み、ミネルヴァ？　大丈夫ですか？」

「わた、わたたたたくし……たたたたた」

ダメだ。完全にミネルヴァがおかしくなっていた。

よろよろと後ろへ倒れそうになった彼女を、傍にいたアルテミスが支える。

「今のはしょうがないですよね……ええ、よく分かりますよ、ミネルヴァ様」

どうやらアルテミスには、ミネルヴァが顔を赤くした……熱を出した理由が分かるらしい。

俺にも教えてほしかったが、二人がひそひそと話し始めたので聞くに聞けない状況になった。

少しの間、放置される。

「うぅ……へ、ヘルメス様」

「もう話はいいんですか？」

放置されること十分ちょっと。

ボーッと空を仰いでいると、ミネルヴァが気まずそうな顔で言った。

「は、はい。すみません、ご心配をおかけして」

「いえ、ミネルヴァに何かあったら俺が困りますからね。体調が悪いなら、一度地上に戻りますか？」

「私が背負いますよ、ミネルヴァ様！」

「大丈夫です、アルテミスさん。それより、先ほどの話、進めてください。私とアルテミスさんがしっかり護衛いたしますので」

「本当に？　ありがとう、ミネルヴァ」

よし、これで一番厄介そうな問題は片付いた。

俺は二人を遠ざけ、砂漠の一角にて自らの手を腹に当てる。

できるかぎり魔力を練り上げ――水属性の魔法を使って攻撃した。自分を。

「ぐっ！」

凄まじい衝撃が発生し、俺の体は威力に耐えきれず後ろへ吹き飛んだ。地面を何度もバウンドしながら転がり、痛みに耐えつつ立ち上がる。

「いててて……今のでどれくらい体力が減ったかな？」

ステータスウインドウを開いて、自身の体力を確認する。

体力バーは、ゲームみたいにＨＰの残量が数値として表示されているわけではない。緑色の線がただ横に伸びているだけだ。

細かい体力の残りは分からないが、今の一撃でだいたい三割ほどが減った。魔力も相当消費したし、まあ効率はいいな。

「一応、これで聖剣が出せるか確認しないと」

どれくらい体力が減ると聖剣が出せるのか、その検証も兼ねている。

俺は心の中で聖剣を望む。すると、メッセージ画面が表示された。

『スキル〝聖剣〟を発動するための条件を満たしていません』

「まだダメか……」

さすがに三割では聖剣を出すことはできなかった。

肩をすくめ、もう一度自分の体に水属性魔法を撃ち込む。

「ぐえっ」

惨めな声が洩れる。だが、これで半分を切った。

よろよろと立ち上がり、再び〝聖剣スキル〟の発動を狙う。すると今度は、

『スキル〝聖剣〟の発動条件を満たしました。第二形態：モード〝クラウソラス〟』

システムメッセージと思われる謎の文字は、俺の願いを聞き届けた。

次いで、胸元に熱が集まる。

熱は徐々に全身を巡っていった。俺は何かに導かれるように胸元へ手を置く。

前と同じだ。本能がそれを欲し、求める。

あとは全身を駆け巡る熱を放出するように――胸元に現れた柄《つか》を掴んだ。一気にそれを引き抜く。

「……また、お前を見ることができたな」

俺の右手に握られているのは、黄金の光を纏《まと》う青白い剣。スキルによって発現した俺の聖剣だ。

前もそうだったが、どうやらこの聖剣の名前はクラウソラスと言うらしい。

煌々《こうこう》と輝く聖剣を前に、とたとたとミネルヴァたちが俺に近づいてきた。

「ヘルメス様、それは前に見たあの剣ですね？」

「ああ。間違いない。剣から供給されるエネルギーもあの時のままだ」

「凄く綺麗《きれい》な剣……本当にヘルメス様の体から出てきてびっくりしました」

初見のアルテミスも煌々と輝くクラウソラスを見てうっとりしていた。人の視線を引き付ける何かがこいつにはある。

さらにこの聖剣クラウソラスを握っている間は、俺の肉体が金色のオーラに包まれ、不思議な全能感に満たされる。

おそらくレベルが一時的に上がっているのか、ステータスが増加しているのか……ふむ、残念な

がらステータス画面を開いてみても何も変化はない。きっと聖剣特有の能力なんだろう。マーモン戦の時みたく衝撃波も発生しなかったし……謎の多いスキルだな。

他にも、今回で答えを得られたこともあれば疑問も増えた。

一つ。この〝聖剣スキル〟を発動した瞬間、システムメッセージは間違いなく言った。

——第二形態、と。

それは即《すなわ》ち、少なくともクラウソラスより一段劣る第一形態があるはずだ。もしかすると第三形態があって、第一形態が最も優れた形態である可能性もあるが……。

とにかく、俺の〝聖剣スキル〟が持つ能力は一つじゃない。……もしかしたら別の姿もある。

面白い。どうせ他の能力も何かしらの条件をクリアしなきゃ発動しないんだろ？　だったら、それを解き明かすのも一興だ。すべて俺の力になる。

内心でククク笑いが止まらなかった。二度目の発動でここまでヒントを得られるとはな。前回は緊急事態すぎてすっかり忘れていた。

「実際にモンスター相手にどれくらい役に立つのか、使ってみたいな……」

「えぇ!?　ただでさえ怪我しているのに、その状態でモンスターと戦う!?　いけませんよヘルメス様！」

「一撃でも当たったら死んじゃいますよ！」

「大丈夫ですよミネルヴァ、アルテミス嬢。このダンジョンの雑魚じゃ俺をまともに傷付けられません。むしろチャンスと言えますね」

逆に言えば、中級ダンジョンの雑魚程度ではあまりテストにならない。せめてボスと戦って検証してみたいが……リスクが大きすぎる。かといって、上級ダンジョンもかなり危険だ。何よりミネルヴァたちを連れていくことができない。

この場では、中級ダンジョンの雑魚狩りが精々だろう。

俺の頑《かたく》なな意思を見て、ミネルヴァは深くため息を吐く。

「ハァ……本当に、ヘルメス様はどうしようもないですね」

「最近のミネルヴァは手厳しい……」

「ヘルメス様のせいですよ？　でも、そこまで望むのでしたらこれ以上は止めません。何かあれば必ず守ります」

「ありがとうございます」

ミネルヴァ・フォン・サンライト……相変わらずいい女だ。さすが俺の前世の推し。顔も性格も最高すぎる。

アルテミスからも特に反論はなく、俺たちは急いでモンスターを探して走り出した。

早くしないと〝聖剣スキル〟に魔力を大量に吸われてヤバいことになる。

幸い、モンスターはすぐに見つかった。数体のサソリ型だ。

人間より大きなサソリ型のモンスターは、近くで見ると生理的な嫌悪感を抱かせる。が、今の俺は聖剣を手にしているせいか、気分が高揚していた。ギチギチと口から音を立てるサソリを見ても、ただの的くらいにしか思えない。

笑みを浮かべたまま、俺は颯爽《さっそう》とサソリ型のモンスターを蹴散らす。

「ははっ！　いい斬れ味だな！」

聖剣の輝きがサソリの甲殻を容易《たやす》く両断した。

剣から零《こぼ》れた光の粒子が、空に残滓《ざんし》を散らす。宇宙に広がる星々のような煌《きら》めきが集い、一本の帯を描いてモンスターを斬り裂いた。

まるで豆腐だな。一切の抵抗を感じない。

マーモンが生み出した大型のモンスターすら斬り裂いたのだから、中級ダンジョンの雑魚なら瞬殺できても不思議じゃない。

だが、過剰な攻撃だ。

聖剣は発動中ずっと魔力を馬鹿みたいな勢いで食っていく。レベルを上げた今の俺でも、長時間の維持はできない。

そろそろ治癒魔法に使う分の魔力すら枯渇しかかってきたため、俺はやむなく最後の一体を斬り飛ばしてから〝聖剣スキル〟を解除した。

ほろほろと拡散していく青白い粒子が、徐々に俺の体に戻っていく。

やや幻想的な光景を見送ると、パチパチ、という拍手の音が響いた。

「お疲れ様でした、ヘルメス様。やはりあの剣は素晴らしい性能ですね」

「ありがとうございます、ミネルヴァ。しかし、スキルと呼ばれる力は魔力の消費が激しい。いざという時のために温存しないといけませんね」

「そうですね。ええ、気持ちはよく理解できますよ。——ご覧ください、ヘルメス様！」

ミネルヴァは急に大きな声を出し、掌《てのひら》に黄金の魔力で炎の球体を作り出した。

これは……！

「き、金色の炎!?」

アルテミスが叫び、俺がもしや？　と訊ねる。

「も、もしかして以前、地下で見た？」

「はい！　あの魔族を撃退した際に使った魔力です。魔族の話によると、この魔力もまたスキルのようですね」

「自分の意思で使えるようになったんですね……」

「どうやらスキルとは、一度でも発現すればあとは自在に操れるようですよ？　まあ、ヘルメス様のスキルには発動条件があるようですが」

「ええ。ミネルヴァのスキルには条件がないんですか？」

「ありませんね。念じるとこうして魔力を操ることができます」

ふわりとミネルヴァの掌に集まった黄金の魔力が、彼女の頭より上へ浮かんでいく。そこから左右に動かしたり、光を拡散させて集束も行う。

凄いな。本当に自由自在だ。

「羨ましいですね。俺のはじゃじゃ馬なので」

「それだけ強力なスキルということですよ。私のこのスキルは、通常時の魔力と同じで操る必要がありますし、通常の魔法を発動するより遥かに魔力を消費しますから。燃費は悪いですね」

「なるほど」

俺とミネルヴァ、どちらのスキルがより優れているのか、それを証明する方法はない。どちらも一長一短だ。いいところがあれば悪いところもある。

だが、少なくとも両者共にレアなスキルを引き当てたことは確かだ。マーモンの反応からそれが分かる。

「いいですね……お二人共。スキルのことはよく分かりませんが、もの凄い力を持っていて……」

唯一、この中でスキルを持っていないと思われるアルテミスが、やや微妙な表情を浮かべていた。

自分だけが蚊帳《かや》の外《そと》で寂しかったのかもしれない。別にスキルの有無が俺たちの友情に影響を及ぼしたりはしないが、自分だけスキルを持っていないことに疎外感を覚えたのだろう。

ちらりと俺はミネルヴァを見る。彼女は俺の視線に気づいて、こくりと頷いた。

「アルテミス嬢にだって、何かしらのスキルが芽生える可能性はあるよ。俺やミネルヴァがそうだったようにね」

「ヘルメス様の仰《おっしゃ》るとおりですわ。アルテミスさんには才能がありますもの」

「は、果たしてそうでしょうか？」

「不安になる気持ちは分かるよ。けど、俺はこのスキルの謎も解き明かしたい。とても難しいだろうが、その時はアルテミス嬢にいろいろ教えるよ。約束だ」

「ヘルメス様……」

アルテミスは感動したように胸の前で手を合わせる。わずかに彼女の肩が揺れ、大きな双丘もハッキリと上下した。

思わず俺は視線を横に逸らす。彼女の一部は目のやり場に困る……。

「さあて、そろそろ休憩は終わりにして、さっさとダンジョンを攻略しようか。早くしないと陽が暮れてしまう」

くるりと振り返って前方を見る。俺の視線の先には、かすかに緑色の光景が映っていた。

あれはオアシスだ。

砂漠系のダンジョンには必ずある、安全エリアと言える場所。ただ休むためだけの場所ではないが、中級ダンジョンの奥に行くには、あのオアシスを通り抜けなきゃいけない。立派な目印だ。

俺と横に並んだミネルヴァが歩き出す。その背中をアルテミスもまた追いかけた。

▼△▼

中級ダンジョン・砂上の楼閣の攻略を始めて数時間。

俺は、同行したミネルヴァとアルテミスに充分な戦闘経験を積ませながら、どんどん先を急ぐ。

広大なフィールドとはいえ、正解のルートを知っている俺からしたら攻略は楽だった。出てくる雑魚もほとんどがレベル20～30。

〝嘆きの回廊〟がモンスターの種類なら、砂上の楼閣は平均レベルの高さが特徴的。

ゆえに、敵のレベルを超えていれば、あとは簡単に攻略できてしまう。

嘆きの回廊にいるのは大半が死霊系のモンスターだったしな。死霊系のモンスターは弱点が偏っていたり、無駄に耐性があったり、状態異常《バッドステータス》をかけようとしてきたりと……まあ、あれだ、少しめんどくさい。

このダンジョンみたいに、パワーでぶつかってこられたほうが分かりやすくていいな。

ミネルヴァもアルテミスも、数度の戦闘で緊張も解けたのか、軽やかな足取りで俺に続く。

「今のところは順調ですね」

「二人とも呑《の》み込《こ》みが早いですね。このペースなら、そろそろボスエリアの前に到着するかな」

「ボスには挑戦するんですか？」

アルテミスの疑問に、俺は首を横に振って即答した。

「いや、今回は挑まない。残念ながら今の俺では、まだ不安が残る。さっきのスキルを使えば確実に勝てるだろうけど……それはそれでリスクがあるからね」

「安全を取るのは正しいですよ、ヘルメス様」

ふふ、と笑ってミネルヴァがそう言う。

俺が無謀にもボスに挑もうとしたら、きっとミネルヴァに止められていたに違いない。

俺は戦闘が好きだ。バチバチに強敵と実力を競い合うのが好きだ。しかし、決して死ぬのが怖くないわけじゃない。むしろ前世以上に恐ろしいとすら言える。

なぜならこの世界は、俺の理想の世界。恋焦がれた世界そのものだ。

そんな世界に転生しておいて、一年も生きていないまま死ぬのはもったいない。

だから死ねない。死にたくない。死なないために俺は強くならなきゃいけない。この世界を遊び尽くすには、百年あったって足りないくらいだ。

「しかし……なかなかアスター伯爵の手がかりは見つかりませんね」

「父は最近もこのダンジョンへ潜ったはずなんですけどね……」

話題が切り替わり、ミネルヴァが周りを見渡しながらぼやいた。アルテミスの表情がわずかに曇る。

確かに、今のところアスター伯爵どころか、誰の痕跡すら見つかっていない。俺たちはただダンジョンを攻略しているにすぎなかった。

「気落ちしてもしょうがないさ。辛抱強く探すしか……おっと、敵だ」

ピタリと俺は足を止める。

正面に泥を被《かぶ》ったようなゴーレムが現れた。

ゴーレムの体軀《たいく》はおよそ三メートル。岩か土で作られた体は、歩く度に大きな音を響かせた。

「レベル30のゴーレムか。ちょっと二人だと苦戦するかな？」

俺の推測によると、ミネルヴァのレベルが20。アルテミスが25ほどだ。ＲＰＧにおいて５以上の差は割とデカい。アルテミスがいても勝てるかちょっと分からなかった。

「では少しだけ戦わせてください。いい経験にはなるのでしょう？」

ミネルヴァが不敵な笑みを作る。

アルテミスも短剣を構えてやる気満々だった。

俺はふっと笑って肩をすくめる。

「やれやれ……ミネルヴァこそ、一度言ったら止まらないじゃないですか」

「ヘルメス様に影響されてしまったのかもしれませんね」

「……分かりました。気をつけてくださいね」

俺はゴーレムに突っ込んでいく二人を見送った。

ゴーレムは一撃の威力が高いタイプのモンスターだ。動きはそこまで速くない。

俺が助けるだけの余裕はあるし、ミネルヴァの言うとおり経験を積むにはもってこいだ。

仮にダメージを負っても、俺が治癒魔法を使えばいい。

意識を離さないようにジッと二人の戦闘を見守る。

すると、何度目かの攻防のあと、アルテミスが地面の砂に足を取られた。無理にゴーレムの攻撃を回避しようとしたせいだ。

動きがワンテンポ遅れ、その隙にゴーレムが再び腕を振るう。

回避は間に合わないが、ガードはできる。アルテミスは冷静に剣を横に倒し、ゴーレムの一撃を防御した。

ナイスガード。

ギリギリ致命傷を避けられた。

おそらくゴーレムの攻撃を生身で食らっていた場合、アルテミスのレベルとステータスでは一気に体力が削られていた。それを剣の摩耗だけで済ませたのだから、見事な反応速度だ。

けれど、強烈な一撃を受けたアルテミスは、剣を横に構えたまま凄まじい勢いで吹き飛ばされる。

受身を取ることもかなわず、盛大に地面を跳ねながら二〇メートルほど先へ着地する。

ガードした上でダメージを受けたんだ、アルテミスからしたら理不尽なものだろう。驚異的なパワーと驚異的な耐久力を持つゴーレムは、アルテミスの天敵と言える。

「ッ!!　腕が痺《しび》れ……なっ!?」

だが、彼女の不運はそれだけでは終わらなかった。

ほんの一歩後ろへ下がったアルテミスの足が、わずかに砂の中へ埋まる。

足が砂に呑まれただけだ。引っこ抜こうと思えば簡単にできるし、アルテミスの速度を妨害するほどの効果はない。

しかし、アルテミスの足はさらに地中へ引きずり込まれていく。今度はさらに大きく体が沈み、——次の瞬間には、アルテミスが立っていた場所に大きな穴が開いたのだ。

あまりにもおかしな光景だ。ダンジョンの一角に、唐突に五メートルほどの穴が開いた。

離れた所からアルテミスの様子を窺《うかが》っていた俺もミネルヴァも、その不思議な光景に咄嗟《とっさ》に足が動いた。

気づいた時にはアルテミスの下へダッシュしていた。

「アルテミス！」

「アルテミスさん！」

普段の口調などお構いなしで走る。彼女が伸ばした白く華奢《きゃしゃ》な手を——俺は摑んだ。

次いで、俺自身も体を反転し背後へ手を伸ばす。その先にはミネルヴァがいた。

彼女は俺の意図を即座に汲《く》む。アルテミスと同じ白く滑らかな手が、しっかりと俺の手首を摑んでみせた。

よし！　これでアルテミスが落ちることはない！

そう油断していた俺は、すっかり頭の中から警戒の意識が抜け落ちていた。

ダンジョンの罠《わな》がそれで終わりだという浅はかな考えをあざ笑うかのように、穴はさらに広がって……俺どころか、ミネルヴァすら巻き込んで奈落の底へ叩き落とす。

ふわっと不愉快な浮遊感が俺たちを包む。

あ、まずい。

一秒後には感想が切り替わる。

俺は瞬時にミネルヴァとアルテミスの体を引き寄せ、二人を守るように抱き締めた。体を重力に任せて落としながら、上手《うま》いこと落下姿勢を作る。

クッションだ。俺は二人のクッションになる。

くるりと背中を地面側に向け、できるだけ二人を自分の胸元に引き寄せた。

これで落下ダメージの大半は俺が引き受けられる。俺の体が柔らかくないため、上に乗ってる二人もかなりのダメージを負うだろうが、落下地点に岩などがあった場合、俺の体のほうがマシなはずだ。

決意を胸に、徐々に周囲が漆黒に呑まれていった——。


「…………ッ！」

落ちた。それはもう見事に落ちた。

落下時間はそれほど長くなかったように思えるし、想像以上に長かった気もする。

だが、俺は生きている。胸の中に収まったミネルヴァとアルテミスも無事だ。

どうやら俺たちが落ちたのは、さらに地下にある洞窟エリア。足下は地上と同じように砂が広がり、ゴツゴツとした岩や石のようなものはなかった。おかげで大してダメージは受けていない。

レベルを上げたことによる耐久力も仕事をしていた。そのことにホッと胸を撫で下ろしながら、俺は自分を下敷きにしている乙女《おとめ》二人へ声をかけた。

「ミネルヴァ、アルテミス嬢……怪我はありませんか？」

「い、一応……骨も折れてはいません」

「ヘルメス様のおかげで助かりました。砂漠の上とはいえ、私がそのまま落下していたら……」

俺の上からミネルヴァとアルテミスがどく。

二人とも不安そうな表情を浮かべてはいたが、怪我らしい怪我はないように見える。

念のため俺は、自分を含めた全員に神聖属性の治癒魔法を使う。淡い光に包まれると、ミネルヴァとアルテミスの表情も徐々に平常時へと戻った。

俺は立ち上がり、ぐるりと周りを一瞥《いちべつ》する。

「さて……全員が無事だったのはいいんですが、ここはどこでしょうね」

地上に比べると薄暗いが、壁の至る所に発光する石が埋め込まれていた。視界の確保に困ることはない。

だが、問題なのはそこじゃなかった。

ここは……前世の知識を持つ俺ですら知らない場所だ。そもそも中級ダンジョン・砂上の楼閣にあんな罠があることすら知らなかった。

どういうことだ？　すでにこの世界では、俺が知るラブリーソーサラーの常識を逸脱した現象が起こっている。今さらそこまで強く動揺はしないが、未知に対する不安はある。

ミネルヴァもアルテミスも同じ気持ちなのか、しきりに周りを見渡しては不安そうにしていた。

「ヘルメス様も知らないとなると、ここは未開領域でしょうか？」

「他の冒険者やダンジョンを攻略してる人は知ってるかもしれないな。あんなふざけた罠、かからないほうが難しい」

クソトラップだ。砂のせいで罠があるかどうか分からないのに、罠が起動するとあれだけ大きな穴が開くなんて。

最初から罠を知っている人じゃないと回避できない。現に俺とミネルヴァは、アルテミスに巻き込まれる形で落とし穴にハマってしまった。

「申し訳ございません……私のせいで……」

アルテミスがしょぼん、と意気消沈する。

俺もミネルヴァも首を横に振った。

「別にアルテミスのせいじゃないよ」

「そうです。どちらかと言うとゴーレムのせいです！　あのゴーレムは地上に戻ったら確実に破壊しましょう」

「ですね。それに……ちょっと面白くなってきましたし」

ミネルヴァの意見にくすりと笑いながら、俺は口端を持ち上げた。

最初こそ不安はあった。今も不安は残っている。けど、ゲーマーならこの状況を楽しまなきゃ損だろ。

少なくとも俺たちからしたら、ここは未開の領域。何が待っているのか分からない。上で単純作業を繰り返すより遥かにテンションが上がる。

それに……何も俺が楽しむだけの場所じゃない。もしかすると、ここにはアルテミスの父親に関する手がかりがあるかもしれない。

「面白くなってきた？」

「ええ。ただ砂上の楼閣を攻略するだけじゃ単なる作業。しかし、ここは俺も知らない世界。ワクワクしませんか？」

「……ヘルメス様に感化されたようですね、私も。そう言われると胸が躍ります」

ミネルヴァはふっと笑って俺の意見に同意を示してくれた。

アルテミスの表情が少しだけ晴れる。

「アルテミス嬢も楽しむといいよ」

「え？」

「君の話が本当なら……アスター伯爵が頻繁にここへ来ていたのは、この落とし穴の先に用があったからかもしれないんだから」

「あっ！」

俺が言いたいことをアルテミスが理解する。

その瞬間、彼女の瞳に希望の色が宿った。

「そうでしょ？　まあ、まだここにアスター伯爵が来たかどうかは分からないけど、アスター伯爵にとって旨《うま》みもないだろう砂上の楼閣に足を踏み入れる理由なんて、それくらいしか俺は考えられないんだ」

アスター伯爵は俺の父や剣聖とも肩を並べるほど強かったという話だし、中級ダンジョン程度では満足できないに決まっている。

「なんとなく私もそう思います！　もしかすると、ここに父が何かしらの痕跡を残している可能性が……」

「アスター伯爵自身がいれば話は早いんだけどね」

そう言いながら俺は歩き出す。背後からミネルヴァとアルテミスが俺を追いかけた。

果たしてこの先にあるのは希望か絶望か。少しは楽しめるといいんだけどな……。

俺の願望に応えようとしているのか、ダンジョンの奥からただならぬ気配を感じたような気がした。

三章　未開領域

「なんだか薄暗くて気味の悪い場所ですね」

しばらく未開領域を歩いていると、周りを見渡していたミネルヴァがぼそりと呟《つぶや》く。

俺もアルテミスも彼女の言葉に同意を示した。

「本当に。さらさらと落ちてくるのは地上の砂ですね。モンスターの気配もしないし、遭遇もない
……余計に不気味だ」

「できるだけ早く出たいですね。出口がどこにあるのかも私《わたくし》たちは分かりませんが」

「なあに、いざとなったら歩き回ってでも探しますよ。気にせずピクニックだと思ってください」

「そんな悠長なことが言えるのはヘルメス様くらいですよ」

ミネルヴァが苦笑する。釣られてアルテミスにも笑われたが、今のはジョークではない。俺は二人ほど自らの身に不安を感じていなかった。

食料はインベントリの中にあるし、俺が全速力で走り回れば、一日も経《た》たずにダンジョン内を往復できる。

元となったダンジョン、〝砂上の楼閣〟の規模を考えると、出口を見つけるのにさほど苦労はしないだろう。

そのことを二人に伝えてしまうと、インベントリの件とかバレるし、あまり話したくはなかった。

言葉を選び、ダンジョンの規模だけでも説明する。

「……とまあ、そんなわけで心配しないでください。意外とダンジョンは狭いです」

「ヘルメス様とアルテミスさんならまだしも、私はそんな速さで動けません」

じろり、とミネルヴァに睨《にら》まれてしまう。

確かに彼女は、俺とアルテミスに比べたらＡＧＩのパラメータが低い。おそらくステータスが俺と似て万能型なのだろう。万能型はある程度レベルを上げてステータスを伸ばさないと器用貧乏だ。アルテミスみたいに尖《とが》ったステータスのほうが、最初はレベリングもしやすい。

が、ここには俺がいる。彼女の不安も見事に解消してあげよう。

「あはは。大丈夫ですよ、ミネルヴァ。いざとなったら俺があなたを抱き上げて走ります。俺の身体能力なら、それでもスピードは出るでしょうから」

「へ、ヘルメス様が私を!?」

くわっ！　とミネルヴァの目が急に開かれる。

瞳孔まで開いている。怖いよ。

「え。ええ……そうしたほうが確実ですよ」

「なるほどなるほど。ヘルメス様の言うとおりですね。私が走るよりヘルメス様にお姫様抱っこしてもらったほうが速く移動できます！」

……あれ？　俺、一言もお姫様抱っこするとは言ってないような……？　俺が想定していたのは、あくまで背負う形だ。お姫様抱っこだとちょっと走りにくい……。

そうツッコもうとしたが、満面の笑みを作ったミネルヴァには伝えにくくて、俺は甘んじて彼女の案を受け入れることにした。

ダメだ。推しのあんな顔を汚せない！

ここにきてファンであることが足枷《あしかせ》になるとは……。まあ、俺も役得ってことで。

――いや待て。冷静になれヘルメス。ミネルヴァを背負えば胸の感触が……。

「ヘルメス様？」

「あひっ!?」

ピリッとしたミネルヴァの声が俺の耳に届く。邪《よこしま》なことを考えていたせいもあって、ビクリと肩が震える。変な声も出た。

「な、なんでしょうか……」

「いえ、ヘルメス様の顔が何やら邪なことを考えているように見えて……気のせい、ですよね？」

「あああ当たり前でしょう!?」

いかん、動揺が隠せない。

本当に馬鹿げたことを考えていたため、上手《うま》くヘルメスになりきることができなかった。

ミネルヴァはジッと俺の顔を見つめる。視線がどんどん鋭くなっていき……最後には、パッと横へ逸《そ》らされた。

「まあいいでしょう。それより、ようやくお客様の登場ですよ」

ミネルヴァがスッと前を向いた。俺も釣られてそちらへ視線を向ける。

俺たちの前方、十メートルほど先に見える壁の裏側から、ちらりとモンスターの顔が覗《のぞ》く。まるで悪魔か鬼のようなモンスターだ。あんな奴《やつ》、《ラブリーソーサラー》では見たこともない。

「ヘルメス様はあれが何のモンスターかご存じですか？」

「残念ながら初めて見ますね。まずは俺が相手をします。力量を確認しないと危険です」

「ふふ。残念と言いながら楽しそうな顔をしていますよ？」

「癖でして」

笑いながら俺は二人より前に出た。腰に下げた鞘《さや》から鈍色《にびいろ》の剣を抜く。

悪魔のような、鬼のようなモンスターは、俺の様子を見て壁から体全体を出した。妙に刺々《とげとげ》しい黒い体に、頭部から生えた二本の角。体は人型だ。ゴブリンみたいに小さいが、ゴブリンとは比べ物にならないツワモノのオーラを感じる。

「いいね。少なくともお前、地上にいるモンスターより強いだろ？」

俺が知るラブリーソーサラーのダンジョンには、二種類のダンジョンが混ざった二重ダンジョンが存在する。

それと同じ原理か、それ以上に不思議な世界か。どちらにせよ、先ほど会敵したゴーレムより強そうだ。

俺は意識を戦闘に集中させ、ゆっくり腰を落とした。

対するモンスターは、刃《やいば》のように鋭く尖った爪を構え、邪悪な笑みを浮かべて地面を蹴ると、一瞬にして距離を詰めてくる。

「はっ！」

やはりな。俺の予想どおりだ。

相手の右手が上から下へ振るわれた。その一撃を剣でガードする。

ギィイィンッ！　という爪が立てたにしては恐ろしく甲高い音が響き、わずかに視界に火花が散る。

相手の攻撃を完璧に防御してみせた俺は、あえて自らの剣を内側に引いた。そうすることで、相手の体がこちらに傾く。距離がさらに縮まり、俺はさらに一歩前に踏み込んだ。

相手との距離を完全にゼロにした。こうなると今度は、リーチの長い俺のほうが不利だ。剣を振るうための間合いが足りず、かといって相手は爪なので腕でリーチを調整できる。肘を曲げるだけでいいのだから。

しかし、相手が俺の剣を弾《はじ》く暇すら与えない。それより先に、俺は右足を素早く上げた。ちょうど膝がモンスターの腹部に接触する。

膝蹴り。

これならリーチが短く、なおかつ人間の体は腕力より脚力のほうが優れている。膝の先は曲げることで鋭利さが増し、その一撃が的確にモンスターの内臓を狙う。

人間と同じ体をしているなら、臓器や骨の位置も意外と似ているものだ。そうでなくとも俺の筋力《STR》パラメータは高い。強烈な一撃を食らった悪魔のようなモンスターが、

「ギエエエエッ！」

という気味の悪い声を発して後方の壁まで吹き飛ばされていった。

壁を盛大に砕き、血を吐きながら地面に倒れる。

まだ終わっちゃいない。人間相手なら充分に意識を刈り取る自信はあるが、相手はモンスター。体力が人間より多く、なおかつ人間とは少しだけ体の強度が違うらしい。

たっぷりと憎悪の滲《にじ》んだ表情で俺を睨み、立ち上がる。

「今の感触からすると……ふむ」

たった一度の攻防だけでも得られる情報は多い。

たとえばモンスターの敏捷力《AGI》。

たとえばモンスターの攻撃力《STR》。

たとえばモンスターの耐久力《VIT》。

それらを総じて、俺は大雑把《おおざっぱ》に相手のレベルを推定する。

「だいたい40ちょっとって感じか」

上級ダンジョンに出てくる雑魚《ざこ》より弱いが、中級ダンジョンで出てくる雑魚より強い。

普通に考えたらおかしなことだ。中級ダンジョンを攻略しに来た他の連中が、下手《へた》すると殺されかねない強さ。

俺も少しだけ困惑した。マーモンと戦ってなかったら、ヤバかったかもしれないな。ミネルヴァたちに任せなくてよかった。彼女たちなら二人がかりでも瞬殺されていた可能性がある。

「とりあえず、さっさと倒すか」

いくら俺でも、同じモンスターを複数同時に相手したくない。近くに他のモンスターの気配はないが、この辺りにまったくモンスターがいないわけでもないだろう。

剣の切っ先を相手に向け、今度はこちらから地面を蹴った。

同時に魔法の並列起動を使う。一つは闇属性。相手の身体能力を弱体化し、もう一つは相手の行動を阻害する土属性の魔法。

闇がモンスターを包み、次いで足下の砂が絡みつく。

いきなり二種類の魔法を食らったモンスターは、驚きながら体勢を崩した。そこへ俺が素早く懐へ潜り込み、反射的にカウンターを決めようとした相手の攻撃を紙一重で避《よ》け——首元に刃を刺し込む。

致命傷《クリティカル》だ。

ゲームと違ってこの世界では、急所を狙うと確定でクリティカルが発生する。要はダメージが増加するのだ。闇属性魔法を食らって下がった身体能力では、その一撃に耐えられない。

口から夥《おびただ》しいほどの鮮血を吐き出し、黒い悪魔のようなモンスターが力なく倒れる。

俺はそれを眺め、念のためモンスターの心臓にも剣を突き立てておいた。

すると、モンスターは、

「ギエエエエッ！」

とまた気味の悪い声を発し、今後こそ紫色の煙となって虚空へ消えていった。

やはり首を斬り裂いても簡単には死なないな。さすがレベル40クラスの敵だ。

戦闘が終わり、剣を鞘に収めてから踵《きびす》を返す。

ミネルヴァもアルテミスも、強敵の撃破に笑みを浮かべていた。

「さすがですね、ヘルメス様！　あのモンスター、どう見ても強かったのに」

「それを感じさせないスマートな勝利！　何度見てもヘルメス様の戦いは惚《ほ》れ惚《ぼ》れします！」

「ありがとう二人共。魔力は消費させられたけど、これで先を目指せる」

今の俺なら魔力を消費せずともあのモンスターを倒すことはできた。だが、万が一にも敵が増えた場合、ミネルヴァたちを守りながら戦うのは危険だ。

ここでは何が起こっても不思議じゃないからな。

「さあ……もっと奥へ行こう。きっと何かあるはずだ」

最初に感じた気配に徐々に近づいている。

なるべく回避したほうがいいんだろうな……この感じは強敵だ。俺でも倒せる保証はない。

しかし、どうやらこのダンジョン、道がほぼ一方通行だ。無駄に広いくせに、奥へ続く通路が一つしか見えない。なんだか導かれている気がして嫌になる。

それでもここを出るためには前に進むしかなかった。俺は二人を連れ、さらに薄暗い洞窟の奥を目指す。


最初の戦闘から、またしばらく静寂の中を歩く。

変わり映えのしない景色ばかりを見せられて、いい加減飽きてきたな……と思った時。

ふいに、俺たちの視界に明かりが差した。

「これは……今まで遥《はる》かに明るい場所に出ましたね」

俺たちが辿《たど》り着《つ》いた先は、地上と同じくらい——太陽が存在するかのように照らされた一角。

円状のエリア内には、砂漠の中とは思えないほど大量の花が咲いていた。どれも黒い、どこか不気味さを感じさせる花だ。

「あ、二人共あれを見てください」

俺はエリアの奥に階段を見つける。

ダンジョンなだけあって、階段も砂で作られているが、おそらく頑丈なものだろう。そして階段が上へ向かっているということは……あそこから地上へ戻ることができるかもしれない。

「階段！　じゃあああそこから上へ出られますかね？」

やったー、とアルテミスがその場でぴょんぴょん跳ねる。

彼女からしたら父親の痕跡がなくてガッカリしているだろうに、空気を和らげるためにあえて元気を出していた。

俺もその意を汲《く》む。

「だな。きっと繋《つな》がってるはずだ。出口はあそこしかないし」

「ただ歩くだけであまり面白くありませんでしたね、このダンジョンは。最後に見るのも、この不気味な黒い花ですし」

ちらりとミネルヴァが足下へ視線を落とす。

俺もミネルヴァと同じように黒い花を観察した。

「俺は少し気になるけどな、この花が」

ダンジョンとモンスター同様に、この黒い花も俺は見たことがない。

ダンジョンとモンスターはまだ分かるが、この花は本当にいったいなんだ？　何の意味があってここに咲いているんだ？

マジマジと観察していると、ふいにアルテミスがハッと顔を強張《こわば》らせる。

「もしかしてこの花……お父様の書斎にあった……」

「ん？　どうしたの、アルテミス嬢」

「この黒い花、どこかで見覚えがあると思ったんですが……前に、父の書斎で見たことがあります」

「え？　この黒い花を？」

「正確には、黒い花のイラストですけどね。でも、花弁の形や黒く塗りつぶされている色といい……おそらく、同じものかと」

「まさかとは思っていたけど……やっぱり、アスター伯爵はここに来ていたんだ」

あまり期待はしていなかったが、アスター伯爵の痕跡をようやく見つけることができた。

しかも大きな一歩だ。

「他には？　そのイラストには何か書いてなかった？」

「ええっと……確か、この黒い花からは瘴気《しょうき》が生み出されるとか」

「瘴気？」

俺が疑問の声を上げた瞬間、まるでその言葉を待っていたかのように、周りの花から不吉なオーラ……いや、魔力が出てきた。

その黒い魔力が霧のように周囲を覆っていく。まさに瘴気だ。

「これが……瘴気？」

なんとも不気味な魔力だ。この感じ、どこかで感じたことがあるような……。

あ、とそこで思い出す。

この瘴気、マーモンに感じた魔力とよく似ている。しかし、なぜ瘴気とマーモンが似た魔力を？

何か関係しているのか？

そうとは思えないが、確実に何かしらの意味を持っている。

「ごほごほ！　ヘルメス様……気をつけてください、この瘴気、吸い込むと体に違和感が……」

「ミネルヴァ！　大丈夫？」

瘴気を吸い込んだと思われるミネルヴァが、顔色を青くしながらよろよろと俺の傍《そば》に近づいてくる。

彼女の肩を摑《つか》み、急いで治癒魔法を使おうとするが、

「!?　な、なんだ？」

それより先に、俺の体が黄金の光を放つ。

光の強さはさほどでもないが、光はミネルヴァの体を覆って瘴気を吹き飛ばした。

一瞬にしてミネルヴァの体調が安定する。

「い、今のは……!?　急に、体が軽くなりました……」

「お、俺にも何がなんだか……」

分かることと言えば、聖剣が纏《まと》う光と同じ色の光だったことくらいだ。

あのような黄金色を忘れたりしない。ミネルヴァの魔力も同じ色だった。

もしかすると俺は〝聖剣スキル〟を持っているから瘴気が効かないのか？　今のところ、瘴気を吸い込んでいるはずだが体に不調はなかった。おまけに、周りの瘴気が徐々に消滅していく。

やや離れた所に立っていたアルテミスも、俺の輝きに包まれて瘴気を弾き返していた。

「とにかく、アスター伯爵の手がかりも見つけたし、今はここを出よう。長くいると危険かもしれない」

俺が持つ謎の力が永遠に続くかどうか分からない。それなら今は、ミネルヴァたちを連れて地上

へ戻るべきだ。

そう決断した俺が階段のほうへ向き直ると――ゴゴゴゴ！　と音をたて、急に地面が大きく揺れ始めた。

「ッ！　何かが……来る！」

足下に異様な魔力を観測する。

魔力の塊は徐々にこちらへ向かってきて、十秒もしないうちに砂を押し上げながら姿を現す。

これまた、俺が見たこともない植物型モンスターだった。

「な、なんですかアレ……モンスター？」

ミネルヴァが、十メートルにも及ぶ巨大な食虫植物のような化け物を見て驚愕《きょうがく》する。アルテミスもすぐに俺の傍に近づいた。

「間違いなくモンスターでしょうね。しかも……これまで見たどのモンスターよりも強い」

肌で威圧感を感じる。

この悍《おぞ》ましいほどのオーラは、前にミネルヴァと協力して撃退したマーモンを超えていた。

それはつまり、推測されるレベルは――50以上。体感で60はいく化け物が俺たちの前に現れた。

まずい。今の俺たちが挑めば確実に死ぬ。そう思えるだけの圧がコイツにはあった。

「二人とも、いいですか？」

俺は真剣な声で両隣のミネルヴァとアルテミスに声をかける。

「は、はい」

「俺がアイツに魔法を放って隙を作ります。幸いにも、植物型のモンスターは機動力が低い。簡単に逃げられるでしょう」

「ヘルメス様はどうするんですか？」

「俺もすぐに階段へ走りますよ。現状、一番足の速い俺が足止めを行うべきでしょう？」

「それは……」

ミネルヴァの表情に「ヘルメス様を置いていきたくない」という言葉がありありと見えた。

しかし、今は俺の指示に従ってもらう。

普通に逃げようとしても、植物型のモンスターは手数が多く弱体化系の能力を複数所持しているため、事故る危険性があった。より安全に階段へ到達するには、俺が魔法で相手を攻撃して囮《おとり》になりながら、その脇を二人が駆け抜けていくべきだ。俺は複数の魔法を同時に扱えるからな。

「大丈夫なんですか？　先ほどあのスキルを使って、魔力を相当消費したように思いますが……」

「ッ――」

これはまた痛いところを突かれたな。

ミネルヴァの言葉は正しい。俺は穴に落ちる前、検証のため〝聖剣スキル〟を使った。ぶっちゃけ魔力はほとんど残っていない。おまけに治癒スキルも使い、不安はかなり大きかった。

だが、これ以外に手はない。俺は空元気を出して言った。

「はい。確実に成功させます」

「……分かりました。ヘルメス様をこの場へ残していくのは遺憾ですが、すぐに魔法でアシストします。決して、死なないでくださいね？」

「いざとなったらなりふり構わず逃げますよ。アルテミス嬢もミネルヴァのことを頼むよ」

「は、はい！　全力で守ります！」

アルテミスが頷《うなず》き、二人は左右へ展開していく。

俺の残り魔力量から察するに、使える魔法は数回が限界。それをどう活《い》かすかが生存ルートに繋がっている。

誰もが緊張を抱えて動き出そうとする中、ふいに、背後から砂を踏む足音が聞こえてきた。俺が振り返ると同時に、声が響く。


「どうやらピンチみたいだね。ボクが手を貸そうか？　ヘルメスくん」


背後から現れたのは空色髪の少女だった。

俺は驚いてぱくぱくと口を開閉させてしまう。

「れ、レア!?　なんでこんな所に……」

「説明は後だよ。今はあのデカブツをなんとかしないと」

「それはそうだけど……いや、分かった。悪いけど手を貸してくれないか？」

レアがここにいる理由はめちゃくちゃ気になるが、正直タイミングは最高だった。

彼女がいれば、厄介そうなモンスターの攻撃をなんとかできるかもしれない。少なくとも、前に見た試験の時の魔法なら多少は通用するはずだ。

「お任せあれ。話を聞いてたかぎり、奥にある階段を目指せばいいんでしょ？　はい、ヘルメスくん」

「え？」

レアは俺に近づいてきたと思うと、両腕を伸ばして……まるで抱っこをせがむように俺を見上げていた。

困惑する俺。少しして彼女は言った。

「早く抱っこしてよ」

「なぜ？」

口調が前世の俺に戻る。

けれどレアは気にした様子もなく笑った。

「だってボクは身体能力が恐ろしく低いよ？　あんな化け物から走って逃げられるはずがないじゃないか」

「……なるほどね」

言われてみれば、レアは魔法に特化したキャラクターだ。身体能力はもう一人のメインヒロイン、アウロラというキャラに次ぐほど低い。

圧倒的強者たるあのモンスターから逃げることはできないだろう。理に適《かな》っている。

俺はやや緊張を解かれた気分だったが、言われるがままに彼女をお姫様抱っこする。

直後、ミネルヴァとアルテミスから同時に、悲鳴に似た声が洩《も》れた。

「ああ!?　ズルい！」

「羨ましいですぅ……」

君たち、そんなこと言ってる場合じゃないよ。

「二人共、逃げる準備！　すぐに走って！」

「ッ！　そうでしたね。行きますよアルテミスさん！」

「は、はい！」

二人が俺の声に反応して走り出す。

その間も植物型のモンスターはこちらをジッと見下ろしたまま動かなかった。もしかすると、攻撃しないかぎり何も反応しないのかと思ったが、その希望は儚《はかな》くも打ち砕かれる。

再び地面が揺れた。

――足下から何か来る！

俺は咄嗟《とっさ》にその場から後ろへ飛《と》び退《の》いた。

すると、砂を押し上げて幾つもの蔦《つた》のような触手が地面から生えてきた。蔦は生きてるかのように、うねうねと動きながら俺を追いかけてくる。

それを見てにやりと笑った。

ラッキー！　アイツの標的になったのは俺とレアだけ。どうやら俺を危険な存在として捉えたらしい。これなら魔法を使わずともミネルヴァたちは逃げ切れる。

同じことを考えたのか、ミネルヴァたちは一心不乱に前だけを見る。素早くモンスターの横を通り抜け、一度も止まることなく階段まで走り切る。

やはりモンスターは二人を見てすらいなかった。完全に俺をロックオンしている。

「ヘルメス様！」

遠くからミネルヴァの悲痛な声が届いた。

自分たちは逃げ切れたが、俺とレアがモンスターに狙われている。その状況に不安を抱いたのか、すぐに彼女は黄金の魔力を纏う。

普段の彼女では作り出せない、太陽のような炎が空に浮かんだ。洞窟の天井ギリギリまで上がり、それを――火属性魔法を叩《たた》き落《お》とす。

「――――〝炎天《えんてん》〟！」

火属性中級魔法・炎天《えんてん》。

巨大な炎の球体が、植物型のモンスターを呑《の》み込《こ》んだ。

植物型のモンスターは総じて火属性に弱い。火属性に高い適性を持つ彼女らしい攻撃だ。

だが、レベルの差が大きく開きすぎていた。マーモンの時もそうだったが、今回もまたミネルヴァの攻撃はまともにモンスターにダメージを与えることはできない。

炎があっさりとかき消える。

「ッ!?　私の力では……！」

「いや、ありがとうございます！　ミネルヴァ！」

俺は彼女の攻撃が炸裂《さくれつ》したのと同時に走り出していた。

神聖属性の強化魔法で脚力を極限まで高め、同時にレアが火属性の魔法を使って蔦を焼き切る。

レアのレベルならギリギリモンスターの蔦を弾くことができた。上々だな。

俺はミネルヴァがくれた一瞬の時間を利用し、勢いよく階段のほうへ向かっていく。

ミネルヴァの攻撃は決して無駄じゃない。少しでもモンスターの意識を散らしてくれた。その甲斐《かい》もあって蔦の勢いが弱まる。俺の進路を妨害する蔦をレアが燃やしながら、地面を蹴ってジグザグに移動した。

これなら問題なく階段へ辿り着くだろう。

そんな時。ふと、視界の端にきらりと光る何かが見えた。反射的に俺の足が止まり、蔦が追いついてくる。

「ヘルメス様!?」

前方ではミネルヴァが驚愕の声を上げていた。

しかし、俺は彼女の声を聞いても視線を動かすことはおろか、前進することもなく明後日の方角へ進路を取る。

急いで先ほど見つけた光る物《アイテム》を取りにいく。

「ヘルメスくん？　何してるの？」

抱えられた状態のレアが疑問を洩らす。

「ちょっと面白い物を見つけたんだ」

「面白い物？」

「おそらくあれは……」

そこで言葉を切り、意識の半分近くを光る物《アイテム》へ割く。攻撃をかいくぐりながら、慎重にタイミングを見計らい、壁に手を伸ばす。追いかけてきた蔦は変わらずレアが燃やしてくれていた。

「ん？　短剣？」

魔法を使いながらレアがそれに気づく。

壁には一本の短剣が刺さっていた。所々に傷を負った、使い込まれた品だ。

見れば分かる。コレは誰かが大切に使っていた武器だ。天井側へ向いた柄《つか》を確かに掴み、俺は背後から迫る蔦を避けるように壁を蹴った。くるりと空中で後ろに回転し、急いで軌道を変えた蔦から遠ざかる。今度こそアルテミスたちの下へ走った。

階段付近から火属性の魔法が飛んでくる。ミネルヴァが必死に俺のアシストをしてくれていた。その甲斐もあって蔦の大軍から逃れることができた。

細く、人が二人も並べばぎゅうぎゅうになるであろう階段の中腹へ跳ぶように駆け上がる。まだ蔦の攻撃が迫ってくる。

そこで俺は予《あらかじ》め用意しておいた魔法を起動した。中級魔法クラスの魔力が消費され、前方に集束した炎が火炎放射器のように放たれる。

狭い階段では、この攻撃を回避する方法はない。

まとめてモンスターの蔦が焼き消された。それを見ている間も足を動かして上を目指す。

俺たちは全員が全速力で階段を駆け登っていた。やがて太陽の光が見えてくる——。

「な……なんとか〝砂上の楼閣〟に出てこれたな……」

階段を最後まで上がりきると、見覚えのある砂漠地帯が視界に広がっていた。

どうやらここは安全エリア《オアシス》の一角だ。こんな所に隠し通路があるなんて知らなかったが、空に昇る疑似太陽を見れば、上に出てこられたことは明白だった。

レアを下ろしてからその場に尻餅をつく。

時間が数分、十分と流れても階段からあの蔦は出てこない。きっとあれは地下に生息するボス級のモンスターで、伸ばせる蔦の距離に限界があるのだろう。

ボス級モンスターなら納得できる強さだったし、自分が守護する領域から出ることはできない。後者なら次に倒す時にでも確認しよう。初見のモンスターは倒せば何か面白い物を落とすかもしれないからな。

息も整い、恐怖が薄れてきた頃。

俺と同じように砂場に腰を下ろしていたアルテミスが、ちらりと俺を見た。

「ヘルメス様……最後、なぜわざわざ階段ではなく壁際に近づいていったんですか？」

「危険ですわ」

そういえば、とミネルヴァも声を合わせる。

俺は先ほど入手した短剣をアルテミスに投げて渡す。彼女は柄の部分を器用にキャッチした。

「これは……短剣ですね。しかも父が使っていた物と同じ……」

「やっぱりアスター伯爵の短剣だったのか」

「アスター伯爵？　それって確か、アルテミスさんの父親だよね」

レアが「はて？」と首を傾《かし》げる。

「なんでアスター伯爵の武器がこんな所に？」

「それは……」

「ヘルメス様、こうなってしまっては無理に隠すほうが難しいです。レアさんにも説明しましょう」

返事に困った俺の視線の先で、アルテミスがこくりと頷いた。いっそ彼女にも協力してもらおうということかな。

本人がそれを納得しているなら俺に文句はない。レアの知識が何かの役に立つかもしれない。彼女もまた、ダンジョンの知識を持っているはずだ。

そう思って、もう一度アルテミスに渡した短剣を見る。全員の視線がそれに集まっていた。

俺の目が捉えたそれは、本来あのエリアには相応《ふさわ》しくない物。

あのエリアには強大な力を持つ植物型のモンスターしかいない。他に生き物の姿も気配もなかった。

ならば、ごくごくわずかな可能性であのモンスターが剣を使うか、もしくは俺たちより先にあのエリアへ足を踏み入れた奴がいるかの二択。

アルテミスは短剣を使い、アルテミスの父親は頻繁にこのダンジョンに行っていた。二つの情報を咄嗟に結び付けた結果、俺は一瞬にしてその短剣を持ち帰ろうと判断したのだ。

そしてその判断は間違っていなかった。

短剣の柄頭をアルテミスが確認すると……。

「……やっぱり。間違いありません。アスター家の家紋が刻まれています。父が使っていた短剣かと」

「つまり、黒い花の絵があったことといい、アスター伯爵はさっきのエリアを見つけていたんだな」

「しかし、この短剣が壁に突き刺さっていたということは……」

しゅん、とアルテミスの表情が暗くなる。

俺は首を左右に振った。

「いや、アスター伯爵は生きてる可能性が高い」

「え？」

「俺は言っただろ？　黒い花の絵があったこととい、って」

「あ」

「そう、ダンジョンを抜け出していなかったら、あの黒い花の情報をアスター伯爵が持ち帰っているはずがない」

「で、でも、短剣を残していくのはおかしくありませんか？」

「おそらく……アスター伯爵はつい最近砂上の楼閣の地下エリアを発見したんじゃないか？　で、あの植物型のモンスターと戦って短剣を弾かれた。命からがら逃げることには成功したが……自分では勝てないと思ってもう潜っていない、とかな」

すべて俺の推測にすぎない。何度も潜って死んでる可能性もある。

だが、どうせなら希望的観測のほうがいいだろう。アルテミスにあえて鞭《むち》を振るう必要はない。

「なるほど……言われてみれば、私が花の絵を見つけたのも父が家に帰らなくなる直前でした。その時には短剣は持っていませんでしたが、紛失していたとは……てっきりたまたま持っていなかっただけかと」

「まあ、あの高名なアスター伯爵が簡単に死ぬとは思えない。今後も伯爵の情報を詳しく探していこう」

「はい！　ありがとうございます！」

「話はまとまったかい？　この後はどうする？」

俺たちの話が終わるのを待っていたレアが、スッと立ち上がって背後を眺める。

彼女なりの配慮だろう。アルテミスの話には触れないでくれた。

俺とミネルヴァ、アルテミスも立ち上がって服に付いた砂を叩き落とす。

「そうだね……時間も時間だし、遅くならないうちに王都へ帰ろうか」

「ダンジョンのさらに地下で時間を食いすぎましたね」

俺の判断にミネルヴァが賛成しつつも苦笑する。まさにそのとおりだった。

二重ダンジョン？　の件がなければ、もう少しレベリングは捗《はかど》っていたはずだ。結局、俺たちが地下で倒したのは悪魔みたいなモンスター一体のみ。これじゃあ全然割に合わない。

俺もまた、ミネルヴァに続いて嘆息する。アルテミスのほうは父親の痕跡が見つけられて嬉《うれ》しそうだった。たとえそれが、生存しているかどうか怪しい情報だったとしても。

「次はもっとモンスターを狩れるように、別の中級ダンジョンに行きましょうか」

「このダンジョンはもういいんですか？」

「ええ。少なくとも今の俺たちじゃまともに探索できませんし、アルテミス嬢には悪いけど、砂上の楼閣の地下はまた今度ですね」

俺はアルテミスのほうへ視線を向ける。

彼女は俺の言葉を聞いてこくりと頷いた。その表情に曇りは見えない。

「はい、私は構いません。手伝ってもらってる立場ですし、あの植物型のモンスターは倒せませんからね。危険を冒すくらいなら、他の痕跡を追ったほうが効率的……でしょう？」

「うん」

さすがに付き合いが徐々に長くなっていくと、こちらの意を汲んでくれるようになるな。

「いいね。せっかくだからボクも連れていってくれない？　そのダンジョン攻略に」

「ダンジョン攻略ではないかな」

どこか能天気なレアに、俺は苦笑する。

アルテミスが言ったように、今の俺たちじゃあの植物型モンスターは倒せない。アイツを放置した状態で探索できるほどあそこは安全じゃなかった。

せめてレベルを50以上に上げないと挑めないな。逆に言えば、レベルが50を超えれば、あの化け物を討伐することができる見込みがある。

他にもアスター伯爵が行ったであろうダンジョンの情報はあるし、いずれ本命に当たるかもしれない。今は、より前へ。立ち止まっている暇はなかった。

話し合いが終わり、俺たちは砂上の楼閣の入り口を目指す。

帰り道、またしてもトラップを踏まないように慎重に地上へ向かった。そのせいで、外に出る頃にはすっかり夕陽《ゆうひ》が世界をオレンジ色に染め上げていた。

ヘルメス・フォン・ルナセリア

性別	男性
年齢	15歳
レベル	41
STR	130
VIT	130
AGI	130
INT	130

魔法熟練度

<火>	中級43
<水>	中級41
<風>	中級43
<土>	中級42
<神聖>	中級41
<闇>	中級40

剣術	中級57
学力	62
魅力	100

スキル

聖剣

▼△▼

「……はぁ」

トリルキルティス王国王都の一角、第一魔法学園の女子寮にて、ミリシア・ローズは深いため息を吐《つ》いた。

彼女が抱えているのは二つの悩み。

一つはヘルメス・フォン・ルナセリアからの好感度の低さ。

本人がそれを自覚するくらいには、ヘルメスはミリシアに興味を抱いていなかった。むしろ軽蔑されている節すらあった。

ミリシアにはその理由がよく分からない。

双子が関係していることまでは理解できるが、なぜ、あのような汚れた血——庶民の血を引く哀れな女の心配をするのか、生粋の貴族である彼女には到底理解できなかった。

ミリシア・ローズは貴族同士の結婚により生まれた。幼い頃から甘やかされて育ち、そこそこの才能を持ってい——、

「ッ！」

ズキッ。

頭が痛む。過去の記憶を振り返ろうとすると、不思議な光景と痛みが脳裏に走る。

双子の顔がちらつき、怒りとは違う感情が生まれた。

その正体は分からない。分からないが、とにかく双子は憎たらしい存在だと心が黒く染まる。

二つ目の悩みがまさにそれだった。

この痛みの正体と、覚えのない双子の笑顔が最近はよく脳裏に焼きつく。まるで自分がそれを望んでいるかのように思えて、ミリシアは不快だった。

今日は双子の姿を見ていないからまだ余裕だが、平日は何かと顔を合わせる機会が多い。そのせいで余計にちらつく。

「ああ、嫌だ。最悪の気分……。ヘルメス様は私を見てくれないし、あの双子は邪魔臭いし……何とかならないの？」

窓辺から見える外の景色を眺めてぽつりと零《こぼ》した。

すると、背後の扉が控えめな音でノックされる。続いて、男性の声が聞こえた。

「お嬢様、お時間よろしいでしょうか」

ミリシアの執事ユリアンの声だった。

「何かしら」

「失礼します」

許可をもらったと判断し、ユリアンが扉を開けて部屋の中に入る。

「フェローニア様とフロセルピア様の件です。やはり私もダメでした。近づくだけで怯《おび》えられます」

「そう……忌々しいわね。いったい何を隠しているのかしら」

それは少し前の記憶。図書室から出てきたフェローニアとフロセルピアが、図書室でヘルメスたちと何をしていたのか、ミリシアは執拗《しつよう》に二人に問うた。しかし、双子は頑《かたく》なに口を閉ざして何も喋《しゃべ》らない。暴力に訴えても沈黙を貫いた。

「ッ」

まただ。ずきりと頭が痛む。一瞬、割れそうなほど強烈な痛みが走る。

なぜ最近は心が痛むのか。頭と心が双子に対して悲鳴を上げているように感じる。

きっと気のせいだ。今さら自分が後悔しているとでも？　ミリシアは考えないように頭を左右に振って余計な思考を追い出す。

「ミリシア様？　どうかなさいましたか？」

ユリアンがミリシアの行動に首を傾げる。

「いえ……別に。最近は双子のことを考えるとストレスが凄《すご》くて……。頭痛がするの」

「へぇ……頭痛が」

スッとユリアンの目が細められる。ミリシアはそのことに気づいていない。

「よほど嫌なことがあったのでしょうね」

「嫌なことはないわ。ただ、フェローニアたちを見てると無性に心がざわつくの。不思議よね」

「……ええ、まったく」

ユリアンは内心で「やはり相当弱まっているな」と呟いた。その言葉の意味は彼以外には理解できない。

「それはそうと、本当にヘルメス様たちは図書室で何をしていたのかしら……唯一分かったことといえば、調べものをしていたかもしれないってくらいだし」

頭を押さえながらミリシアは言った。

学園の図書室には様々な書物が置かれている。一番考えられるのは、レアの存在繋がりで魔法。そこまではいいとしても、疑問は残る。

フェローニアとフロセルピアには突出した魔法の才能はない。凡人もいいところだ。むしろ二人より魔法が使えるミリシアのほうが話は合うはず。それでも双子が選ばれた理由……ユリアンにも頼んで聞いてくるよう伝えたが、結果は惨敗。双子が隠したがるほどの何かがあると、ミリシアはヘルメスと関係なしに興味を引かれていた。

「レア様がいらっしゃるなら魔法に関係した話でしょうね」

「それしか分からないのよねぇ。特殊な魔法かしら？」

「可能性は高いですね。でなければ、フェローニア様たちが関わっているはずがないでしょう」

「気になるわ……それとなくレア様に声をかけてみようかしら」

言いながらくるりと振り返る。視線の先には、窓から覗く大きな夕陽が見えた。

妙に、夕陽は不気味に映る。

▼△▼

「それじゃあ三人共、また明日」

ダンジョン〝砂上の楼閣〟から王都の学園に戻ってきた俺たちは、女子寮の前で別れを告げた。

「お見送りありがとうございます、ヘルメス様。ゆっくり休んでくださいね」

「また明日からもよろしくお願いします」

「今日は勝手について行ってごめんね！　また話そ〜」

ミネルヴァが微笑み、アルテミスがぺこりと頭を下げ、レアが元気よく手を振ってから三人は仲良く女子寮の中へと消えていった。

「ゆっくり休め……か。俺としてはやりたいことが多すぎてそんな暇はないんだけどね」

二人がいなくなったあと、踵を返して俺も男子寮入り口へ向かう。

今回、砂上の楼閣で得られたものはとても多い。

一つ。俺の〝聖剣スキル〟はちゃんとコントロールできるってこと。

以前、マーモン戦で使った時とは違い、発動した直後に余計な衝撃波などを放っていない。これなら室内での検証もできそうだ。

二つ。アルテミスの父親は生存している可能性が高いこと。見つけることができれば、何か俺に役立つ魔法道具のことを教えてくれるかも。アルテミスのためにもなる。

三つ。新たなダンジョン。砂上の楼閣で見つかったもう一つの世界とでも言うべき場所は、俺の予想を超える難易度だった。あの植物型モンスターだけをとっても驚異的である。逆説的に、強い敵がいるからレベリングにはもってこいだな。他にも似たダンジョンがあるのか、今後探すべきだ。

アルテミスの父親、アスター伯爵が何か情報を握っているかもしれない。

四つ。隠しダンジョン（？）に付随して、自分のレベルがまだ低いこと。ここ最近は技術の取得に力を注いでいたからこそ、素《す》のパラメータが低いという現実を突きつけられた。そろそろダンジョン攻略を本格的にやり始める頃合いかもな。

五つ。強さを追い求める以上、やっぱり新たな要素である〝妖精魔法〟がどうしても欲しい。明日からレアと一緒にしっかり探そう。

以上、たった一回ダンジョンに潜っただけでもこれだけの収穫があった。今の自分に何ができて、何ができないのか。それを把握するだけでも全然違う。

「ひとまず、部屋に戻ったら聖剣の解放条件を探さないとな。もっと使いやすい、解放しやすい形態があればいいんだが……」

独り言を呟きながら歩いていると男子寮の入り口が見えてきた。いつもどおり開きっぱなしの扉をくぐる――直前。

「ッ!?」

ぴたりと足を止め、俺は左方向を向いた。

今……何か視線を感じた。そして俺の視界に、わずかに緑色の光のようなものが映る。光はすぐに消えた。男子寮の側面に移動したらしい。

「なんだ、あれ？」

一瞬しか見えなかったが、俺は上手く形容できずに首を傾げる。

気になって男子寮の側面に回った。

「きゅるきゅる〜」

「…………」

な、なんかいる。男子寮の窓際に、緑色の……龍《りゅう》？　前世の中国などで語られていた小さな龍っぽい生き物が空中を漂っていた。

ドラゴンじゃない、蛇のような見た目の龍だ。ふよふよと不思議な力で空を泳いでいる。

体色は緑。だが、薄く発光している龍なんて見たことがない。何よりここは王都の学園内部。モンスターがいるはずもないし、蛇だろうが龍だろうがモンスターだろうが俺の記憶にはない生き物だった。そもそも生き物なのか？

可愛《かわい》らしい声で鳴いているし、確かに動いてはいるが……本当になんなんだ、あいつ。

さらに龍に近づくと、こちらの気配に気づいた龍がふよふよと顔の前にやってくる。警戒心ゼロである。

「よくもまあ、今まで誰にも捕まらなかったな、お前」

あまりにも無防備に近づいてくるものだから、俺ものんきなことを言ってつん、と人差し指で小さな龍の顔を突《つつ》いた。

すると、

「きゅるっ!?」

緑色の龍は驚愕したのか、わずかに後ろへ下がった。

「ん？　お前……」

いきなり触られて驚いたのか？　いや、それより……俺はふとあることに気づいた。

この世界の生き物は誰だって魔力を持っている。誰だって微量な魔力を放出しているものだ。それは犬や猫、人間やモンスター、魔族だったマーモンも同じ。だから最初は特に違和感を感じていなかったが、先ほど小さな龍に触れた時、些細《ささい》な違和感を抱いた。

指から伝わってきた、圧倒的密度の魔力。あんなもの、これまで触れたことは一度もない。というか、今更ながら最近似たようなものを見た気がする。薄く発光する緑色の生き物を。

「んー………あ。あぁ!?」

やっと思い出した。むしろどうして忘れていたんだと自分を殴りたくなる。

俺はあんぐりと口を開けながらも叫んだ。

「おまっ、お前！　ひょっとして妖精か!?」

幕間　天才ゆえの孤独

レア・レインテーナは天才だ。

レインテーナ子爵家の令嬢として生まれた彼女は、両親の才能を色濃く受け継ぎ、齢《よわい》五つで初めて魔法を使用した。

これは史上最年少の記録と言われている。あのヘルメス・フォン・ルナセリアでさえ、初めて魔法を使ったのは八歳の時だった。普通の子供が魔法を使えるようになるのは十歳から十二歳。遅いと十四や十五ということもあると言われているのに。

気づけば〝魔法の申し子〟などという大層な二つ名を付けられ、中等部入学前から絶大な人気を博していた。全属性の魔法適性を持つヘルメスが、あまり目立つのが好きじゃなかったというのも原因の一つだが。

しかし問題なのは、その才能のあまりの凄《すさ》まじさ。誰もレアに追いつくことはおろか、足下に手を伸ばすことすらできなかった。

次第に天才というレッテルは敬意から恐怖へ。理解できない存在は、凡人の目にはあまりにも眩《まぶ》しすぎた。

中等部で才能を遺憾なく発揮した彼女は、半年ほどで友人や知り合いを失った。皆、レアの特異性に一歩身を引いてしまったのだ。時折声をかけてくれる者もいたが、レアとの会話に苦痛を感じたのか、その数をどんどん減らしていった。

理解できない。理解できないということは、会話にならない。誰もレアの横には並べないし、誰もレアと同じ景色を見られない。唯一の希望であるヘルメスすら、魔法にはあまり興味がないように見えた。

そんなレアの日常は、徐々に寂しく虚《むな》しいものへと変わっていった。


「退屈だなぁ」

そんな言葉を何回口から出したことか。

一人で魔法を学んだところで目新しいものはなかなか見つからない。

技術とは、革新的な閃《ひらめ》きとは、基本的に誰かと意見をぶつけ合って生まれる。

もちろんレアは天才だ。一人でも勝手に強くなる。そうして生まれた周りとの溝は、高等部に進学しても決して埋まることはないと思っていた。

しかし、そんなレアに転機が訪れた。

高等部にヘルメスと同じ才能を持った特待生が現れたのだ。

特待生の名前はアトラス。学園で唯一の平民だった。

けれどレアからしたら身分の差など関係ない。何より大事なのは、そのアトラスという人物が、ヘルメスと同じ全属性の魔法適性を持っていたこと。

すぐにレアは彼に話しかけた。共に魔法の深淵《しんえん》を見よう、と。

……だが、またしてもレアの希望は打ち砕かれた。

なぜかアトラスは、ヘルメスと同様にあまり魔法に関心がなかった。最低限の努力だけして、他のことに心血を注いでいるように見えた。

おまけに彼はレアを見ると、どこか申し訳なさそうな表情を浮かべて離れていく。話すこともままならなかった。

——なぜ？　なぜ、自分が喉から手が出るほど欲する才能を持っているのに、努力しないのか。

レアはアトラスに絶望し、より一層心を閉ざすことになる。

ただ、すべての出来事がマイナスに働くわけではなかった。前向きに変わっていくものもある。

それがヘルメス・フォン・ルナセリアだ。

彼は中等部在学中はまったくと言っていいほど魔法の練習をしていなかったにも拘《かか》わらず、高等部に進学してからはメキメキと魔法の実力を伸ばしていった。

明らかに自分より強い。

午後、実技の授業の様子を見てレアはそう確信した。

だが、もしかすると一種の遊びかもしれない。本気で魔法に取り組む自分とは考え方が違うかもしれない。ヘルメスはただ圧倒的な才能を持っているだけで、声をかけたとて応えてくれるとは限らない。

疑心暗鬼に陥っていたレアは、慎重にヘルメスの様子を見ながら遠巻きに自問自答を繰り返した。

そうして迎えた学年別試験。ヘルメスはすべての試験で満点を取ったのだ。

学園始まって以来の偉業だと教師たちは諸手《もろて》を上げて称《たた》えていた。

それを聞いて、これまでのヘルメスの行動を見て、ようやく、レアの中で決心がついた。

もう一度……ヘルメスに声をかけてみようと。

結果は大成功。ヘルメスに魔法の並列起動を教わり、共に〝妖精魔法〟を探すことに決め、彼女は人生で最も楽しい時間を過ごすことになった。


「あぁ！　早く明日にならないかなぁ……」

一人になると寂しい。ヘルメスの体温が恋しい。彼の声を聞きたい。一緒に笑って話し合いたい。ずっとずっと頭の中からヘルメスのことが離れなかった。孤独じゃないということが、これだけ温かいとは思いもしなかった。

一度味わったこの温《ぬく》もりに、もはやレアは手放せないほどに依存している。

ついヘルメスのことが気になってダンジョンへ行く彼らを追いかけた時も、一人のけ者にされているようで寂しかった。

結果的にヘルメスたちを助けることに繋《つな》がり、ストーキングした件は特に何も言われなかった。

学園へ戻り、ヘルメスたちと手を振って別れたあと、自室にて彼女は窓の外を眺めながら呟《つぶや》く。

「ふふ……今日もヘルメスくんと一緒にいられたね。明日も妖精魔法のことで忙しくなるだろうから……あぁ、幸せだなぁ。ずっとずっと、このまま一緒に魔法の研究ができたらいいのになぁ」

顔に熱がせり上がる。どくどくと心臓の鼓動が早まった。

その気持ちを言葉にすることはできない。レアはまだ、言葉にするほどの確信を持っていなかった。

憧れか。依存か。安心か。それとも……。

本人はまだ、自らの気持ちの正体に気づいていない。

四章 妖精との契約

たぶん、きっと、おそらく、俺の目の前に妖精がいる。

前、初めて見た妖精も緑色に薄く発光していた。龍《りゅう》ではなく鳥だったが、それでも雰囲気は似ている。

謎の力で空中浮遊していることといい、学園内にいることといい、すべての要素がこの小さな龍を妖精だと示していた。

「きゅる〜……」

俺が大声を出すものだから、緑色の龍はさらに後ろへ下がってしまった。つぶらな瞳に疑いの眼《まな》差《ざ》しが宿る。

「ま、待ってくれ！　急に大声を出して悪かった。ただ、俺はずっとお前のことを探していたんだ！」

厳密には妖精を探していたのだが、なんとなくこの龍は見ていて気分がいい。これも一種の相性というやつだろうか？

「きゅる？」

「そうそう、めっちゃ探してた。ずっと会いたいと思っていたんだ。何より、話たいこともあるし」

首を傾《かし》げている――ように見える小さな龍に、俺は必死に懇願する。話を聞いてくれ、と。

龍のほうは俺をわずかながら疑っているが、不審者とは思っていないのか、またしても距離を詰めてきた。間近で見ると可愛《かわい》らしい顔をしているな。

「きゅるっ」

「えっと……まずは自己紹介からかな？　俺はヘルメス。ヘルメス・フォン・ルナセリアだ」

「きゅるる」

「なるほどなるほど」

なんて言ってるのか分かんねぇ！

雰囲気からニュアンスは伝わってくるが、さすがに名前など細かい要素までは理解できない。もしくは名前などないのか？

「実は俺、妖精と契約している子を知っていてね」

「きゅる？」

「分かるかな？　俺もその子みたいに妖精と契約したいんだ。一緒に俺と強くなってくれる子を探してる。よかったら君が契約してくれるか、もしくは俺と契約してくれそうな子に心当たりない？」

「きゅる〜……きゅきゅっ」

うん、分かんない。

でもなんか「面白そう」と言ってるように聞こえた。何より、緑色の龍はさらに俺との距離を詰めてくる。その頭を撫《な》でてみると、小さな龍の唇が――チュッ、と俺の頬《ほお》に触れた。

その瞬間、全身に熱が奔《はし》る。

「ッ!?　い、今のは……」

困惑する俺の前に、知りたかった情報がシステムメッセージと共に現れた。

ピコン。

『風の妖精と契約しました。魔力で繋《つな》がります。スキル〝妖精魔法〟を獲得。新たなステータスが追加されました』

「――――ッ!?」

情報量の多さに思わず絶句し、よろよろと後ろに下がってしまった。

「か、風の妖精？　魔力で繋がった？　スキル？　妖精魔法？　追加ステータス？」

ありえないくらい情報が目白押しだ。何から確認するかワクワクドキドキである。

遅れて興奮が胸を満たし、正面に浮かぶ風の妖精を見て、

「妖精！　ありがとう！」

俺は思い切り小さな龍を抱き締めた。

「きゅる～」

風の妖精もどこか嬉《うれ》しそうに鳴く。

▼△▼

「ではこれより、様々な解析と検証に移る。いいかね？　風の妖精くん」

さすがにあのまま外で話を続けていると、他の生徒に見られた時の精神的ダメージが大きいと考えた俺は、風の妖精を連れて男子寮の自室に戻ってきた。

妖精は見えない人間が多いみたいだからな。

そこでしっかり鍵をかけ、改めて小さな龍と顔を突き合わせる。

「きゅる〜！」

風の妖精は俺の言ってることを理解しているのかしていないのか、陽気な声で鳴いた。

「風の妖精……っていつまでも呼ぶのはなんか嫌だな。名前くらい付けておくか」

ちょっと言いにくいし、それっぽい名前を考える。

「風の妖精……ま、シルフィードとかが無難かな？」

「きゅるる」

それがいい、と言わんばかりに風の妖精は頷《うなず》いた。

「じゃあ決定だ。今日からお前の名前はシルフィード。シルフィーって呼ぶな」

「きゅる」

OK、とまた頷いたシルフィー。これで次の話に移れる。

「で、だ。シルフィーは風の妖精。ちょうどフェローニアたちの妖精と同じ属性だな」

風はどの状況でも一定の強さを保てるから、最初の妖精としては悪くない。汎用性が高そうだ。

「ちなみに魔力で繋がったらしいけど、どういう意味か分かるか？」

「きゅる？」

俺の問いにシルフィーは首を傾げた。「なに言ってるの？」と。

「まあ分かるはずもないか。俺もサッパリだしな」

一つだけ予想していることはある。この一体感とでもいうべき感覚だ。

俺はシルフィーの言いたいことが契約前より分かるようになったし、シルフィーも若干だが知力が向上しているように感じる。これが魔力による繋がり？　説明書くらい欲しいな。

「次、妖精魔法。こっちは分かりやすいな。フェローニアたち曰《いわ》く、妖精魔法は妖精が魔法を使ってくれることだって言ってたし」

残念ながら室内なので試しようがない。下手《へた》すると聖剣暴走？以上のリスクを負うことになる。

「今度見せてくれよ、シルフィー。君の魔法を」

「きゅるる」

はあい、と三度シルフィーが頷く。

「というかスキル扱いなんだな、妖精魔法って」

むしろそっちのほうが驚いた。

ミネルヴァという魔力に関係したスキル持ちを知っているから理解できるが、スキルという概念がよく分からない。少なくとも統一性はないな。

「けど一番驚いたのは……やっぱりこれか」

俺は視線を正面のステータスウインドウに戻した。そこに表示されていたのは、俺の新たなステータス。能力値だ。

ヘルメス・フォン・ルナセリア

性別	男性
年齢	15歳
レベル	41
STR	130
VIT	130
AGI	130
INT	130
魔法熟練度	
<火>	中級43
<水>	中級41
<風>	中級43
<土>	中級42
<神聖>	中級41
<闇>	中級40
妖精魔法熟練度	
<火>	0
<水>	0
<風>	43
<土>	0
<神聖>	0
<闇>	0
剣術	中級57
学力	62
魅力	100
スキル	
聖剣／妖精魔法	

明らかに前回と違う点がある。それは、妖精魔法の熟練度が表示されたこと。

これはスキルを確認しようとした際に気づいた。火も水も土も神聖も闇も数値は0だが、唯一、契約したシルフィーの属性である風だけ、俺の魔法熟練度と同じ数値になっている。

仮にこれが俺の予想どおりだとしたら、もの凄《すご》い強化だ。

まずこの数値が示すのは、シルフィーは俺と同じ規模の魔法が使えるってこと。しかし、それならわざわざステータス欄に表示する必要はない。ステータス欄に表示される数値は、その項目にプラス補正がかかるってことの証明なのだから。

要するに、シルフィーと契約したことで俺の風魔法の熟練度が二倍になったかもしれないってことだ。

「すげぇ。単純に倍だったらマジで最高だな！」

属性は限定されるが、風属性に弱い水属性のダンジョンに行けば格上だって倒せるくらいの数値だ。今すぐダンジョンに突撃したい気持ちをどれだけ抑えているか。

「きゅる？」

「シルフィーは最高ってことだよ」

「きゅる〜！」

わーい、と言わんばかりにシルフィーが俺の胸元に飛び込んできた。可愛いなおい。

「聖剣といい、妖精魔法といい、この世界は俺の理想を叶《かな》えてくれる夢の世界だな……」

この時点で、俺のステータスはゲームをプレイしていた頃より圧倒的に高い。しかも、妖精魔法の熟練度リストにはすべての属性が表示されていた。これって他の妖精とも契約できるってことだよなぁ？　あと、同じ属性の妖精を複数抱えることもできるのか？　それ次第で俺の強さは鰻上《うなぎのぼ》りだ。

興奮を抑えきれずに叫んでしまう。もちろん、隣室の迷惑にならないよう顔を枕に埋めて叫んだ。

「最高!!」

ひとしきりシルフィーと一緒にぎゃーぎゃー騒いだあと、俺は次の検証に移る。

今度は聖剣だ。

妖精魔法の威力云々《うんぬん》はダンジョン、敵がいないとどうしようもない。せめて第二訓練場で試そうにも、今は夜だから許可が下りない。ゆえに、俺は先に室内で確かめられることから手をつける。

それが聖剣の発動条件だ。

「さて……聖剣の第一形態はどうやって出すんだろうな」

騒ぎ疲れて寝ている？　シルフィーを頭の上に乗せ、俺はうんうんと頭を捻《ひね》る。

ちなみにシルフィーは妖精だからなのか、重さはほぼない。だが頭に何かを乗せている感覚はあった。

「少なくとも体力の減少が第一形態の条件じゃない。それなら〝砂上の楼閣〟で発動してただろうし」

俺はあの時、体力を半分以下にした。仮に第一か第三形態の条件が第二と同じく体力の減少なら、性能が下がるであろう分、減少ラインが低く設定されているはず。それが発動しなかったってことは、第二形態とは条件が違う……？

「真っ先に考えられるのは……デメリットか」

第二形態〝クラウソラス〟を発動する条件は体力を半分以下にすること。これは使う側からしたら相当重い足枷《あしかせ》だ。

仮に聖剣を使うのに対価が必要になる場合、第一形態ないし第三形態も何かしらのデメリットを負わなければいけない。いわゆる不都合を。

体力を減少させない不都合とはいったい何か。それを必死に考える。

「体力の減少みたいに自分を弱らせるとか？」

でもどうやって？

一番最初に考えたのは毒。だが、毒を常に持ち歩くのもなんだかなぁ。試してみたいが、残念ながら毒など携帯していない。他に代用できるものがあればよかったんだが……。

「――いや待て!?」

ふと、そこで閃《ひらめ》きがおりてきた。

「毒じゃなくて状態異常《バッドステータス》だったらどうだ?」

毒は、《ラブリーソーサラー》では状態異常《バッドステータス》の一種だ。というかゲームならどれでも状態異常《バッドステータス》だろう。

ならば毒ではなく、状態異常《バッドステータス》を与える闇属性魔法を自分にかければ解決するのでは? 毒じゃなきゃ駄目、とか言われたらしょうがないが、試してみる価値はあると思う。俺なら神聖属性の魔法が使えるから、万が一の時もなんとかなる。

早速、自らの胸元に手を置いて魔力を巡らせた。

発動した効果は移動速度減少。闇属性魔法は各種パラメータを弱体化できる。普通に考えたら恐ろしく強力な魔法だ。その分、制約というか弱点も多い。

たとえば対象の〝魔力操作〟能力が高いと簡単に弾《はじ》かれてしまう点。今回は自分にかけるから抵抗を一切しなければよい。黒い闇が俺の体を覆い、わずかに体が重くなった。

すると、

『状態異常《バッドステータス》を確認。スキル〝聖剣〟の発動条件を満たしました』

システムメッセージが俺に吉報を知らせる。

『第一形態:モード〝デュランダル〟』

狙いどおり〝聖剣スキル〟の発動条件を満たした。魔力を消費し、胸の中央に現れた輝く柄《つか》を摑《つか》む。するりと聖剣が姿を見せた。相変わらず美しい、それでいて幻想的な外見をしている。

しかし、今回の聖剣は今までの聖剣とは違う。

「デュランダル？　クラウソラスじゃないのか」

俺の右手に握り締められた聖剣デュランダルは、名前もそうだが何よりその外見がクラウソラスとは異なる。

クラウソラスより小さいのだ。見た目はほとんど同じでも、刃渡りが圧倒的に違う。これではただの短剣である。

「なるほど。これが第一形態か。条件が第二形態より緩い分、性能も第二形態より低そうだな」

全身を満たす全能感も前より少ないように感じた。それでも体が活性化しているのが分かる。充分性能は高そうだ。

「出しやすい聖剣っていうのもいいな。使い勝手はデュランダルのほうが上だろ」

これが実際にどれほどの強さを秘めているかにもよるが、今まで使っていたロングソードに比べれば聖剣のほうが強そうだ。壊れてもスキルだから関係ないしな。

「きゅる〜」

「ん？　どうしたシルフィー。剣に触れると危ないぞ」

急にシルフィーがふよふよと俺の出した聖剣に近づき、ぴたりと頬をこすり付ける。表情がとてもリラックスしていた。

「もしかして聖剣が好きなのか？」

「きゅるっ」

そうだよ、と言わんばかりにシルフィーは頷く。

よく分からんが、妖精は聖剣が好きらしい。それかシルフィーが聖剣から漏れる魔力を好むだけか。今度、フェローニアたちの妖精でも確認してみたいな。

ひょっとすると妖精と聖剣の間に何かしらの秘密が隠されているかもしれない。

なかなか聖剣から離れようとしないシルフィーには申し訳ないが、魔力が尽きる前に聖剣を消した。

「ひとまずやりたいことは終わったな」

体をベッドに沈めると、心地よい眠気が襲ってきた。

「俺が先に妖精を見つけちゃったし、レアの妖精が見つかるまで手伝わないとな……」

瞼《まぶた》を閉じる。傍らにシルフィーが着地して、もぞもぞと俺の懐に体をこすり付けてきた。

その感触にくすりと笑いながら、徐々に意識を落としていく。

▼△▼

コンコン。コンコン。

多くの未知に出会ったダンジョン攻略の翌日。

俺は疲れに身を委ねてぐっすりと眠っていた。そこに、意識を覚醒させる小さなノック音が響く。

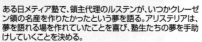

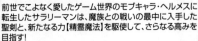

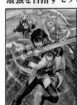

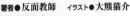

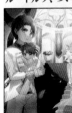

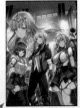

式会社KADOKAWA 編集:MFブックス編集部 MFブックス情報
o.133 2024年7月31日発行 〒102-8177 東京都千代田区富士見2-13-3
EL.0570-002-301(ナビダイヤル)

発行:株式会社KADOKAWA
KADOKAWA

次いで、「誰だ？」と瞼を閉じた状態で思考を巡らせた俺の耳に——ガチャ、という窓が開いたような音が届いた。

瞼を開くと、風に揺れたカーテンの下から陽光が差し込み、部屋全体を明るく照らしていた。

俺の視線の先には見慣れた天井がある。ゆっくりと音のした窓のほうへ視線を移すと……。

「やあ、おはよう。今日もいい天気だね、ヘルメスくん」

「…………レア？」

窓際に美しい空色髪をなびかせて、レアが座っていた。

彼女はその瞳を細めてこちらを見つめている。

そこにいるだけでミステリアスな雰囲気を醸す美少女だな。問題は、ここが俺の部屋の中ってこと。

なぜ、平日の早朝に、俺の部屋にレアがいるのか。お互いに見つめ合った状態で俺は固まった。

思考がフリーズする。

凍った思考を解凍してくれたのもレアだった。

「あはは。その様子は驚いてくれたんだね？　わざわざ男子寮に侵入した甲斐《かい》があるよ」

「ど、どうやって俺の部屋に入ったんだ？」

「簡単だよ。外から風属性の魔法を使って飛んだ。で、窓を開けたの。ダメじゃん、鍵はしっかり閉めないと」

「いやいやいや……」

普通、人の部屋に入ってくる生徒がいるとは思わないだろう。ましてや彼女は女子。寮のルールで、男子は女子寮に、女子は男子寮に入ってはいけない。

レアは明確に校則を破っていた。こんな状態を他の人に見られたらなんて言われることか……。

俺は深いため息を漏らし、ベッドから足を出して言った。

「どうしたの、こんな早朝に。何か用でもあったのかな？」

「もちろん。ヘルメスくんを驚かせたいっていうのもあったけど、面白い情報を持ってきたんだ」

「面白い情報？」

レアのことだから魔法に関する話か？　それとも、来月に行われる狩猟祭についてか？

首を傾げる俺に、レアは説明する。

「妖精だよ、妖精。見つかったんだ」

「え？　い、いつ？」

「ヘルメスくんをストーキ……ヘルメスくんを追いかけてダンジョンへ行く前だね。ダンジョンに行った昨日は疲れてそうだったし、今日にしたってわけさ」

言い直したぞ。結局ストーキングしてんじゃねぇか。

まあいい。それより妖精の話だ。

「それって割と朝早くじゃないか？」

「うん。たまたま池の近くを歩いていたら発見したんだ」

「池……第三棟の近くか」

「そゆこと。妖精がボクとヘルメスくんどっちを選ぶのか楽しみじゃない？」

レアは不敵な笑みを作るが、俺はどうしたものかと返事に詰まった。だって俺はもう……。

言《い》い淀《よど》んだ俺の横、ベットの中からひょこっと一匹の小さな龍が顔を出す。

俺もレアも視線をそちらに向けた。

「…………え？　な、なにそれ」

レアの表情が驚愕《きょうがく》やら困惑やら複雑なものに変わった。

ちょうどいい。この際だから説明しておこう。

「風の妖精だ。名前はシルフィード」

「えぇぇぇぇぇぇ!?　へ、ヘルメスくんもう妖精見つけたの!?　というか契約してる!?」

「ああ。つい昨日な」

「えぇぇぇぇぇぇ!?　ずるいずるいずるい！　ボクに教えてくれてもよかったのに！」

「レアたちと別れたあとで見つけたんだ。いろいろ調べてたら疲れて寝落ちした」

「いいなぁ……ヘルメスくんは無事に契約できたんだね」

「だからレアが見つけた妖精はレアが契約してくれ」

風以外の属性なら俺も欲しいが、妖精と契約していないレアから奪うのも気が引ける。

「これでボクが契約できなかったら笑い話だね」

「その時はまた別の妖精を探せばいいさ。それくらい手伝うよ」

「ヘルメスくん……！　ありがとう！　カッコいい！」

きゃっきゃっと喜びながらレアが天真爛漫《てんしんらんまん》な笑みを浮かべる。

「はいはい、レアも可愛い可愛い。それより、早く部屋から出てくれないかな？」

「え？　なんで？」

「なんでも何も……君がいたら俺が着替えられないだろ」

昨日の服のままだが、さすがにこれを着ていくのはね。汗で臭うと思う。ついでに時間があれば風呂にも入っておきたいな。

「んー……お構いなく」

「構うよ！　君の前で服を脱げるわけないだろ！」

「ざんねーん。じゃあ外で……入り口で待ってるから」

そう言って彼女はふわりと魔法で体を浮かせ、器用に窓の外へと降りていった。

それを見送り、しっかり窓を閉めてから着替える。

やれやれ、朝から大変な目に遭ったな。

▼△▼

着替えを済ませて自室を出る。

寮の階段を下りて外に出ると、入り口から少し離れたところに見慣れた影が三つ。レア、フェローニア、フロセルピアの三人が並んでいた。

「やっほ、ヘルメスくん。さっきぶり」

「お、おはようございます、おはようございます！　ヘルメス様」

「おはようございます！　すみません、こんな朝早くから、早くから！」

「おはよう、レア、フェローニア嬢、フロセルピア嬢。妖精のことなんだから別に気を遣う必要はないよ。どうせ二人は、レアに無理やり連れてこられたんだろう？」

俺がくすりと笑うと、レアが頬を膨らませたハムスターみたいな顔で抗議の声を上げる。

「むむっ、なにそれ。まるでボクが悪者みたいじゃないか」

「みたいっていうか、今、朝の六時なんだが？」

学園の最初の授業が始まるのが朝九時。それを考慮するとあまりにも早すぎる。どんな生徒もベッドの中で楽しい夢を見ている時間だよ。

「こういうのは一秒でも早く終わらせないともったいないなくない？　授業が始まったらなかなか話せないしね」

「俺はいいけどフェローニア嬢やフロセルピア嬢は大丈夫？　眠くない？」

「だ、大丈夫です！　大丈夫です！　フェローニアは元気いっぱいです！」

「ふ、フロセルピアも平気です！　レア様とヘルメス様のために頑張ります！　頑張ります！」

「あはは。無理しないようにね。二人にはまだまだ聞きたいこともたくさんあるし、何よりせっかく仲良くなったんだからさ」

「いざとなったら、ボクとヘルメスくんが二人を背負って歩けばいいのさ」

「初耳だよ……まあいいけど」

フェローニアもフロセルピアもかなり軽い。一人どころか二人同時に抱えてもそんなに疲れないだろう。

やけに張り切っている二人に落ち着くよう声をかけたあと、俺たち四人はレアが見つけたという妖精のいる池へ向かった。池があるのは第三棟の近く。寮からそんなに離れていない。

「ん〜〜〜！　緊張するなぁ。ボク、無事に妖精と契約できると思う？」

先頭を歩くレアが、グッと背筋を伸ばしながらのんびりとした声で問う。

「レアほどの才能の持ち主ならきっと大丈夫だよ。それに言っただろ、失敗しても何度でも付き合うさ」

レアには妖精と契約してほしい。彼女のためにも、何より俺のためにも。

「フェローニアもいけると、いけると思います！」

「妖精はよほど毛嫌いする人以外には友好的です！　友好的です！」

「最初は、最初は、フェローニアもなかなか妖精と打ち解けられなかったですし！」

「フロセルピアは偶然にも性格の合う子がいて助かりました。助かりました」

「へぇ、二人の妖精との馴《な》れ初《そ》めみたいなものを聞いてなかったけど、そんな感じだったんだ」

「はい。はい。レア様から聞きましたが、ヘルメス様も妖精と契約したんですよね？」

「そうだよ。おいで、シルフィー。挨拶しないと」

フェローニアに訊《たず》ねられると、俺は頭上で蜷局《とぐろ》を巻きながら休んでいるシルフィーに声をかける。

小さな緑色の龍は、

「きゅる？」

と顔を上げ、次いでゆっくり俺の鼻先まで下りてきた。

「わぁ！　同じ、同じ！　フェローニアの妖精と同じ緑色です！」

「とっても綺麗《きれい》ですね……綺麗ですね」

シルフィーを見たフェローニアとフロセルピアが、その美しいエメラルドグリーンの鱗《うろこ》を見て感嘆の息を漏らす。

「確か風の妖精だったよね」

「ああ。レアには説明したけど、この子は風の妖精。名前はシルフィードって付けたんだ。いつまでも風の妖精って呼ぶのは変だしね」

「素敵です！　素敵です！　フェローニアも妖精にはエアって名前を付けてます！」

「フロセルピアはウインドです。見た目は同じでも、瞳の色が少し違ったりして可愛いです！」

「エアにウインドか。とても素敵な名前だね」

フロセルピアも自分が契約している妖精を俺たちに見せてくれたが、なんとフェローニアの鳥とよく似ていた。微妙に違いがあるらしいが、近くで見てみないと俺やレアにはサッパリ分からない。

そこも双子っぽいね、と思った。

「あ、そういえばさ」

ふと、思い出したようにレアは話を切り出した。

「君たちのお姉さん、ミリシアさんについて聞かせてくれないかな？　最近やたら話しかけてくるんだよねぇ、彼女」

「ッ!?」

びくり、とあまりにも過剰な反応を双子は見せた。怯《おび》えるように顔色が真っ青になる。

「あらら。そんなに嫌だった？　嫌ってるとは思ってたけど」

「ちがっ！　違います。フロセルピアもフェローニアも、ミリシア様を嫌ってるわけじゃありません……ありません」

「それにしてはずいぶん恐れているように見えるけど？」

「それは……」

「別に話したくないなら話さなくてもいいんだ」

せっかくの話題だが、俺とレアの予想を遥《はる》かに超えるフェローニアたちの反応に、俺は優しく微笑《ほほえ》んだ。

正直、大事な協力者でもある双子とミリシアなる女性の関係には興味がある。大切な友人だ、何か傷つけられているなら力になりたい。

けれど、それはあくまで善意。彼女たちにとって押しつけや恐怖を煽《あお》るようなものではいけない。そう思ってるからこそ、レアも無理やり聞き出そうとはしなかった。

「ただ、これだけは信じてほしい。俺もレアも、二人には笑っていてほしいんだ」

「まあね。ボク、ヘルメスくんが初めての友人なんだよ？　二人は二番目。大切に想《おも》ってるのさ」

ふふん、となぜか胸を張ってレアが言う。

その言葉に後押しされる形で、フェローニアとフロセルピアは声を詰まらせ、考え事をするように俯《うつむ》いた。

そしてしばしの時が流れる。そろそろ俺たちの目的地である池が見えてくる。そんな時、ぽつりとフェローニアが言った。

「……ミリシア様は、昔はとても心優しい人でした」

昔話。それを察した俺とレアは何も言わない。静かに言葉の続きを待った。

「側室の娘であるフロセルピアたちにも平等に接してくれて、よくお菓子をくれましたね。くれましたね」

「懐かしい、懐かしいです……。正妻に嫌われていたフェローニアたちに、こっそり人形をプレゼントしてくれたこともありました」

「でも……三年前、急にミリシア様の様子が変わりました。変わりました」

「少しずつ、少しずつ、フェローニアたちを無視するようになったの」

「些細《ささい》なことで暴力を振るうようになりました。なりました」

「痛かった、痛かった。けど、ミリシア様は苦しむフェローニアたちを笑って……」

「だから恐れるようになりました。優しくて温かいミリシア様はいなくなったって自分に言い聞かせて。言い聞かせて」

なるほど、ね。

それで話は終わりなのか、再び沈黙が俺たちの間に流れる。

気まずい空気を切り裂いたのは、話を聞いていたレアだ。

「ふうん。おかしな話だね。急に性格が変わるなんて」

「少しずつ、ってことじゃないの？」

「それでもおかしいでしょ。だって、彼女たちはミリシアさんに何かしたわけでもないんだよ？もしかすると気づかないうちに何かした可能性はあるけど、彼女のあの態度を見る限りはねぇ」

「まあな」

レアが言いたいことは分かる。俺と彼女は前にミリシアが双子にどういう口調で、どういう言葉を吐いたのか聞いていた。いくらなんでも、優しかった姉があそこまで妹を目の敵《かたき》にするか？

まだ俺とレアが双子と過ごした日々が浅いということもあるが、短い付き合いでも伝わってくるほど二人は優しい。誰かを怒らせるようなタイプではないと思う。

「ちなみに、ミリシア嬢が急変？するようになった頃に何かあったりする？　喧嘩《けんか》したとか、ミリシア嬢が変な奴《やつ》と付き合うようになったとか」

仮に双子の影響でないなら、それ以外の、外部からの干渉を受けた可能性が高い。子供っていうのは、恐ろしいくらい周りに影響される生き物だからな。前世もこの世界もそれは変わらないだろう。

「えっと、えっと……特に何かあったわけではありませんが……」

「フェローニア、あの執事の件は？　件は？」

「執事？」

記憶を漁《あさ》りながらも明確な答えを出せないでいたフェローニアに対し、妹のフロセルピアはどこか確信を持って言った。

俺が首を傾げると、彼女はこくりと頷いて説明する。

「はい。ミリシア様がどんどん変わっていく前に、ローズ子爵家に一人の執事が来ました。来ました」

「その執事はミリシア嬢の専属だったりするの？」

「そうです。そうです。フェローニアとフロセルピアには執事どころかメイドもいません。両親は家を離れることが多いので、ミリシア様は特別です！」

答えたのはフェローニアだった。言われてみれば、と彼女も納得している。

「ちなみにその執事は、前に廊下であったあの男の人かな？」

レアの問いに双子は同時に頷いた。

「あの男か……」

そういえばあの男からは、不思議と不穏な気配が漂っていた。その気配も一瞬だったし、なんとなくそんな気がするかも？程度でしかないが、怪しいと言われれば怪しい。

何より、俺はあの男に覚えがある。顔とかそういうんじゃない。雰囲気が誰かに似ていた。

「名前はユリアン。経歴とかはフロセルピアたちは何も知りません。知りません」

「あるかも！　あるかも！　家を探せばそれくらいは！」

「おー、いいねぇ。確かに履歴書くらい保管してあってもおかしくない。時間があるなら少し探ってみるのも面白そうだね」

ふふ、とレアはそう言って笑うと、やがて足を止めた。彼女と同じように後ろに並んだ俺とフェローニアたちも止まる。ちょうど話していたら目的地である池のそばに到着していた。

「ボクの直感が言ってる。ミリシアさんには何かあるってね」

「だからフェローニアたちに調べさせるのか？　見つかったらまずいと思うぞ」

「いやいや、さすがに執事が怪しいって調べると思うかなぁ？　ボクなら三年も経《た》ってれば気が緩むと思うよ。それに、仮に執事がミリシアさんに何かしたなら、持参した履歴書だって怪しいものさ。手がかりになると思うけどなぁ」

「……それは確かにな。けど、危ないって部分に変わりはない。俺はどちらかと言うと反対だな」

もしミリシアかそのユリアンって男に見つかったら、フェローニアたちが何をされるか分かったものじゃない。もっと遠回りに調べたほうがいいと思う。

「まあ、ボクも何となく気になるってくらいで、積極的に調べようとは思わないけどね。藪《やぶ》を突《つつ》く趣味はないよ、魔法以外では」

そう言って前方の池を見つめる。

学園が用意した池には、魚が数匹、すいすいと泳いでいた。気持ちよさそうだが、特に妖精らしいものは見えない。

「だからあくまでボクの話は提案さ。そういう手段もあるよねって」

レアは最後にそう締めくくると、きょろきょろ周りを見渡す。妖精を探していると思われる。

「考慮に入れます。入れます！　フェローニアたちもミリシア様のことは気になりますから。もし、昔の優しいミリシア様に戻ってくれるなら……」

「過度な期待はしないほうがいいよ。まだ外部の干渉があったとは断言できないわけだし。もしかすると、ミリシア嬢自身が君たちを恨む何かがあった可能性もあるしね」

「分かっています。けど、妖精たちが変なんです。変なんです」

「変？」

フロセルピアは一度俯くと、肩にとまっていた鳥の妖精の頭を優しく人差し指で撫でた。妖精は気持ちよさそうに瞼を閉じる。

「ユリアンに近づくと、妖精が嫌がるんです。相性が悪いのか、フロセルピアのウインドも、フェローニアのエアも。不思議です、不思議です」

「そうだった、そうだった。それもあるからフェローニアたちはユリアンを疑っています！」

「へぇ……妖精が」

なるほどね。掘れば掘るほど怪しいものばかりが発掘されていく。

俺の感じた怪しい気配といい、レアが感じた直感といい、妖精が嫌がることといい、ミリシアがおかしくなった時期に新たに雇われたことといい、こうもワラワラ証拠やヒントになるものが出てくると、俺もちょっと気になるな。

フェローニアたちのおかげで妖精魔法を覚えることができたと言っても過言ではない。いろいろ教えてくれたし、彼女たちの手伝いをするのも吝《やぶさ》かではなかった。

次、あの男に会った時、もう少し意識して見てみよう。

そこまで思考を巡らしたところで、ふいに正面のレアが大きな声を上げた。

「――あ！　妖精発見！」

「え？　どこどこ」

急な話の転換に、バッとレアの隣に並ぶ。彼女の視線を追いかけた先、池の中にそれはいた。

「……妖、精？」

離れているにも拘《かか》わらず、レアが一発であれを妖精だと断言した理由は、俺も見てすぐに分かった。だって、魚の泳いでいる綺麗な池に、明らかにおかしな生物が紛れ込んでいる。目を凝らしてようやく気づけるほど影が薄い……否《いな》、色の薄い生き物だった。

それは球体状に、わずかに青く発光する――スライム？

光の色がほんの微《かす》かに水より濃いから気づいた。ぷるぷると小刻みに震えている。俺は思わず続けた。

「妖精って言うか、どこからどう見てもモンスターなんだが？」

「でも三人の妖精と同じように光ってるよ？　遠くからでも分かるくらい存在感がある！」

「それはそうだが……いや、学園内にモンスターがいるわけがないか」

俺もシルフィーのことは最初モンスターかと思ったくらいだ。あれもスライムに似ているだけの妖精だろう。鳥に龍と統一感はない。ならばスライムみたいな球体状の妖精がいても何らおかしくはない。そのうち人型とかヘドロ状の個体も出てくるのかな？

「うんうん。早速、あの子と話をしないと！」

レアは魔力を右手に集中させた。近くにいるから魔力の動きが分かる。

レアが使ったのは風属性の魔法。軽く風を起こし、その風を操って池の中に沈むスライムをふわっと持ち上げた。スライムは特に驚く様子も逃げる様子もない。

だが、微動だにしないままレアに引き寄せられると、小さく白い華奢《きゃしゃ》な掌《てのひら》にぽよん、と着地した。

「おお……柔らかい！」

ぷにぷに、と何度もレアはスライムを突く。ゼリーみたいに体が揺れていた。

「あんまり遊びすぎると嫌われるかもしれないぞ」

「ハッ!?　そうだった。ボクは君と契約するために声をかけようとしたんだ。ちょっといいかな？スライムくん」

「————！」

レアが妖精に話しかけると、スライムの妖精はぷるるっ、と自らの意思で体を揺らした。割と激しい。まるで怒っているようだ。

「あれ？　これって怒ってたりするのかな？」

「俺もそう感じたな。ひょっとして、スライムって呼ばれるのが嫌なのか？」

「えぇ？　でも、どう見たってモンスターのスライムにしか見えないけど……」

「────！」

のかもしれない。

「うわぁ、やっぱり嫌そう」

再びスライムがレアの言葉に憤慨する。見た目は似ているが、妖精はモンスターのことが嫌いな
「おっとっと。分かったよ。君のことは妖精くんって呼ぶから。名前を付けてあげたいけど、契約できるかどうかが先だよね」

ごめんごめん、と怒るスライムにレアは何度も謝った。すると、スライムのほうも動きを小さくし、やがてまたただの球体状のぽよんぽよんに戻る。

そうして妖精が落ち着いたところでレアは提案する。

「そういうわけで、どうかな？　君がボクのことを嫌いじゃなければ、ボクと契約してくれない？こっちが差し出せるものなんてお金とか食べ物とか、あとは魔法くらいなものだけど、どうしてもボクは魔法の深淵《しんえん》を見たい。妖精魔法はきっといい刺激になるはずだ」

「────」

ぷるん、と妖精は一度だけ体を震わせる。なんだかＯＫに見えた気がした。直後、

「……ん？　なんだか、急に体が温かくなったような……ひょっとして、これが契約成功ってこと!?」

急にレアがバッと顔を上げて俺を見た。少しだけ俺とは違った状態だ。それが契約だとなぜ彼女

は分かったのか。その答えを持っていたのは、後ろで様子を窺《うかが》っていたフェローニアたちだった。

「成功です！　成功です！　フェローニアたちも妖精と契約した時、体が熱くなりました。不思議と契約ができたと分かりました！」

「さすがレア様！　おめでとうございます、おめでとうございます！」

パチパチと双子は拍手する。レアがにへら、と気恥ずかしそうに笑った。

「えへへ。ありがとう二人共。ヘルメスくんにも世話になったね」

「俺は何もしてないさ。妖精を見つけたのもレアだし、妖精と契約できたのもレアだよ。おめでとう」

「そんなことないさ！　ヘルメスくんたちがいるとボクは心強いよ。一人じゃないっていうのは素晴らしいね」

頬をわずかに赤く染めたレアは、心底嬉しそうに笑っている。そして、視線を再び妖精へと戻した。

「君もボクを受け入れてくれてありがとう。これからよろしくね？」

「――――！」

彼女の言葉に応えるように、妖精はぷるんと体を揺らした。

「さてと……それじゃあ先に君の名前を決めようか。実は一目見た時から考えてはいたんだよねぇ」

ふふん、と自信満々にレアは告げる。

「前に読んだ魔法の本に載ってたんだ。王国から東に行った先には、大きな島国があって、その東方では〝カンジ〟なるものが力を持つんだってさ。面白いよねぇ」

「東方……カンジって漢字のことか？」

なんだかずいぶんと俺が知っている国に似ているな。まさか国の名前は日本とか言わないよな？

「ヘルメスくんは気になるのかな？　その国のことが」

「俺が知ってる国に似ててね。国名はなんて言うのかな？」

「さあ……本にはそこまで載ってなかったよ。どうやら王国と付き合いがあるわけでもないし、ボクが読んだのは、その国では王国とはまた違った魔法が確立されているってことくらい」

「王国とは違った魔法？」

「ボクたちが知る詠唱や魔力操作とはまた違った、ね。ワクワクしない？」

「しないわけがない」

日本に似た東の国に、俺の知らない魔法技術。何から何まで俺の興味をそそる。

……って、そういや〝倶利伽羅《くりから》への貢ぎ物〟に出てくるのも東の島国だったな。おそらく倶利伽《くりか》羅《ら》と呼ばれた龍が住んでいたと言われているのもその国だろう。龍と関わりのある魔法なのかな？

俺がそんな風に思考を巡らせていると、レアはさらりと命名を終わらせてしまった。

「そんなわけで、君の名前は東の言葉で『水』を意味するスイだ！　よろしくね、スイ」

「――――！」

ぷるんぷるん、と名前が気に入ったのか、妖精はこれでもかと体を震わせる。先ほどとは違って怒っているような感じではない。

「あはは。契約した影響か、この子がどれくらい喜んでいるのか分かる気がするよ。いいね、妖精」

「だな」

にかっと笑うレアに、俺も同じような笑みを作った。

「それじゃあどうする？　時間はまだ結構余ってるぞ。授業が始まるまで」

早朝五時に叩《たた》き起《お》こされて、妖精のスイを見つけるまでにさほど時間はかかっていない。まだ七時前だ。

「何言ってるんだか、ヘルメスくんは」

「ん？」

「時間があるならやるべきことは一つでしょ？　ここにいるメンバーは全員妖精と契約を済ませているんだよ？」

「つまり……」

「これからダンジョンに行こう！　実戦だ！」

グッと親指を立てていい顔をするレア。走り出そうとした彼女の肩を掴む。

「馬鹿言うな。平日に外へ出られるわけないだろ」

「魔法を使えば簡単さ！」

「怒られるだけじゃ済まないぞ」

「探究のためなら犠牲はつきものなんだよ！」

「落ち着け」

ぺし、と彼女の頭にチョップを打ち込む。かなーり手加減したから痛くはないはずだ。

「俺だってすぐにでも妖精魔法や強くなった魔法を試したいが……さすがに校則をスルーするのはまずいだろ」

俺も彼女もフェローニアたちも、この学園には親に入れてもらった。妖精と出会えたのも、力を付けられたのも家族のおかげといっていい。

フェローニアたちはいろいろと複雑な家庭環境らしいが、少なくとも俺とレアはそれに当てはまらない。親の期待を裏切ってまで背負うリスクじゃないだろ。

それより、もっと安全に検証ができる場所がある。学園内だから許可も簡単に下りるはずだ。

「強くなった魔法？　どういうこと、それ」

「え？　あ……そうか、レアたちは知らないのか」

ごくごく自然に口に出したが、三人は俺と違ってステータス画面を見ることができないと思われる。ならば、妖精と契約したことで起きた自身の変化にも気づいていない。当然だ。

「妖精と契約すると魔法の威力が上がるかもしれない。その属性に対応した魔法がな」

「そうなの!?　どこにそんな情報書いてあった？　フェローニアさんたちに教えてもらったの!?」

「い、いや……どこだったかな？　もう忘れた。けど、確かな情報だと思う」

「初めて知りました。知りました。フェローニアたちもそうなんでしょうか？」

「たぶんね。これから調べる予定だったんだ」

「さっき属性に対応した魔法がって言ってたよね？」

「ああ。たとえば俺とフェローニア嬢たちなら、風の妖精だから風魔法が強くなる。レアは水だよな？」

「うん。この子は水の妖精だね」

「なら水魔法が強くなってるはずだ」

「おぉ！　水属性の妖精と出会えるなんてボクは運がいいね！　じゃあじゃあ、早速、第二訓練場へ行こうよ！　ヘルメスくんも最初からそこに行く予定だったんでしょ？」

ぐいぐいっと服を引っ張られる。まるでわんぱく小僧だな。気持ちはよく分かるが。

「急ぎすぎると転ぶぞ」

「ボクはそこまでドジじゃないよ〜――ってうわぁ!?」

言ったそばからコケそうになったレア。それでもなんとか躓《つまず》いただけで済み、全員の表情を確認してから走り出す。その背中を俺とフェローニアたちが追いかけた。

「フェローニア嬢たちも一緒に魔法を学ぼうか。きっと役に立つよ」

「い、いいのでしょうか？　フロセルピアたちにはあまり才能はありませんよ？　ありませんよ？」

「卑屈になることはないさ。二人には才能がある。じゃなきゃ、妖精と契約できたりしないよ」

妖精は適性がないと見えない。それを最初に言ったのは二人じゃなかったっけ？

俺はぎこちない足取りの双子の手を摑むと、

「さあ、これからもっともっと自由になるための力を探しに行こうか」

「自由……」

二人とも目を輝かせて走り出す。

レアの奴、いつもより足が速いなぁ。気持ちが逸《はや》りすぎているのだろう。それもまた、彼女らしいとは思うけど。

▼△▼

レアを追いかけて第二訓練場に足を踏み入れる。

一度職員室を経由したが、当たり前ながら職員室には誰もいない。時刻を確認するとまだ六時ちょっと。そりゃあいないよ。

魔法の力でちょいちょいっと鍵を開けたレアは、室内を確認すると、

「誰もいないね。これはもう勝手に第二訓練場を使っていいってことじゃないかな？」

と自己判断。扉を閉め、またちょいちょいっと魔法で鍵をかけ直して、るんるん気分で鼻歌交じりに第二訓練場へ侵入した。そう、侵入だ。鍵を勝手に開けているのだから侵入に他ならない。こんな魔法の使い方ばかり上手《うま》くなって……。

「よぉ――し！　的は置いてあるし、早速魔法の練習をしようか」

もう見慣れた光景を前に、レアが掌に乗せたスイに話しかける。

なんだかんだ俺も第二訓練場に来られてよかった。実は昨日からずっと魔法の練習がしたかった。強くなった俺の魔法は、果たしてどれほどの威力を発揮するのか。これにワクワクしない奴はいないだろう。

「まずは属性を変えて魔法を使ってみようか」

スッと掌を前に突き出す。俺のステータスはなるべく偏らないように万遍なくパラメータを上げている。あまり使い勝手のよくない闇属性以外は基本的に数値が近い。そういうこともあって、俺の検証方法はいたってシンプルだ。まず別の属性の、風属性に数値が一番近い属性を選んで的に魔法を撃つ。その後、二発目に風属性の魔法を撃って、一発目と二発目の威力の違いを比べる。

選んだのは水。炎は室内であまり使いたくはなかった。いくら広いとはいえ、一応ね。

繰り出したのはシンプルな技。水を球体状に集めて大きな水球を作り、それを正面の的にぶつける。元からレベルが高く魔法パラメータも上げている俺の魔法攻撃は、しっかりと的を粉砕し地面に大きなヒビを入れた。

「……これなら的をわざわざ狙う必要はないな」

そう呟《つぶや》き、先ほど水球を当てた地面に、今度は別の属性の魔法を撃ち込む。

――〝風属性魔法〟。

風を起こし、起こした風を集める。ただひらすらに集め、上空に待機させたそれを――ハンマーのように地面へ打ち込んだ。

巨大な風の弾丸と化したその魔法は、凄《すさ》まじい轟音《ごうおん》と衝撃を起こして周囲をめちゃくちゃに破壊する。

まるで爆弾でも落ちたかのような衝撃に、土が舞い上がり視界が真っ暗になった。ついで、近くに打ったものだから、耐えきれずに俺は背後に吹き飛んだ。地面を転がりながら仰向《あおむ》けに倒れてしまう。

「い、いたたた……！」

嘘《うそ》だろおい、と言いたくなるほど魔法の威力が上がっている。というか、高すぎるだろ！　と叫びたくなるほどのもの。

これが魔法パラメータを倍にした俺の魔法……数値が二倍になるだけでこんなに威力が跳ね上がるのか……ヤバすぎぃ。

これはおいそれと使えないな。味方どころか自分すら巻き込みかねない威力だ。

「ヘルメスくん！　大丈夫!?」

横から風属性の魔法を使い、土煙を払ったレアがやってくる。逆方向からは同じことをしたフェローニアたちが。

三人共ずいぶん心配している。無理もない。いきなりあんな馬鹿な真似《まね》をしたんだ、怒られてもしょうがないな。

しかし、彼女たちは怒ることはなかった。純粋に俺のことを心配してくれる。

「怪我《けが》は……って、自分で神聖属性の魔法が使えるんだよね」

「ああ。悪い、急にあんな威力の魔法を使って。まさかあそこまで威力が上がってるとは思ってもいなかった」

「ううん、いいんだよ。魔法の検証に怪我は付きものだからね。ボクもよく自分を吹っ飛ばしたりしてるよ」

「それは注意したほうがいいだろ」

危険すぎるって。

謎のフォローにジト目で返しながら、神聖属性魔法の治癒を自らの体に施した。

「フェローニア嬢たちもごめん。怪我はしてない？」

「はい！　はい！　大丈夫です。このとおりフェローニアたちは無事ですよ」

「でも、凄かったですね！　あんな威力の魔法を見るのは初めてです！　初めてです！」

「俺も初めてだったよ」

さっきまでは完全にやらかした！　と思っていたが、落ち着くと自分がめちゃくちゃ強くなっている事実に心底喜びがこみ上げてくる。

今の俺なら、ひょっとして工夫次第で〝砂上の楼閣〟地下深くにいたあの植物型モンスターを倒せるんじゃないか？　そう思わせてくれた。

何より、戦闘において取れる選択肢が増えた。

「うーん、なんだか少しだけ怖くなってきたね。ヘルメスくんがあれだけの威力を見せたあとだと、ボクの魔法もどれだけ威力が上がってることか」

「少し魔力の消費を抑えて撃ったほうがいい。水以外の属性は全力でもいいと思うけどね」

自分たちのステータスが見えないレアたちには、俺と少しだけ違った方法をとってもらう。

魔力操作なら魔法の威力を調整できる。フェローニアたちは魔力操作ができないだろうが、そもそも彼女たちはダンジョンに潜っていないはず。レベルも低いだろう。なら俺やレアほどの威力が出せるとは思えない。

だからレアにのみ、他の属性は全力で撃ってもらい、妖精と契約したことで強化された水属性の魔法だけは、少しずつ威力を上げていって最大値を確認する。他の属性より威力が明らかに出るだろ、と分かるだけでいいんだ。

「そうだね。水属性の魔法は慎重に使うことにするよ」

頷き、レアは正面奥に設置された的を見つめる。怪我を治した俺が立ち上がると、フェローニアたちと一緒に少しだけレアから離れて彼女の魔法を見守る。

「力を貸してね、スイ」

レアは俺と同じように右手を前に突き出した。魔力が動く。

レアが最初に繰り出した魔法は風属性。風を集めて全力で弾丸のように撃ち込む。的に命中し、的は跡形もなく消し飛んだ。これだけでも十分な威力だ。俺よりも低いとはいえ、魔法に関しては本当に圧倒的な才能を持っている。

そして本命。

彼女は魔力を調整し、先ほどの魔法より消費魔力量を低く設定して水属性魔法を構築する。

これもまた、シンプルな水球を浮かべた。魔法の威力テストにはシンプルな魔法こそ役に立つ。

ぷかぷかと浮かぶ水球は、消費魔力量に比べてかなりの大きさを誇っていた。その異様さにレアが動揺する。

「な、なんか……大きくない？」

「それだけ水属性魔法の強化がデカいってことだな」

彼女は知らないかもしれないが、いくら魔力の消費量を低くしても、パラメータによる補正はかかる。そしてその補正が二倍になったのだ、当然、補正分の調整が合わなくて威力そのものが調整できない。驚くのも無理はないな。

だが、ある程度手加減できているのだ。構わず、レアは的があった場所に水属性魔法を撃ち込んだ。

ズゥウゥウンッッ！　という衝撃が地面を揺らす。

盛大に地面を砕き、小さなクレーターを作った。明らかに先ほど全力で放った風属性魔法より威力が遥かに上だ。あれなら俺の防御力も貫いてダメージを与えられるだろう。頼もしいと同時にちょっとだけ怖いな。

「す、すっごい……！」

砕け散った地面を見て、キラキラとレアは瞳を輝かせた。まるで幼子のように、ぴょんぴょんその場で跳ねながら俺たちに言った。

「見た見た？　今の見た!?　ヘルメスくん！　フェローニアさんにフロセルピアさん！　ボクの魔法、凄く強くなってるよ！」

「見たよ。さすがだな、レア。これなら中級ダンジョンくらいはソロでも回れそうだ」

ボスに挑むにはまだ早いが、レベル的に雑魚《ざこ》くらいなら容易《たやす》く殲滅《せんめつ》できるだろう。無論、魔力効率を考えると、近接戦闘ができないレアを一人で行かせるには危険が伴うが。

「凄い、凄い！　圧倒的な威力ですね、レア様！」

「びっくりしました。魔法の天才です！　天才です！」

フェローニアとフロセルピアもどこか興奮した様子でパチパチと手を叩いていた。

彼女たちも感じたのだろう。レアと俺が見せた魔法の威力を。自分たちも妖精と契約しているのだから、頑張ればもっともっと強くなれることに気づいた。

ゲーマーもそうだが、根本的に人間とは自らの成長を楽しむ傾向にある。要するに、彼女たちは立ってしまったのだ。俺やレアがいる、真理と強さを追い求める道に。たとえスタートラインであろうと、一度立ってしまえばその蜜は病みつきになる。ようこそ、と言いたくなった。

「いやぁ、それほどでもないよ～。まだまだヘルメスくんの魔法には遠く及ばないからね」

「ダンジョンに潜って、よく魔法を使ってれば嫌でも成長していくよ。もちろん、フェローニア嬢とフロセルピア嬢もね」

「ダンジョン……」

ごくり、と双子は生唾を呑《の》み込《こ》む。彼女たちはまだ一度も足を踏み入れていないはず。怖いのは分かるが、成長するにはダンジョンが一番効率がいい。ちまちま魔法の熟練度だけ上げていてもダンジョンに潜ってる奴には一生追いつけない。こと魔法においてはＩＮＴの差がどんどん開くだけだ。

そこで、俺は一つの提案をここでする。

「妖精と契約した恩恵を検証できたんだ。せっかくだし、次の休日、俺たち四人でダンジョンに潜らない？　ちょうど行きたい場所があるんだ」

「いいね！　ボクは賛成だよ。今からでも行きたいくらいさ！」

「い、いいんですか？　いいんですか？　フェローニアたちは足を引っ張ると思うのに……」

「一度もモンスターと戦ったことのないフロセルピアたちでは、何のお役にも立てませんよ？　立てませんよ？」

「いやいや、そもそも妖精のことを教えてくれたのは、フェローニア嬢とフロセルピア嬢じゃないか。その恩返しとでも思ってくれればいいよ」

仲良くなれたのにそんな寂しいこと言わないでくれよ。恩には恩を返す。人として当然のことだ。

レアも特に二人がいることに異論はないようだ。今か今かと興奮していた。

最終的にフェローニアとフロセルピアは、

「……で、では！　よろしく、お願いします」

と同時に頭を下げた。こちらこそ、と俺は笑う。

ちなみに、第二訓練場へ侵入した件はバレた。教師に見つかり、加えて第二訓練場をめちゃくちゃにした俺たちは、それから授業が始まるまでの間、長ーい長ーい説教を聞くことになったとさ。

五章　魅了の秘薬

一週間というのは、意外なほど早く過ぎ去っていく。

気づけば土曜日。明日、レアたちと一緒に王都近隣にあるダンジョンへ向かう予定だ。

すでに〝妖精魔法〟を実戦で試したくてワクワクしている。そんな俺の耳に、コンコン、というノックの音が届いた。

「ヘルメス様」

男性の声だった。

「どなたですか」

「男子寮の管理人をやっている者です。一階の入り口にフェローニア・ローズ様とフロセルピア・ローズ様がお越しです。何でも、ヘルメス様にお話があるとか」

「フェローニア嬢たちが？」

いきなり管理人が来たことに驚いたが、その内容にも驚く。

明日の予定は昨日のうちにだいたい固めておいた。他に話すことはなかったはずだが……。

妙な胸騒ぎを感じた俺は、ひとまず管理人にお礼を言ってから部屋を出る。階段を下りて男子寮の入り口に向かうと、そこには話のとおり双子の姿があった。

「やあ、フェローニア嬢、フロセルピア嬢。こんな時間に何か用かな？」

もう時刻は夕方だ。食事もあるし、手っ取り早く話を終わらせないといけないな。

そう思っていた俺に、双子はやや申し訳なさそうな顔で言った。

「その……その……も、申し訳ございません！」

「申し訳ございません！」

バッとフェローニア、フロセルピアの順番で頭を下げる。俺はぽかーんとなった。

「ど、どうしたの？　何かあった？　謝られる理由が分からないんだけど……」

「行けなくなりました。行けなくなりました。明日、ヘルメス様たちと一緒にダンジョンへ行けなくなりました……」

「え？　なんで？」

「ミリシア様にローズ子爵邸に連れていかれます。そこで、聞きたいことがあるらしいです。らしいです」

「聞きたいこと？」

「実はここ数日、ずっとミリシア様に質問されてました。されてました」

「ヘルメス様のこと。ヘルメス様のこと。なぜか、執拗《しつよう》に聞かれました」

「彼女が俺のことを？　もしかして……前に顔を合わせた図書室での件かな？」

俺の問いに双子はこくこく頷《うなず》く。正解だった。

「ミリシア嬢が聞きたがる内容とは思えないけど」

「きっと、きっと、ヘルメス様のことを知りたいんだと思います」

「ミリシア様は、ずっと昔からヘルメス様のことが好き。好き」

「それで妹たちが何を話していたのか聞きたがったのか」

「たぶん、たぶん。確証はありませんが」

しゅん、と落ち込むフェローニア。フロセルピアもダンジョンへ行きたかったのだろう。だが、姉のミリシアに家へ連れていかれるならさすがに回避できない。

公爵子息である俺が約束していた、と言えばなんとかなるかもしれないが、ミリシアから大切な、大切な用があるんです、と言われたらなぁ。それに、学園では権力を振りかざす行いは褒められたことじゃない。学生のうちはあくまで対等なのだ。よその家のことに首を突っ込むと問題にもなるし。

「まあ、それならしょうがないか」

「ごめんなさい」

「謝らないでくれ。二人は悪くない。それに、明日がダメでもまたチャンスはいつでもあるさ」

「……また、また、フェローニアたちを誘ってくれるんですか？」

「当たり前だろ」

何言ってんだか。俺たちはもう妖精で繋《つな》がった友人だ。この縁は簡単には切れない。

「心配しなくていいよ、フェローニア嬢、フロセルピア嬢」

くすりと笑って俺がそう言うと、二人は心底嬉《うれ》しそうにようやく笑ってくれた。

「ありがとうございます！」

何度も何度も頭を下げるが、最初とは意味合いが違う。

「あと、家に行けるチャンスなので調べてきます！　調べてきます！」

「調べる？」

「ユリアン！　ユリアン！　あの執事に関して調べてきます！」

「ああ、そういえばちょっと怪しいねって話が出てたね。でも、気をつけなよ？」

「はい！　はい！」

二人ともやる気満々に頷き、くるりと踵《きびす》を返し、手を振りながら女子寮のほうへ帰っていった。

その背中を見送ると、俺は最後にぽつりと零《こぼ》す。

「……無茶《むちゃ》しないといいけど」

▼△▼

翌日。

例のごとく男子寮に突撃をかましてきたレアと共に、荷物をまとめて王都を出る。

彼女とはこれで二度目のダンジョン攻略だ。前回は勝手に俺の後ろをストーキングしてきたわけだが、今回は共に肩を揃《そろ》えて歩く。

「うーん！　今日はいい天気だねぇ」

俺の右隣を歩くレアが、晴天を見上げて感想を述べる。

まるでピクニックにでも行くような雰囲気だ。俺たちはこれから、この世で最も危険な場所に行くっていうのに。

「フェローニアさんたちが来れなくなったのは本当に残念」

背筋を伸ばしながらレアはぼやく。

フェローニアたちの件については、俺が先ほど伝えておいた。最近仲よくなれたから彼女も残念がっている。

「なに、またチャンスはいくらでもあるさ」

「……それもそうだね。前向きにいこう。前向きに」

うんうん、と俺の意見にレアが同意してくれる。そして改めて彼女は問う。

「ちなみにこれから行く予定のダンジョンってどこだっけ？」

ちらりと彼女の視線が俺に向いた。

「初級ダンジョン〝底無し沼〟だよ」

「底無し沼……確か水系のダンジョンだよね？」

「ああ。初級ダンジョンでは珍しい地形効果を与える場所だな。その分出てくるモンスターはあんまり強くない」

ただし、状態異常《バッドステータス》などを持ったモンスターが出てくるため、そこそこ厄介ではある。

普段の俺なら経験値効率はいいがめんどくさい相手など避けていく傾向にあるが、今回ばかりは違った。今の俺たちには妖精がついている。底無し沼に出てくるモンスターは、大半が魔法による攻撃に弱いのだ。

まさに相性抜群。

「地形効果か……なんだっけ？　体が重くなるみたいな話は聞いたことがあるよ」

「正解。底無し沼は全体が移動速度を下げる効果がある。他にも拘束の効果を持ったエリアがあるから気をつけてね」

「はあい。わざわざそんな面倒な所を選んだってことは、底無し沼には何かがあるんだ？」

「まあね」

にやりと笑ったレアに対し、俺もまた不敵に笑みを作る。

「底無し沼は敵を倒した際に得られるものが多い。要するに経験値がね」

「経験値……か。ヘルメスくんの話はたまによく分からないね」

「理解する必要はないさ。そういうものだと認識してくれれば」

「了解。ボクとしては強くなれればそれでいいし、妖精の力を借りてどれだけ戦えるか試したいだけだから別にいいよ」

レアは俺と実に相性がいい。似たもの同士だからこそ余計な詮索はしてこないし、魔法に関しては真摯だ。決して余計なことを考えない。

うっかり前世の知識をぽろっと洩《も》らしてもスルーしてくれるだろう。それが魔法に関することだったら見逃してはくれないと思うけど。

軽やかな足取りでどんどん王都から遠ざかっていく。

やがて地面にぽっかりと開いた穴を見つけた。あそこが初級ダンジョン・底無し沼に続く洞窟だ。

これまでの洞窟型に比べて地面に直接繋がっている珍しいタイプである。

だからといって何かが変わるわけじゃない。俺を先頭に階段を下りていく。すぐに視界は薄暗闇に覆われ、徐々にわずかな光が差し込んでくる。

到着だ。

紫色の毒々しい霧が立ち込める世界に俺とレアは足を踏み入れた。

「ここが底無し沼……初めて来たけど、なんだかおどろおどろしいね」

「雰囲気はあるね。けど、別に心配しなくていい。雰囲気だけだから」

今のところ中級ダンジョン・〝嘆きの回廊〟に比べたら怖くはない。不気味ではあっても、このダンジョンにホラー要素はないしな。

俺は警戒心を露《あら》わにするレアと違って、肩に力を入れないまま前に進む。

ぴちゃぴちゃと足下の湿った土が音を立て、体がほんのかすかに重くなる。

これが底無し沼の地形効果。

一歩でもダンジョン内に足を踏み入れると、ダンジョン内にいる限りは永遠に敏捷値《AGI》にマイナス補正がかかるという。

アルテミスみたいな速度重視のタイプにはややキツい。だが俺には関係ない。

きょろきょろと周りを見渡しながらモンスターを探す。

少しして、数体のスライムを発見した。

「お、モンスターだよ、レア」

「あれは……スライムだね。スイに比べたら不気味で気持ち悪いや」

「スイはスライムじゃないからね……」

咄嗟《とっさ》に出た言葉なんだろうが、彼女の手の上に乗った妖精スイがぷるぷると体を震わせていた。

きっと「ボクはスライムじゃない！」とでも言ってるのだろう。レアも、

「あぁごめんごめん！　別にスイのことをスライムだって言ったわけじゃないよ？」

と慌てて弁明していた。

その間にもスライムたちはゆっくり近づいてくる。

「ほら、敵が来てるよレア」

俺はびしりと前方のスライム数体を指差す。

レアは軽く頷いた。

「分かってる。――スイ、ボクに力を貸してくれ。あのモンスターを倒す」

「――！」

スイは「了解」と言わんばかりにぷるんと体を大きく揺らした。

次いで、スイの周りに複数の小さな水の塊が現れる。

水属性の魔法だ。

液体は宙に浮いた状態で形を変える。球体ではなく槍《やり》のように尖《とが》った。数は全部で三本。ちょうどスライムたちの数と同じだ。

水の槍が先っぽをスライムたちに向け、勢いよく射出される。

「――！」

敵のスライムは、避《よ》けることも敵《かな》わず体を魔法で貫かれた。大ダメージを受けて倒れる。

スライムはモンスターの中ではかなり弱い。もうめちゃくちゃ弱い。

耐性はほぼ持っていないし、体力もＡＧＩも低い。今のレアの魔法攻撃なら余裕だ。どんどん倒されて溶けるように地面へ吸い込まれていく。

その様子を見守って俺は彼女に声をかけた。

「ナイス魔法。いい威力が出ていたんじゃないか？」

「どうだろ。相手がスライムじゃさすがにね。もっと強い敵じゃないと」

レアはやや不満顔で答えた。まさにそのとおりだ。スライム程度、妖精と契約する前のレアでも余裕で倒せるだろう。

俺はくすりと笑ってさらに先を目指す。


「グルルルッ！」

ダンジョン内を歩きながら複数のモンスターを倒していると、沼地にはあまり似合わない黒い狼《おおかみ》が現れた。

レベル10の〝ハウンド〟だ。

初級ダンジョンの中ではそこそこ強い部類に入るモンスター。高い敏捷値《AGI》で相手を追い詰めるタイプの敵だ。

「やっと強そうなのが出てきたね。スライムばっかで魔力を無駄にするところだったよ」

今までスライムばっかり討伐してきたレアは、歯ごたえのありそうな敵を見て胸を撫《な》で下《お》ろす。

俺もスライムばかりで退屈していたが、さすがにここで獲物を奪うのもよくない。後半にはもっと強い敵がいるし、俺は一歩引いてレアの戦いを見守ることに決めた。

「頑張れレア。楽勝だよ」

「うん！　今回はボクが魔法を使う！」

レアが掌《てのひら》に大きな水の塊を浮かべた。

今のは彼女がよく使っていた詠唱型の魔法じゃない。〝魔力操作〟による魔法発動だ。

実はこれ、〝並列魔法起動〟に合わせて無理やり俺が叩《たた》き込《こ》んだ。

いつまでも威力が固定化される魔法を使っていても強くなれないよ——と言ったところ、彼女は類稀《たぐいまれ》なる才能ですぐに魔力操作の感覚を摑《つか》んだのだ。まあ、元から初級規模の魔法であれば、レアは魔力操作で魔法を発動できる。

ステータスのＩＮＴの数値が高いことも相まって、今じゃ余裕で中級以上の威力が出るようになった。

そしてレアは、狼のモンスターに対して浮かべた水球を細かく分割し、水の弾丸を雨のように放った。

いい選択だ。敵はＡＧＩが高いタイプのモンスター。足が速い奴《やつ》には、一撃の強さよりも手数の多さが有利になる。

その証拠に、大量の水の弾丸を撃たれたハウンドは、必死に地面を蹴ってレアの攻撃を躱《かわ》す。

次第に動きが遅れてくる。レアの攻撃の密度に耐えきれなくなる。

最後には一発、二発と連続で当たり、そのまま体が硬直して残りの弾丸も喰《く》らう。

「キャウンッ！」

狼らしからぬ可愛《かわい》い声が出るが、相手はモンスターだ。レアは一切の容赦なく、最初に躱された弾丸を曲げ、前後から魔法攻撃で挟む。

これこそが魔力操作による一番の恩恵。遠距離攻撃との相性のよさだ。

普通、魔法とは直線上に放ってはい終わり、となるパターンが多く、魔法の軌道を自在に曲げることはできない。

しかし、魔法はあくまで魔力を性質変化させたもの。いわば魔力の塊だ。であれば、魔力操作の応用で魔法自体の動きをある程度操作できなきゃおかしいだろ？

それもまた魔力操作の利点。というか、一番の利点だ。

だが、この魔力操作……実は体から離れれば離れるほど操作が難しくなる。

一メートルでも距離が離れると、一気に操作ができなくなる。俺も最初は困惑したものだ。そんなに難しいのか？　と。

けれどレアは違った。おそらく魔力に関係するスキルでも持っているのだろう。天才と言われるヘルメスすら凌駕《りょうが》する魔力操作能力を発揮し、たった数日で完璧に魔力を操ってみせた。

まさに「今までやらなかっただけ」状態だ。

今のレアの攻撃は、数メートル離れていようが自在に魔法をコントロールできる。

俺《おれ》でも不可能な芸当だ。命中率という概念において、レアのそれは１００パーセントに近い。

だからモンスターは焦った。避けたと思っていた攻撃が、背後からまたしてもやってきたのだから。

仮にあれがスキルによる影響でないのだとしたら、どうにかして教えてもらい、俺もまた魔力操作能力を極限まで向上させたい。

もしくは、スキルの習得条件みたいなものがあり、それを知ることができれば……なんて。

「はい、終わり」

不敵な笑みと共にレアがそう呟《つぶや》くと、前後の弾丸すべてがモンスターに直撃。凄《すさ》まじい音を立ててモンスターの体から血飛沫《ちしぶき》が上がる。

全身に穴を開けた狼は、その場に倒れ、紫色の霧となって消滅する。

「うん、さすがレア。素晴らしい魔力操作だ」

「えへへ。ヘルメスくんの教え方が上手《うま》かったからね。すぐに覚えられたよ」

「そんなことないさ。きっとレアには特別なスキルがあるんだろうね」

「スキル？」

「この世界にはそういうものがあるんだよ。ギフトって言ったほうが正しいかもね」

「それって〝砂上の楼閣〟で見たヘルメスくんの剣みたいなやつ？」

ギクリ。俺の心臓がわずかに跳ねた。

「ど、どうしてそれを……」

「ストーキング……じゃなくて、たまたま見たんだ。体から出てくる剣が普通の武器なわけないよね？」

「……ま、まあね」

「しかもあの剣、凄《すご》く黄金色《こがねいろ》に輝いてたよね」

「…………」

ま、まさかとは思うが、レアは俺の聖剣の正体に気づいている？

だとしたら面倒だな。彼女ほど知識のある人物なら知っていてもおかしくないし、気づいている可能性は高い。

俺はどう返事をしたものか悩んだ。しかし、結論を出すより先にレアがくすりと笑う。

「――なぁんてね。その時が来たらボクにも教えてね。友達でしょ？」

そう言ってスタスタ前方に歩いていく。

その背中を見つめ、俺は理解した。彼女は、俺が答えにくそうにしているのを見て、あえて何も聞かないことにしたんだと。

「レア……」

その配慮が嬉しかった。

今はまだ誰にも言えない。覚悟ができない。

だって俺が聖剣を持つ勇者と同じだなんて……まるでこの世界の主人公みたいだろ？

歩みを止めない彼女の背中を追いかけながら、ぽつりと内心でそう零した。

▼△▼

鋭い風の刃《やいば》が、狼のモンスターを真っ二つに斬り裂く。

鈍い音を立ててモンスターの体が地面に転がる。遅れて、モンスターの体は紫色の煙となって虚空に消えた。

俺は目の前でふよふよと空に浮かぶ小さな緑色の龍《りゅう》の頭を撫でる。

「ありがとう、シルフィー。助かるよ」

現在、俺とレアは妖精を引き連れて初級ダンジョン・底無し沼の中間を越えていた。

そろそろボス級のモンスターが現れるだろうという時に、五体を超えるモンスターの群れと遭遇したのだ。

敵はすべて俺とシルフィーの魔法で蹴散らした。なるべく範囲を広げ、威力を弱めてでも効率を重視した。

おかげでまだ魔力の総量には余裕がある。今日はついでにボス級のモンスターも討伐する予定だ。

相手はレベル30ほど。今の俺なら余裕で倒せる。

背後で戦闘を見守っていたレアが、パチパチと手を鳴らして言った。

「さすがヘルメスくん。あれくらいのモンスター、余裕で倒しちゃうね」

「レアも余裕じゃないか。これなら中級ダンジョンに挑んでもよかったね」

「ボクが……中級ダンジョンに？」

「レアはまだ中級ダンジョンに挑んだことがないんだろう？」

「うん」

素直にレアが首を縦に振った。

「なら挑んでおいたほうがいいよ。今のレアなら中級ダンジョンに出てくるモンスターも倒せる。多少苦戦しても、スイがいるから魔力が切れないかぎりは楽勝だよ」

「そ、そうかな？　あんまり自信がないなぁ」

レアの不安は、中級ダンジョンに初見で挑む者なら誰しもが抱くものだ。

俺とてゲームをプレイしていた頃は、初めて中級ダンジョンに向かう際、十分以上も長考した。

初級ダンジョンなら確実に勝てて経験値を得られる。だが、中級ダンジョンのほうが経験値効率は当たり前だがいい。確実性を取るか、ギャンブルに出るか。

結果的にセーブの存在を忘れてて、中級ダンジョンで死亡した時は強いショックを受けたものだ。時間を無駄にした、とね。

それでいうと、この世界は現実だ。仮想空間《ゲーム》のように何度死んでもやり直せるわけじゃない。

セーブはもちろん、ロードもコンティニューもない。だからよりいっそう慎重になる。

「……ねぇ、ヘルメスくん」

「ん？」

「より安全に、より効率的にボクは強くなりたい。それが一番だと思うんだ」

「そう……だね。安全が一番大事だ。それに越したことはない」

「だよねだよね。だから、さ。一生のお願い！」

パン、と両手を合わせてレアが「お願いします」のポーズを作る。頭を下げ、上目遣いで続けた。

「ボクのダンジョン攻略を手伝ってくれないかな？　たまにでいいんだ。ボクもヘルメスくんに出世払いするから」

「出世払い？」

「ボクが強くなったら、今度はヘルメスくんの手助けをする。たとえば——上級ダンジョンとかで」

「へぇ」

大きく出たね。

上級ダンジョンは《ラブリーソーサラー》の中で最も難易度が高いダンジョンだ。雑魚《ざこ》の平均レベルが40以上。ボスになると80近くある。他にもたくさんのギミックが用意されており、正直、セーブなんてない今、単独での攻略はかなり難しいと言わざるをえない。ゲームの頃でさえ死にまくって道とか相手の動きとか覚えたくらいだ。レアの提案はかなり魅力的だと言える。

「他にも、ボクの家にある魔法道具を提供するよ。よくわかんない物も多いけどね」

「そこまでして強くなりたいの？」

「もちろん！　強くなることで魔法の深淵《しんえん》に近づけるような気がするんだ！　何より楽しい！」

キラキラとレアは瞳を輝かせる。なんとしても強くなりたいという意志が伝わってくる。その考えは俺とよく似ていた。

正直、ダンジョン攻略に成長したレアが加わってくれるともの凄く助かる。なんせゲームでもミネルヴァとレアはダンジョンの攻略に欠かせない存在だった。魔法が得意なキャラは火力が違う。

アトラスくんのヒロインにこれ以上関わり続けるのか？　という罪悪感を抱きながらも、自分の将来とアトラスくんの将来を天秤《てんびん》にかけ――あっさり天秤は俺のほうへ傾いた。

ごめんよ、アトラスくん……俺は、レアと同じように効率よく強くなりたいんだ……。

ちくりと痛んだ胸元を握り締めながらも、俺はにかっと笑みを作った。

「レアがそこまで言うならいいよ。うん、一緒に行こう」

「ほんと!?　やったー！」

わーい、とレアがその場でくるくる回り出す。転ばないあたり結構体幹がいいのかな？

「改めて、これからもよろしくな、レア」

「こちらこそ、ヘルメスくん」

レアはダンジョン最奥に到着するまでの間、ずっと上機嫌に鼻歌を奏でる。不思議とこっちまで嬉しくなってきた。

「あれが……このダンジョンのボス？」

ひらけた沼地の一角、逆U字に毒々しい紫色の沼が広がるエリアに、一匹の巨大な――カエルが佇《たたず》んでいた。

「底無し沼のボス級〝アクアビット〟だよ」

水属性の攻撃と猛毒、それに速度低下の状態異常《バッドステータス》を使う厄介なモンスターだ。

しかし、アイツは笑えるほど魔法防御力が低い。図体《ずうたい》もデカくて攻撃が当てやすい。回避をしっかり行えば、さほど強敵にはなりえない。

むしろ魔法攻撃力の高い俺とレアからしたら、距離を取って戦える分かなり楽な相手だ。

ゆっくり二人でエリア内に入っていくと、空を見上げていたオレンジ色と紫色をしたカエルが、ぎょろりと大きな目玉をこちらに落とす。

外見はなんとも気味の悪いものだ。

「うげぇ……なんか気持ち悪いな……」

レアがアクアビットの顔を正面から見て後ろに仰《の》け反《ぞ》った。

その感想には概《おおむ》ね同意するが、アイツは経験値が旨《うま》いのにクソ雑魚いというなんとも悲しいボス。

俺たちからしたら最高のカモだ。

試しに魔力を練り上げて風の斬撃を飛ばす。

アクアビットは水属性。ゲームの相性では、水属性の敵は〝風属性魔法〟の耐性パラメータが低い。

アクアビットもその例に漏れず、火属性には強いが風属性には弱く設定されていた。

俺の風の刃を受けて、アクアビットは大量の血を流す。

「ゲコオオオオッッ！」

実にカエルらしい絶叫が響く。

効果は上々だな。

「今の見てた？　レア」

「うん、見てたよ」

「ご覧のとおり、アイツは魔法攻撃に弱い。特に風属性の魔法にね」

「じゃあボクも風属性の魔法を使ったほうがいいかな？」

「そうだね……レア自身は風の魔法を。スイには水属性の魔法を使ってもらうのが、一番効率がいいと思う」

妖精たちは一つの属性の魔法しか使えない。これは事前に二人で検証した事実だ。

シルフィーなら風属性が得意だが、他の属性は使えない。スイは水属性が得意だが、水以外の属性は使えない、と。

ゆえに、相性のよさでダメージの通りが違う敵を前に、有利属性を使わずに攻撃するのはもったいない。

ここでよかったのは、レアの妖精が司《つかさど》る属性が水ということ。

アクアビットの属性も水だ。同じ属性の場合はダメージが変わらない。上がりもしなければ下がりもしないのだ。

であれば、攻撃の手数は一つでも多いほうがいい。

手数が多ければ多いほど、アクアビットを討伐するまでの時間が早まるからな。

「分かった。スイ、君は水属性の魔法をあの巨大カエルに当ててね。ボクは風属性を使うから」

「——！」

ぷるん、と体を揺らしてスイは頷いた……ように見えた。

直後、レアとスイが同時に二つの属性を具現化する。

魔力に余裕のある俺は、その姿を見ながら、遅れて魔法を発動した。

風が集い、螺旋《らせん》を描き竜巻を起こす。

まるで槍を投げるように俺はその竜巻をアクアビットに向けて放った。シルフィーも複数の斬撃をでたらめに飛ばす。

まず最初にレアとスイの攻撃が当たる。アクアビットは敏捷値《AGI》が低いため避けられない。

次いで、俺とシルフィーの攻撃が同時に炸裂《さくれつ》し、アクアビットの体を見事に抉《えぐ》り貫いた。

「ゲコオオオオ!!」

またしてもカエルらしい叫び声を上げて、しかし今度は俺たちの何倍もある図体が後ろに傾いた。

むしろあれだけの魔法攻撃を食らっても、すぐには倒れないあたり、重量も相当なんだろうな。

傾いた体は重力の影響を受けて地面に転がる。俺たちの足下がビリビリと揺れた。それ以上アクアビットが動き回ることはなかった。

要するに——圧勝ということになる。

「あれ？　も、もう終わり？」

あまりのあっけなさに、レアがパチパチと両目を激しく瞬《またた》かせた。

俺はくすりと笑って頷く。

「ああ、アクアビットは死んだね」

俺の言葉を証明するように、何メートルもあったカエルの巨体が霧のようになって消滅する。

残念ながらドロップ品はなかった。もうすぐ行われる狩猟祭に合わせて、アクアビットが落とすあるアイテムが欲しかったのに……。

まあいい。時間はまだたっぷりと残されている。

「どうする？　もうこのダンジョンも攻略しちゃったけど」

「これからアクアビットを連続で狩る」

「え？　あの大きなカエルを？」

「ああ。実はアイツが落とすアイテムが欲しくてね」

「どんなアイテム？」

「〝魅了の秘薬〟ってやつ」

「魅了の秘薬……それって、モンスターを引き付けるアイテムじゃなかった？」

さすがレア。よく知ってるな。

「正解。狩猟祭で使うために欲しいんだ」

「え？　あれを狩猟祭で使うってことは……いやいや、ヘルメスくん、さすがにそれはヤバいと思うよ」

「平気平気。せっかくの機会だし、たくさんレベリングしなきゃね」

「レベリング？」

「こっちの話さ」

とにもかくにも、アクアビットが持つピンク色の吐息《ブレス》を出すための器官を俺は求めている。

獲物を呼び寄せ、捕食するために使われるそれがあれば、俺はきっと最大限に狩猟祭を楽しめるはずだ。

ボスとの属性相性のよさと、獲得できる経験値効率だけでこのダンジョンを選んだわけじゃない。

ボスが落とすアイテムもまた、俺にとっては必要なものだった。

内心、ほくそ笑みながらアクアビットのリポップを待った。

そこからは、ひたすらボス狩りが始まる。

▼△▼

風の魔法が、カエルの巨体を細かく刻む。

カエルを囲む竜巻に乗って、飛び散った血が風を赤く染め上げる。

延々と魔法でアクアビットを討伐し続けることはできない。いずれ俺とレアの魔力が底を尽く。

その前にアクアビットからドロップアイテムが出れば嬉しいな……と考えていたのだが、現実はそんなに甘くない。時に魔法で、時に舞うような剣術でアクアビットを倒した。その討伐数が二桁を超えてもなお、目当てのアイテムが落ちる気配はない。

徐々に心が荒《すさ》んでくる。半ば作業的にアクアビットを倒していく。

すると、ボス討伐を始めて数時間。ようやく、俺たちの目の前に小さなアイテムがドロップした。

地面を転がるアイテムは、ガラス容器に入った水色の液体。

わざわざ瓶に入った状態でドロップするとは……。

改めてこの世界がゲームのシステムを受け継いでいることがよく分かる。なまでリアルだからこそ脳がバグりそうだ。

「や、やっと何かドロップしたね……」

そう言ったのは、俺の右隣で延々とアクアビット討伐を手伝わされたレアだった。

額にはびっしりと汗が滲《にじ》んでいる。

レアにあんまり激しく動かせたつもりはなかったが、どうやらそこそこ疲労はあったらしい。俺は彼女にグッと親指を立てて答える。

「ああ。しかも目当てのアイテムだ」

「モンスターを引き寄せるアイテムかぁ……本当に狩猟祭で使うつもり？」

「もちろん。むしろこれを使わないともったいない」

レアの疑問はもっともだが、俺はゲームをプレイしていた時も狩猟祭でこのアイテムを使った。

魅了の秘薬を使うと、そこそこ強いモンスターと連戦ができる。序盤で大量の経験値を稼ぐにはこれしか方法がないのだ。

ちまちまと狩りをしても、安全だが面白味《おもしろみ》はない。

特に今の俺は、ゲームの主人公と違ってかなりの強さを持っている。やらなきゃ損どころの話じやない。

「ヘルメスくんほどの強さがあれば大丈夫かもしれないけど……心配だなぁ」

「別に他の参加者たちを巻き込んだり陥れたりしないよ」

「そこは心配してないさ。ヘルメスくんはそんなクズ野郎みたいな真似《まね》はしないって」

「おいおい、口が悪いな」

「おっと。つい疲労からか口が滑っちゃった」

レアは自らの口元に手を当てて「失敬失敬」と言わんばかりにウインクする。

可愛いが……決して内なるレアを隠せていない。それはそれで結局可愛いが、実は内心で悪党をそんな風に罵っていたことが判明した。これは原作にも出てこない設定……でもないか。

レアのルートを突き進むと、彼女には彼女なりの正義感があることが分かる。それもまた、レア・レインテーナの魅力の一つだ。

「でも本当に気をつけてね、ヘルメスくん。狩猟祭は街の外で行われるイベント。何が起きても不思議じゃないんだからさ」

「分かってるよ。いざって時は逃げる。妖精と契約できたし、ただ逃げるだけなら問題ない」

妖精と契約できてよかった点の一つだな。

妖精――シルフィーは、俺の許可さえあれば魔力を引き出して自分の意思で魔法が使える。

それはつまり、俺は逃げながら魔法が撃てるってことだ。

俺くらい魔力の操作能力があると、走りながらでも魔法は撃てる。が、魔力操作しながら相手に当てるのはそこそこ難しい。

たぶん狙って完璧に当てられるのはレアくらいじゃないかな？

妖精に魔力の操作を任せればいいことは検証した結果の一つだが、妖精の魔力操作能力はレアすら凌駕していた。そして契約者の魔法にすら干渉し、魔力を操れる。

妖精と契約する最も大きな要素は自動戦闘《オート》による経験値効率の爆上がりだが、次点にこの魔力操作の代行がくる。

それだけ魔力操作のリソースを負担してくれるのは大きい。特に俺みたいに剣術も使える奴からしたらな。

「妖精か……うん、そうだね。せっかくだし、ボクも狩猟祭に参加しようかな」

「え!?　れ、レアが？」

本来とは異なる展開がきた。

ラブリーソーサラーにおいて狩猟祭に参加するヒロインは一人だけだ。高い剣の技術を持つフレイヤ一人。彼女以外は貴賓席で参加者たちを待つ。

だが、レアは早々にその役割を捨てた。自らもまた、モンスターを倒す参加者側へと移ったのだ。

「妖精と契約できたおかげで、ボクのステータスも上がったしね。ここらでモンスターを討伐して経験を増やそうと思うんだ」

「レアがそんなに好戦的だとは知らなかったな」

「ヘルメスくんのせいだよ～？　キミに感化されちゃった」

「それはまた」

アトラスくんの選択肢などに影響が出ないといいが……まあ、そこは世界の強制力的なものが仕事してくれるだろ。俺はただ妖精魔法が欲しかっただけだ。知らん。

現実から目を逸《そ》らしつつ、地面に転がるアイテムを回収して踵を返した。

「じゃあそろそろ地上に戻ろうか。早く帰らないと正門が閉じちゃうし」

「だね。お互いに狩猟祭では頑張ろ」

「ああ。負けないよ」

「ボクだって」

くすくす笑いながら、俺たちは帰路に就く。

アクアビットというボス級のモンスターを連続で討伐したおかげで、少しだけレベルが上がった。

ヘルメス・フォン・ルナセリア

性別	男性
年齢	15歳
レベル	42
STR	133
VIT	133
AGI	133
INT	133

魔法熟練度

<火>	中級44
<水>	中級43
<風>	中級45
<土>	中級43
<神聖>	中級42
<闇>	中級41

妖精魔法熟練度

<火>	0
<水>	0
<風>	45
<土>	0
<神聖>	0
<闇>	0

剣術	中級58
学力	65
魅力	100

スキル

聖剣／妖精魔法

▼△▼

ヘルメスたちがダンジョンに潜っている最中。

王都にあるローズ子爵邸で、フェローニアとフロセルピアの前にミリシアが立っていた。

カツン、という靴音に二人の肩がびくりと震える。

「ねぇ、あんたたち何で私から逃げるの？　話があるって言ってるでしょ？」

吊《つ》り上《あ》がったミリシアの細い目が、怯《おび》える双子の眉間を貫いた。

彼女が言ってるのは、フェローニアとフロセルピアが図書室の前でミリシアと遭遇し、女子寮に逃げ帰った時の話だ。

ミリシアは双子に図書室でヘルメスたちと何を話したのか、双子を見つける度に問いただした。しかし、フェローニアもフロセルピアもミリシアを煙に巻いて逃げる一方。辛《かろ》うじて二人が探しものをしていた、ということしか分からなかった。

「何も難しい話じゃないの。馬鹿なあなたたちでも分かる言葉で、もう一度言ってあげる。……ヘルメス様とレア様は何を探しているのかしら？」

「そ、それは……それは……」

汗を顔に滲ませながらフェローニアが言葉に詰まる。

ミリシアに妖精のことを話したところで、残念ながら彼女に妖精魔法の適性はない。触れないし見ることすらできないのだから、知ったほうが悲しくなるというものだ。何より、双子が妖精を見ることができると知った時、ミリシアがどのような命令を下すのか、それが怖かった。

エアやウインドを守るため、フェローニアもフロセルピアも頑《かたく》なに口を閉ざす。

「早く説明しなさい！　ビクビクしてばっかで何も分からないじゃない！　あんたたちのその顔を見てると……ッ！」

ズキッ、とミリシアの頭が痛んだ。痛みは一瞬だったが、同時に脳裏に覚えのない記憶がフラッシュバックした。

それは双子の表情。今の俯《うつむ》き、泣きそうな顔とは似ても似つかない笑顔だった。その笑顔の先にいたのは――

「ミリシア様？　どうかされましたか」

「……ユリアン」

思い出しかけた何かが、執事ユリアンの一声で泡のように弾《はじ》けて消えた。

妙に心がざわつく。失われた何かを思い出そうとしても、ミリシアの頭はモヤがかかったようになってしまう。

「何でもないわ。ちょっとストレスで頭痛がしただけよ」

「また頭痛、ですか……」

ユリアンの目がわずかに細くなる。双子はただならぬ気配を感じたが、ミリシアは気づく素振りもない。ミリシアは頭に手を添えながら続けた。

「さあ、話しなさい。あんたたちが話すまで、この部屋から出してあげないからね」

怒りを含んだ声に、双子の肩が小さく跳ね……しかし、なおも口を開くことはなかった。

部屋の中には、ミリシアの大きな怒声が響き続ける。

どれだけの時間が経《た》ったのか。

なかなかヘルメスの情報を吐かないフェローニアたちに痺《しび》れを切らしたミリシアは、双子に強烈な平手打ちをかまして荒い呼吸を繰り返した。

「ハァ……ハァ……！　どうして……何も言わないのよ！」

ミリシアの絶叫に、赤く腫れた左頬《ほお》に手を添えながらもフェローニアは沈黙を貫いた。いつもなら失われていたはずの瞳の輝きが残っていることに、ミリシアは不快感と強い怒りを抱く。

反対に、ストレスが原因か、先ほど感じていた頭痛が再来し、それに苦しみ、呻《うめ》くように言った。

「どいつもこいつも……私を馬鹿にして……ッ！」

もう一発、見せしめにフロセルピアを叩こうとしたが、覚えもない双子の笑顔が脳裏をよぎり、なぜかミリシアの右手はぴたりと止まった。

「……？」

叩かれなかった。そのことに首を傾《かし》げるフェローニアたち。見上げた先で、表情を歪《ゆが》ませながらも複雑な感情を織り交ぜたミリシアが、ギリリ、と奥歯を嚙《か》み締《し》めて振り返る。

不思議なことに、彼女の背中からは悲しみと寂しさ、切なさを感じた。

「行くわよ……ユリアン」

「よろしいのですか？」

「叩いても何も言わないなら、私の手が痛いだけだわ」

「そうですか」

畏《かしこ》まりました、と小さく答えて歩き出したミリシアの後ろに続く。

ちらりと、ユリアンが双子を見るも、ミリシアはもちろん、叩かれた頬を気にしていた双子もその視線には気づかない。

遠ざかっていく二人分の足音を聞きながら、それがなくなると途端にフェローニアがため息を吐《つ》いた。

「なんとかなりました。なりました。叩かれて痛かったですが……」

「大丈夫？　フェローニア。早く冷やさないと、冷やさないと」

「平気です、平気です、フロセルピア。それより、今のうちにやるべきことをやらなくては」

左頬に手を添えながらフェローニアの視線が動く。彼女たちの背後には、視界いっぱいに本棚が広がっていた。

ここは彼女たちの父——ローズ子爵が書斎として使っている場所。本はもちろん、様々な資料も保管されているらしい。前にミリシアがそんなことを呟いているのを二人は聞いた。

「ここにありますかね？　ユリアンの履歴書は、履歴書は」

「可能性は高いと思います。思います。前に見た時、メイドたちの履歴書があったもの」

視線は再び前のほうへ。正面には、仕事に使われる木製のテーブルが。その棚に大事な資料などが入っている。

とたとたと双子はテーブルに近づいた。

「大変です。鍵がかかっていて、ほとんど開けることができません。できません」

フロセルピアががっちり施錠されたテーブルの引き出しを見て、残念そうな表情を浮かべた。しかし、フェローニアは首を横に振る。

「よく見てください。見てください。中には施錠されていない引き出しもあります」

「あ、本当です。もしかしてそこに使用人たちの履歴書が？　履歴書が？」

「そうでした。そうでした。フェローニアが前に見た時はそこに置いてありました。おそらくユリアンの資料も……」

鍵のかかっていない引き出しを、上から順番に開けていく。中を二人で協力しながら漁《あさ》っていくと……

「——!?　フェローニア、これを見てください。ユリアンの履歴書を見つけました、見つけました」

資料の束から一枚を抜き取り、フロセルピアがフェローニアに見せる。

書き記された文字を読み進めていくと、フェローニアが神妙な面持ちで呟いた。

「自然です、自然です。特に不自然な点は見つかりません」

そう、ユリアンの名前はもちろん、経歴や出身地に関しても、二人が違和感を感じる部分はなかった。几帳面《きちょうめん》に書かれた、非常にシンプルで平凡な履歴書。それが、逆にユリアンを訝《いぶか》しむ二人には怪しく見えた。

あまりにも普通すぎる、と。

「他にありませんか？　ユリアンに関する情報は。情報は」

「何もない……です」

すべての資料を見終わって、フェローニアはがくっと肩を落とした。

鍵のかかっている引き出しを開けるという方法もあったが、父であるローズ子爵にバレると面倒なことになる。父は昔からミリシア以外に興味がなかった。フェローニアたちの母である側室が死んでからは特に。

なるべく証拠を残さないように、できるならユリアンが少しでも怪しいという証拠を見つけたい。何か方法があれば……と彼女たちは思考を巡らせる。

そこでふと、フロセルピアは閃《ひらめ》いた。

「……そうだ。思いつきました。フロセルピアに妙案があります！　あります！」

「妙案？」

首を傾げるフェローニアに、フロセルピアは嬉々《きき》として語った。なかなかに強引な内容を。

▼△▼

「大丈夫ですか、お嬢様。体調が優れないようですね」

フェローニアたちのいるローズ子爵の書斎を離れたユリアンたちは、ミリシアの自室に戻っていた。そこでは、ソファに背中を預けてぐったりとするミリシアの姿があった。彼女は薄緑色の天井を見上げながらぽつりと呟く。

「ええ……最近、よく頭痛がするの。身に覚えのない記憶も出てくるし、病気かしら？」

「どうでしょう。定期的にお医者様には来ていただいていますが、一度も何かのご病気だと診断されたことはありませんよね？」

「それでも、体が重くて辛《つら》いわ。ヘルメス様たちにも振り向いてもらえないし、嫌なことが多すぎる」

ハァ、とミリシアは深いため息を漏らす。

ユリアンが慰めようと再び口を開いたその時、ふと部屋の天井から魔力を伴った気配がした。敏感にその魔力を感じ取ったユリアンは、視線だけちらりと上に向けた。

（あれは……フェローニアとフロセルピアの妖精？　ずっと私を避けていたのに、今さら何の用だ？）

天井から顔を覗《のぞ》かせたのは、ちょくちょく双子と一緒にいる小さな緑色の鳥。ユリアンにはそれが何か分かっていた。彼もまた、妖精を視認できる。

「ピュー－ッ！」

（なっ!?）

目を細めて妖精たちを睨《にら》んでいると、急に二羽の鳥が魔力を練り上げた。何もない空中に風が生まれようとしている。

ユリアンはそれが自分に向けた魔法攻撃であると瞬時に理解した。これまで一度もなかった状況にわずかな困惑が生まれ、咄嗟に、反射的に腕を振る。

妖精たちがユリアンを攻撃するより先に、魔力の塊を空中に放って妖精たちを吹き飛ばした。今の攻撃は物理的な威力を伴わないが、魔力の塊である妖精たちにダメージを与えるものだ。外からの魔力に浸食され、細胞が破壊されるように魔力が霧散する。

（これまでずっと私を恐れていた虫けらが……チッ、仕留め損ねたか）

ユリアンは顔を歪めて内心で舌打ちする。

（弱まってきたミリシアの洗脳といい、突然現れた勇者といい、最近はちょろちょろと周りが鬱陶しいな……）」

実はユリアンは、三年前、ローズ子爵家にやって来た日からミリシアに洗脳を施していた。彼女を利用し、王国の情報を集めようとしていたのだ。

しかし、順調だったのはつい最近まで。

徐々に洗脳の効果が薄れてきたミリシア。さらには、目下、一番調べたいと思っていた勇者ヘルメスの感知能力の高さ。

特に頭痛の種なのは後者だ。ヘルメスがいるせいで、なかなか動けない。下手《へた》に力を使って目立てば、ヘルメスに感知されるおそれがある。だから学園では特にひっそりと息を潜めていたが……ここに来て、双子がヘルメスと関わったことで、明らかな精神的成長を遂げたのだ。

フェローニアとフロセルピアからヘルメスの話を聞きたかったのは、何もミリシアだけじゃない。ユリアンもまた気にはなっていた。

（妖精が傷を負ったことはあの双子も理解しているはず。妖精たちが私の正体に気づき、勝手に行動したとは思えない）

それならもっと前に、それこそ初めてお互いの存在を確認した時に攻撃されていたはずだ。

今になって攻撃されたのは、双子の意志が関わっているから。そう判断したユリアンは、

「ミリシア様」

「ん？　なに」

「ヘルメス様のお心を射止めるために、私が何か用意しましょう。素敵なアイテムを」

奥の手を切ることにした。

「アイテム？　無理やりヘルメス様の心を奪えると言うの？」

「いいえ。あくまでミリシア様自身がヘルメス様の心を射止める必要があります。私が用意するアイテムは、その手助けになるというだけです」

「手助け……いいわ、ちょうだい。なんであれ、役に立つなら持っておいて損はないもの」

「畏まりました。では、しばし屋敷を抜けてもよろしいでしょうか？　他の使用人に代わります」

「ええ。好きになさい」

「ありがとうございます」

ぺこり、と一礼してユリアンはミリシアの部屋から出ていった。長い廊下を歩きながら、

「ローズ子爵家での活動も潮時か……次は隣国にでも向かうか？　また貴族の使用人として働くのがよさそうだ」

などと呟きながら、どす黒い笑みを作った。

「あとは派手に楽しみましょう。勇者の目を釘付《くぎづ》けにできるくらいに」

ククク、と愉悦が漏れる。

(——と、そうでした。先にあの双子を始末するのもありですね。ミリシアの洗脳が解ける以上、ここに長くは居続けられませんし)

ぴたりと足を止めてしばし考える。だが、すぐにダメだな、と首を横に振った。

(……いや、なしか。勇者と双子が繋がっていた場合、勇者に私のことがバレてしまう。今はまだ、能力を隠していた、妖精が見えるかもしれないという程度の認識のはず。まさか私が魔族だとは思ってもいないでしょうし、恨みを買いたくはありません)

最悪のパターンは、双子を殺そうとして妖精に阻まれ逃げられること。妖精がいる以上は魔族としての力を使わなければ確実に殺すのは難しい。

しかし、魔族の力が外に漏れるとヘルメスに感知される恐れがある。

さらに、双子を殺して恨まれるのもよくない。すぐに姿を眩《くら》ませれば逃げ切れる可能性もあるが、どうせなら派手に人が苦しむところを見たい。ミリシアたちも、同時に処分しておかなければ。

「やはり……狩猟祭、ですか」

悪意が、ゆっくりとヘルメスたちに近づく。

六章　倶利伽羅への貢ぎ物

妖精のスペック確認。

フレイヤとの剣術鍛錬。

セラのスキル確認。

ミネルヴァやアルテミスと共にダンジョン巡り。

レアと一緒に魔法の鍛錬。

ここ最近は本当に忙しい日々を過ごした。

この中に聖剣の検証も新たに加わり、そこそこ俺の日常は充実していたと思う。

そんな時、とうとうイベントの日がやってきた。《ラブリーソーサラー》第二のイベント〝倶利《くり》伽羅《から》への貢ぎもの〟が。


「おー……！　割と集まってるね」

王都、正門の前に集まった狩猟祭参加者たちを見渡して、レアは大きな声を発した。

「男の子からしたら一大イベントだしね。みんな顔つきが怖いや」

「それだけ想《おも》いを伝えたい相手がいるってことかぁ」

「修羅場とかにならなきゃいいけど」

「修羅場？」

ぽつりと呟《つぶや》いた俺の言葉を、レアが怪訝《けげん》な顔で拾った。

「ああ。俺もミネルヴァから聞いた話なんだけど、プレゼントする相手が被《かぶ》る人たちが毎年いるらしい」

「ええ……確かに修羅場だね。同時に狙ってるわけだし、女性側もそれを理解した上で受け取らなくちゃいけない」

「そういうこと」

まあ、女性側は好意を受け取るだけでいい。別に必ず彼らの気持ちに応える義務はない。

だが、例年このイベントを終えたあとはカップルが急増するとかなんとか。

本当にクリスマスやバレンタインみたいなイベントだな……。

「それで？　たくさんの女性の心を摑《つか》むヘルメスくんは、いったい誰に渡すのかなぁ？」

「うぐっ……それは……」

ここ最近、頻繁に話題に挙がるネタだった。

ミネルヴァもアルテミスも、フレイヤもセラも、あろうことかレアでさえ俺がモンスターを誰に渡すのか気になっているらしい。

狩猟祭が行われる今日までの間に、何度同じことを訊《たず》ねられたか。その度に「まだ秘密です」と言う俺の気持ちを察してほしい。本当は誰にもあげる気がない、などという気持ちをね。

かといってここまで引っ張っておいて誰にもモンスターを渡さないというのは、あまりにも面白《おもしろ》味《み》に欠ける。

果たして俺はどうすればいいのか。誰に渡すのが安牌《あんぱい》なのか……実は、ずっと考えていた。

一応、答えは出している。その人物も今日は狩猟祭に参加するらしい。無論、参加者ではなく貴賓としてね。

「秘密だよ」

「言うと思った。楽しみだね」

「ちなみにレアは誰にあげるの？」

「おや？　気になる？」

ふふ、と小さく笑ってレアが下から俺の顔を見上げる。

あざといポーズだ。俺の心をドキッとさせるが、それより彼女の回答が気になった。

「まあ、ね。答えたくないなら俺は別に――」

「ヘルメスくんだよ」

「……え？」

思ったよりもあっさりと彼女は答えた。

不敵な笑みに嫌な予感がするのはなぜだろう。

先ほどまでとは違うドキドキが胸を襲う。明確な答えは出ていないのに、なんとなく落ち着かなかった。

「お、俺？」

「うん。ヘルメスくんには日頃から感謝してるしね。〝並列魔法起動〟を教えてくれたこと。ダンジョンでボクを鍛えてくれたこと。一緒に妖精と契約してくれたこと……とか」

「魔法に関してはともかく、妖精はレアが見つけたんじゃないか。情報もレアがくれたし」

「それでもボクは嬉《うれ》しかったんだ。ヘルメスくんと過ごす日々は、今までの人生で一番楽しかった」

「レア……」

やめてくれ。そんな嬉しいことを言われたら思わず泣きそうになる。

彼女はこの世界のメインヒロイン。ずっとずっと好きだったキャラクターの一人。今は明確な自我を持つ美少女だ。その事実が余計に俺の涙腺を刺激する。

しかし、彼女の前でいきなり泣き出すわけにはいかない。グッと拳を握り締めて堪《こら》えた。

「こちらこそ、ありがとう。モンスター、楽しみにしてるね」

「お任せあれ。今のボクは簡単には負けないよ」

「俺もさ」

お互いに、にかっと笑う。

ミネルヴァしかり、フレイヤしかり、レアしかり。俺のことをライバルだと思ってくれる人が周りに増えた。

ライバルはいい。競争があるから強くなろうとする。競争があるからこそ強くなれる。

俺は、この世界に転生できて本当によかった。心の底から人生を楽しめている。

徐々に胸が温かくなる。気分は上がり、今にも森の中へ飛び出したい気持ちに駆られた。

だが、まだイベントは始まっていない。

司会進行役の男性がイベントの開始を告げるまで、俺は途中から集まってきたフレイヤを含めた三人で話し合う。誰もが自らの勝利を確信していた。

「皆様、長らくお待たせしました」

キーン、という小さな金属音の後、男性の大きな声が聞こえてきた。

俺もレアもフレイヤも、他の参加者たちも全員が声のしたほうへ視線を向ける。そこには、黒いスーツによく似た正装をまとった一人の男性が立っていた。

おそらく風属性の魔法で自らの声を広げたのだろう。〝魔力操作〟を習得している証拠だ。器用な人だな。

「これより倶利伽羅《くりから》への貢ぎもの……狩猟祭を始めます！」

「うおおおおおお！」

司会がさらに大きな声でイベントの開始を告げると、ひらけた場所に集まった参加者たちの多くが声を重ねて絶叫を生み出す。割れんばかりの歓声に、レアは耳を塞いでいた。

「では細かいルールを説明したあと、皆様には森の中へ入ってもらいます。制限時間は夕方まで。それまでにより多くのモンスターか、より強いモンスターを討伐してくださいね！」

司会はそこから淡々と狩猟祭のルールを話していく。

さすがにルールの説明中は誰も騒がない。すでにルールを知っている人ですら、周りに配慮していた。

▼△▼

しばらく司会進行役の男性の話に耳を傾けてから、いよいよもってイベントが始まる。

まず、真っ先に多くの参加者が目指したのが、王都の周りを囲むように広がる森の浅層だった。

基本的にモンスターは人間を恐れる傾向にある。恐れているのはたぶん魔力だ。人が多く集まる街などにはほとんどモンスターは近寄らない。

つまり、逆に言えば街から離れれば離れるほど多くのモンスターが生息している。だから大半の参加者は、安全のためにモンスターの数が少ない森の浅層部分で狩りを行う。

これは毎年恒例の光景だが、他の参加者たちが似たような場所に集まればどうなるのか……答えは単純だ。

参加者同士が集まりすぎてモンスターがほとんど討伐できなくなる。

それゆえに、一部の猛者《もさ》を除き、大半の参加者が競うように森へ走っていく。

その光景を見送りながら、俺はゆっくり森の中へ足を踏み入れた。

周りからは、

「モンスターはどこだ！」

「うおおおお！」

「テメエ！　それは俺が先に見つけたモンスターだぞ！　横取りするな！」

「うるせぇ！　俺が先に攻撃したんだから俺のものだ！」

という賑《にぎ》やかな声が聞こえてくる。

実にいいね。こういう雰囲気は嫌いじゃない。

喧嘩《けんか》など不毛な行いだが、彼らの会話を聞いていると、まるでライブ会場に自分がいるかのような錯覚を覚える。

ラブリーソーサラーはソロゲーだったから余計に同志がいるようで楽しい。

「とはいえ、彼らと仲良く狩りをするわけにもいかないんだよなぁ」

彼らが討伐しているのはレベルの低い雑魚《ざこ》だ。それを相手に一生懸命剣を振るっている。

それ自体はいい。別に馬鹿にしたいわけじゃない。

だが、俺の経験値にはちと渋い。

俺が目指すのは森の奥。普段は誰も足を踏み入れないであろう領域だ。そこに目当てのモンスターがいれば、経験値をがっぽりと稼ぐことができる。

「ギリギリ聖剣の準備もできたしな……今日は精一杯遊ぶぞ」

にやりと笑って、他の参加者たちの近くを通り過ぎていく。

さらにしばらく歩くと、周りから聞こえていた騒音がすっかり消えた。おそらくもう近くに他の参加者たちはいないのだろう。

静寂に包まれた森の中は、微妙な寂しさと恐ろしさを醸す。

そんな中、俺はインベントリから小瓶を取り出した。

「モンスターの気配もないし、パパッと使うか」

それは〝魅了の秘薬〟と呼ばれるアイテムだ。

この瓶の中に入っている液体を地面に垂らすと……モンスターが好む匂いを周囲に発生させる。

ゲームだと一定時間モンスターが集まってくるというアイテムだった。

俺は中の液体をすべて足下の地面に垂らすと、瓶をインベントリに戻してモンスターが来るのを待った。

およそ一分ほどで最初の足音が聞こえてくる。

足音の数は三方向。いきなり三方向からモンスターが殺到してきた。

「いいね。効果抜群じゃないか」

ゲームの頃よりやってくるモンスターの数が多い。

驚きの結果ではあるが、敵が多い分にはありがたい。

数体の小型のモンスターが茂みをかき分け、俺の姿を視界に捉え、興奮した様子で襲いかかってくる。

俺は腰に下げた鞘《さや》から剣を引き抜くと、素早く背後のモンスターの首を斬り裂いた。

鮮血が宙を舞う。一体のモンスターが確実に絶命した。

それでも他のモンスターたちは止まらない。恐怖も衝撃も受けた様子はなく、ただ俺の命を狙うために距離を詰めてくる。

相手の数は多いが、どいつもこいつも弱い個体だ。俺は踊るよう体を回し、横に並んだ三体のモンスターをほとんど同時に両断する。

残った二体のモンスターが、左右から俺を挟み込んだ。

今の俺は攻撃モーションのあと。隙が生まれている。

けれどその隙を埋める方法をすでに用意していた。それはシルフィーという一陣の風。ふわりと風が吹き、左右から俺を挟み込んでいたモンスターが二体、同時に頭に穴を開ける。

沈黙――六体すべてのモンスターが一瞬にして蹴散らされた。

俺は剣身に付いた血を払い、頭上に浮かぶ小さな龍《りゅう》にお礼を言った。

「ナイスアシスト、シルフィー」

緑色の龍、シルフィーは俺に褒められると嬉しそうに鳴いた。

「きゅるるっ」

顔を俺の頬《ほお》にこすり付けてくる。結構懐かれたものだな。妖精にも魅力のパラメータって意味あるのかな？

シルフィーの頭を撫《な》でながらふとそんなくだらない思考を巡らせる。

そこへ――ドシンッという重く鈍い足音が響いた。

ただの足音じゃない。かなりデカい何かがこちらへ向かってきていた。

これまでの小物とは明らかにサイズが違う。

もしや？　と俺は口端を持ち上げて笑った。

足音が聞こえるほうに視線を向けていると……木々を薙《な》ぎ倒《たお》して一匹のモンスターが姿を現す。

それは獅子《しし》の顔をした四足獣。

背中には山羊《やぎ》の顔が生え、それで本当に飛べるのか？と疑問に思える翼が二つ。さらに尻尾《しっぽ》は蛇の顔を持っていた。

ゲームをプレイしていた頃に何度か戦ったことのある強敵〝キマイラ〟だ。

複数の生き物を組み合わせたかのような化け物が俺の目の前にいた。

そういえばキマイラって謎の多いモンスターなんだよなぁ。他のモンスターと違ってダンジョンには生息していないし、かといって外に出てもほとんど出会えないくらい珍しい個体だ。

レベルはゲームだと40ほど。上級ダンジョンにギリギリ出てきてもおかしくないスペックだ。前にダンジョンで倒した小さな悪魔のモンスターとは違い、キマイラはレベルの割には多彩な技を繰り出してくる。

経験値効率的にもかなりいい。同レベル帯の奴《やつ》と比べても頭一つ分は抜けている。

「グルルルッ！」

キマイラが血走る眼《め》を俺に向けた。口から涎《よだれ》が垂れている。

「ははっ。今すぐ俺を殺したくてしょうがないって顔をしてるな。いいよ、やろうぜ」

ここには誰の目もない。

俺は剣を構えて素《す》の口調でキマイラに話しかけた。

「いい経験になってくれよ？　なぁおい！」

言いながら地面を蹴った。剣を片手にキマイラへと突っ込む。

キマイラは即座に魔力を練り上げる。そうとしか思えない現象が起きた。

キマイラの口の中に魔力が集まっている。この反応は……おそらくブレス。

煌々《こうこう》と口内が輝き始め、俺の目からも熱量が渦を巻いているように見えた。

直後、剣の届く間合いに入った瞬間に、キマイラの口から勢いよく業火が吐き出される。視界が真っ赤に染まった。

しかし、俺は相手の攻撃を読んでいた。直前に横へステップしブレスを躱《かわ》す。

いくら俺でも、あの一撃を受ければどうなっていたか分からない。即死はありえないが、そこそこのダメージを受けただろう。

そのままキマイラの横に回り込む。ステップにより速度こそ落ちたが、それで後ろへ下がるほど俺はビビっちゃいない。

むしろ、キマイラがブレスを吐いてくれたからこそ生まれた隙を突くように剣を構えた。鈍色《にびいろ》の剣身が、鋭くキマイラの首元を抉《えぐ》るように迫る。

その攻撃に、キマイラはギリギリのところで反応した。

避《よ》けたのだ。完璧とは言えないが、俺の刺突を掠《かす》り傷《きず》で済ませた。

さすがは獣。腐っても中級最上位クラスのモンスターではある。

だが、またしても無理な体勢で躱したことで隙が生まれた。その体がぐらりと斜めに傾く。

剣を引き戻して払う？——いや、その時間で体勢は元に戻るだろう。もっと最速で攻撃を打ち込まないといけない。

そうなると方法は限られる。

魔法？　むしろ剣より遅い。

……近接格闘！　それがラグなく相手に攻撃を届かせる最善策だった。

俺は、前のめりに倒れた体を支えることもせず、左足で地面を蹴る。キマイラの目線まで跳躍すると、やや後ろに引いた足を曲げ、全力で——顔面を蹴り飛ばした。

レベル40を超える俺の強烈な一撃が、キマイラの顔を捉えて衝撃を発生させる。

自分の二倍以上もある巨体が、勢いを殺せず後方へ吹き飛んだ。背後の木々を薙ぎ倒しながら地面に転がる。

俺は綺麗《きれい》に着地し、むくりと起き上がるキマイラを見ながら笑った。

「まずは一発。これで少しは俺の動きに過剰な反応をしなきゃいけなくなるだろ？」

剣と違って、拳や蹴りはモンスターに対してさほど致命傷を与えられない。普通に同程度の筋力《STR》で剣を振るい、相手を傷つけたほうが早い。

しかし、たった一撃でも軽いダメージを負うと、脳が本能的に相手の攻撃を警戒してしまう。

要するに、フェイントに引っ掛かりやすくなるのだ。

元からモンスターは本能で戦ってる。フェイントみたいな小手先の技に騙《だま》されやすい。

その確率をさらに上げた俺は、シルフィーに風魔法をお願いしながら再び地面を蹴った。

次の攻防で終わらせる。

二歩でキマイラとの距離を縮める。それに対し、キマイラは俺の接近に対して尻尾の蛇を前に出した。

近づかれたくないのだ。相手は遠距離攻撃が得意。ならば、剣を持った俺に対して距離を取ってチマチマ攻撃するのが利口だ。俺だってそうする。

だが、相手が悪かったな。

獣の知能では限界がある。俺の攻撃をすべて躱すことができたら……その時は、聖剣でゴリ押せばいい。

俺の指示に従い、シルフィーが風の刃《やいば》を放つ。

風の刃は、正面で走る俺の横を通りすぎてキマイラだけを狙った。キマイラは風の魔力を感知しているのか、巧みなステップでその攻撃を後ろに下がりながら避ける。

そして、なおも近付いてくる俺に対し、キマイラが蛇の尻尾から毒を吐き出すのをあえて待った。

毒は厄介な状態異常《バッドステータス》だ。

では、なぜ俺はあえて毒を食らったのか。

理由は単純だ。

蛇の口から放たれた毒は、紫色の霧で周囲を覆った。視界が悪くなる。

俺の視界も紫色の霧が閉ざすが、相手もまた視界が封じられてしまった。

これでは両者共に相手の動きが見えない。

この状態で圧倒的な有利を勝ち取るのは――俺だ。

俺には、前に開発したオリジナル魔法がある。その名も〝探知魔法〟。

魔力を属性変換せずに周囲へ放つことで、異なる魔力と接触した際に、その魔力の位置を特定できる魔法。

反響定位と同じ理論だな。

魔力は高速で放たれ、俺とは異なる魔力――キマイラの魔力と接触する。

相手は俺の位置がどこか分かっていない。だが、俺はキマイラの位置を特定した。

相手が反応できない速度で素早く懐に入り、キマイラが俺を認識した瞬間、

「遅いよ」

剣がキマイラの首に届いた。

致命傷《クリティカル》だ。キマイラの首が完全に断たれる。

恨めしそうなキマイラの目が、ほぼゼロ距離で俺を見つめていた。

「悪いな。ちょっとしたズルだ」

シルフィーの魔法攻撃で相手の脳に負荷をかける。接近し、さらに焦《じ》らし、毒による視界妨害を誘発させ、最後に反応の遅れたキマイラを狩る。

なんとか上手《うま》くいったな。他にも取れる選択肢はたくさんあったが、魔力をできるだけ温存することができた。

これだけ距離が近いと、探知魔法もほとんど魔力を消費しない。シルフィーにも魔力は最低限で攻撃してくれ、とお願いしていた。

大事なのは、キマイラがシルフィーの攻撃を避けるということだ。別に当てる必要はない。どうせ本命の攻撃は俺のほうだったのだから。

鈍い音を立ててキマイラが地面に倒れ込んだ。

ダンジョン産のモンスターと違って、地上にいるモンスターは死んでも肉体が消滅しない。ゲームの設定によると、ダンジョン産のモンスターは、ダンジョン内に漂う濃密な魔力によって生み出されている。妖精にかなり近い存在だな。

しかし、妖精と違ってモンスターは物理攻撃が通用する。その辺りは説明されていなかった。まあ、妖精という存在は俺がこの異世界に転生してから知った情報だ。謎の一つや二つあっても驚かない。不思議だなぁ、とは思うけど。

「……おっと、もう次の獲物か。早いな」

後方からどたどたと足音が聞こえてきた。

数は多いが足音は小さい。おそらく小型のモンスターか。

そこまで思考を巡らせて剣を構えると、俺の視界に――意外な人物が映る。

「た、助けてえええぇ！」

「アトラス……くん？」

俺の前に現れたのは、ゲームで何度も見たことのある茶髪の平凡な少年。この世界――ラブリーソーサラーの主人公アトラスくんだった。

彼は背後に複数のモンスターを引き連れて走っていた。どう見たってピンチである。

「助ける……か」

なぜアトラスくんがこんな森の奥にいるのか分からなかったが、俺は急いで地面を蹴った。

助けを求めるアトラスくんの背後に回り、彼を追いかけていた複数のモンスターを斬り倒す。

相手はすべて小型の雑魚ばかり。討伐するのにさほど時間はかからない。

周囲に静寂が漂い、モンスターが全滅すると、アトラスくんは息も絶え絶えに頭を下げた。

「ハァ……ハァ……あ、あり……が、とう……ハァ……ハァ……」

「お礼は息が整ってからでもいいのに」

律儀な奴だな。

俺は剣に付いた血を払い、次のモンスターが来るかもしれないと周囲に視線を巡らせる。

その間、息を整えたアトラスくんが改めて口を開く。

「いや、本当に助かりました……あのままじゃ酷《ひど》い目に遭ってただろうし……」

「それが分かるなら、どうして森の奥まで来たの？」

「え？　も、森の奥なの!?　ここ」

俺の言葉に衝撃を受けるアトラスくん。

こくりと首を縦に振ると、彼は顔を青くして肩をすくめる。

「とにかくモンスターから逃げていたら森の奥まで来ていたなんて……うぅ、僕はついてない……。この狩猟祭だって、半ば無理やり参加させられたし……」

「ん？」

今の発言に俺は妙な引っ掛かりを覚えた。

「自分の意思で参加したんじゃないの？」

「違いますよ。僕は友人に連れられて参加したんです。本当は出たくなかったのに……」

「なる、ほど」

変だな。原作だとアトラスくんは自分の意思でこの狩猟祭に参加する。理由は言わずもがな。メインヒロインたちにモンスターをプレゼントするためだ。

しかし、今の彼には参加する意欲はもちろん、参加しているのに、やる気らしいものは感じられない。

ここにきて、アトラスくんの心境にまで変化が起こっている？

それがメインシナリオから著しく逸《そ》れるものでなきゃいいんだが……一応、核心を突く言葉を投げかけてみるか。

「ねぇ、アトラスくん」

「はい？　……って、あれ？　僕、ヘルメス様に自己紹介しましたっけ」

「同じクラスなんだから名前くらい知ってるだろ。君だって俺の名前を知ってるじゃないか。それに、俺と同じで全属性の魔法が使える君を知らない人はいないよ」

「ヘルメス様はあまりにも有名ですからね。でも、そっか。僕もそこそこ有名なんだ……いやぁ、なんだか照れますね。こういうの慣れていないんで」

彼は「たはは」と笑って頬をわずかに赤く染める。

言動や性格にそこまでゲームとの違いは見られない。外見が平凡なアトラスくんだからこそ、そう見えるのかもしれないが。

しかし、今からする質問の返答によっては、彼に対する認識を改める必要がある。

俺はごくりと生唾を呑《の》み下《くだ》してから彼に訊ねた。

「それで、アトラスくん。質問いいかな?」

「なんでしょう。僕に答えられることなら」

にっこりと彼は純粋そうな表情で俺の質問を待つ。

胸がざわついた。嫌な予感がする。

そんなはずはないと何度も内心で否定を繰り返すが、それでも拭えないものがある。

やや震える声で、それでも俺はなんとか自らの内側に生まれた疑問を口に出した。

「君は……狩猟祭で倒したモンスターを、誰に渡す予定なんだ?」

「えっと……」

一瞬の静寂が広がる。

ほんの数秒ほどの沈黙だろう。だが、今の俺にはその数秒すら激しく長い。

汗ばむ掌《てのひら》。早まる心臓の鼓動。俺は早く答えてくれ! と内心で願いながらアトラスくんの答えを待った。

すると彼は、俺の予想を裏切る回答を口にする。

「それが、実は誰にも渡す予定がないんですよねぇ、今のところ」

「────ッ」

心臓がきゅっとした。

激情が喉元まで出かかり、慌てて口をつぐむ。

勢い余って「それはダメだ！」と叫びかけた。それくらい、彼の回答は俺にとってありえないものだった。

アトラスくんが……原作主人公の彼が、ヒロインを誰も選ばない？

ラブリーソーサラーにおいて、このイベントで誰も選ばないなんて選択肢はありえない。存在しないのに……。

それはつまり……シナリオだけじゃない、アトラスくん自体にも変化が現れている明確な証拠。

本当にこの世界はどうなっているんだ？

ことごとく俺の予想とは異なる展開に、頭の中がパニックになりそうだった。

しかし、さらなる疑問が口から出ようとする前に、今度は俺の後方から複数の大きな足音が聞こえてきた。

「こ、この足音は……こっちに向かってきていませんか？」

ドシドシと響く鈍い足音に、アトラスくんが恐怖を抱く。

俺の意識は一気に現実へ引き戻された。

そういえば俺は、〝アクアビット〟からドロップした〝魅了の秘薬〟を使っていた。この場にモンスターが集まってきている。

足音からして中型のモンスターが数体は向かってきている。俺はともかく、アトラスくんがヤバいな。

俺は振り返らずに背後のアトラスくんへ告げた。

「アトラスくん、君は来た道を戻れ。面倒な相手が近づいてきている」

「へ、ヘルメス様はどうするんですか？」

「俺は戦うよ。それが目的だからね」

「そんな！　ヘルメス様を一人残して逃げるだなんて！」

さすがは主人公。展開に変化が見られても、人間性にはさほど変化がない。

だが、小型のモンスターから逃げる程度の彼がいても何も変わらない。

俺は無情にも告げた。

「これから来るのはさっき君を追いかけていたモンスターより強い。何より……俺の獲物だ、誰にも渡さない」

「ヘルメス様……」

アトラスくんにここで死なれたら困る。

森の中はどこも危険地帯ではあるが、ここで俺と一緒に戦うより一人で会場へ戻ったほうが安全だろう。

いくらなんでも、彼を守りながらは戦えない。

悔しそうな声を出したあと、アトラスくんは俺に一言「ありがとうございました」とお礼を言って走っていった。

ちらりと視線だけ後ろへやると、遠ざかっていくアトラスくんの背中が見える。

「礼より、誰でもいいからヒロインを口説いてほしいね。まったく……」

この先俺はどうすればいいんだ。

最悪の未来《バッドエンド》を想定しながらも、視線を前に戻した。倒れた木々を踏みつけて、数体のキマイラが俺の下に辿《たど》り着《つ》く。

「おいおい……キマイラはレア個体だろ。どうなってんだ」

愚痴を吐きながらも、俺は剣を鞘に収める。

今のレベルだと、複数のキマイラを相手にするのはかなり面倒だ。下手すると負ける可能性もあるため、俺は奥の手を使うことにした。

自らの胸元に手を当て——魔力を練り上げる。

闇属性魔法を。

次いで、森の中に俺の胸元から眩《まばゆ》いほどの光が放たれた……。

▼△▼

鬱蒼《うっそう》とした森の中をアトラスは走る。

今ほど自分の無力さを恨んだことはない。

「ヘルメス様……！」

思わず奥歯を噛《か》み締《し》める。背後では、きっと自分を逃がしてくれたヘルメスが凶悪なモンスターと戦っているはずだ。聞こえてくる戦闘の音が、それをアトラスに嫌でも認識させた。

半ば無理やり参加した狩猟祭。右も左も分からなかったアトラスは、森の中で迷ってモンスターに追われた。

元から戦闘能力なんてこれっぽっちも磨いてこなかった。ゴブリンやコボルト、スライムみたいな小さいモンスターを見ただけでも恐ろしいと感じる。

どうしたらいい？　逃げ切れるのか？　僕は死ぬのか？

そんな考えばかりが思考を埋め尽くした時……彼、ヘルメスが現れた。

ヘルメスはアトラスを追いかけていた複数のモンスターを軽々と倒したのだ。ヘルメスが見せた舞のような動きに、一瞬、アトラスは動きを止めた。

綺麗だと思った。素人目《しろうとめ》にも分かるほど、ヘルメスの剣術には無駄がない。自然というか、滑らかというか。

人生で初めてアトラスは感動した。モンスターが全滅する頃には、不安も恐怖も消え失《きう》せていた。

この人は何者なんだ？　どうやってそこまで強くなったんだ？

状況を忘れて呆《ほう》ける。不思議と疑問ばかりが頭に溢《あふ》れた。

しかし、のんきに雑談に興じている暇はない。すぐにヘルメスの背後から大きな足音が聞こえてきた。足音の数も多い。

アトラスは先ほどの恐怖を思い出す。

次は逃げられるか。逃げてもいいのか。ヘルメスと共に戦うべきなのか。

一瞬の間に悩んだ。大いに悩んだが……答えはヘルメスが出してくれた。

『アトラスくん、君は来た道を戻れ。面倒な相手が近づいてきている』

それは、遠回しな戦力外通告。今のアトラスではヘルメスの足を引っ張ることしかできない。

悔しかった。「僕も一緒に戦います！」と言いたかった。けど、自分が残ればヘルメスに迷惑をかける。

右手を強く握り締めながらも、アトラスは来た道を戻ることにした。

近づいてくる足音。その場に留《とど》まるヘルメス。彼を置いて逃げるアトラス。森の中を精一杯疾走しながら、彼はひたすら頭の中で考えた。

本当にこれでよかったのかと。

「……ッ！　いいわけ……あるか！」

地面を擦《こす》りながら減速する。足を止め、振り返った。

「僕だって何か、盾くらいにはなれるはずだ！」

このまま逃げ延びることができても、今日という日が汚点に変わるだけ。それならいっそ、弱くてもヘルメスの役に立ったほうがいい。その結果死んでも、意味のある、誇れる死に様だ。

アトラスは再び走った。今度は逃げるのではなく、ヘルメスの下へ戻る。

怖い。恐ろしい。逃げたい。気持ち悪い。泣けてくる。

聞こえていた音に近づくほど、アトラスの表情は青くなっていった。足が震え、転びそうになる。

だが、不思議と後悔はなかった。逃げている時に比べて、むしろ清々《すがすが》しい気持ちがある。

きっと自分の選択は間違っていない。正しい。そう思い、ヘルメスの下に辿り着く――。

「……え？」

辿り着いて早々、アトラスは目を疑った。

――ヘルメスが、凶悪なモンスターを圧倒していた。

獅子のようなモンスター。見ているだけでも震えが止まらない化け物を相手に、金色に光る剣を的確に急所へ当てていた。

先ほどの戦いで強いとは思っていたが……先ほどより速く、鋭く、強かった。

自分の何倍もあるモンスターを翻弄し、一方的に倒す。

アトラスの戦意は消えた。覚悟もどこかへ逃げ出し、ヘルメスの心配をした自らを恥じる。

手を貸す必要はない、ヘルメスは一人で充分だ。

心の底からヘルメスに敬意を抱き、アトラスは唇を噛み締めながら下がる。言われたとおりにしよう。そう思った。

▼△▼

「ハァ……意外と退屈ですわね」

空を覆う鈍色の雲を見上げたミネルヴァが、ふわりと風で金色の髪を揺らす。

彼女の愚痴に答えたのは、隣に並ぶアルテミスだった。

「狩猟祭、ミネルヴァ様も参加すればよかったですね」

「ええ。ヘルメス様からプレゼントしてほしくて我慢しましたが、別にもらう側が出てはいけないという決まりはありませんのに……」

「実際、フレイヤ様とレアさんは参加してましたね」

「フレイヤさんのあれは誰かへの好意とは言えませんわ。ただの興味本位でしょう。しかし……レアさんはなんだか嫌な予感がします」

「嫌な予感？」

ミネルヴァの不安を煽《あお》るような発言に、アルテミスが首を傾けた。

「ええ。レアさんは最近、ヘルメス様とよく行動を共にされています。ヘルメス様は魔法に関して強い興味がありますし、レアさんはその魔法に詳しい。もしかすると、すでに……」

「い、いやいや！　あのヘルメス様がこんなにも早く特定の相手を決めるなんて思えません！　見たところ、レアさんの一方通行ですよ！」

「アルテミスさんは相変わらず、たまに毒っぽい言葉を吐きますわね」

「ええ!?　わ、私はただ当然の意見を……」

アルテミスは狼狽《うろた》えた。彼女自身もレアに対して酷いことを言っている自覚はある。しかし、それを認めた上でなかなか納得できないこともあった。

ヘルメスの気持ちだ。

ヘルメスの気持ちがレアに行くと、自分が見てもらえないのでは、と思ってしまう。

ミネルヴァは最高位貴族だ。仲がよく、自分とも秘密を共有する間柄になっている。彼女なら背中を押せるし、ヘルメスが側室に自分を選んでくれるかもしれない――という淡い希望もある。

だがレアは違った。

レアとアルテミスに深い繋《つな》がりはなく、お互いにお互いのことを何も知らない。だから余計に認められず、モヤモヤとした気持ちを抱いてしまう。

「まあ、アルテミスさんの気持ちはよく理解できます。ヘルメス様に恋人などできてほしくありません。その座は私《わたくし》のものです」

きらりとミネルヴァの瞳が輝く。海のように青い瞳が見つめる先は、鈍色の空から大自然へと移った。

今頃ヘルメスは、多くのモンスターを蹂躙《じゅうりん》しているのだろう。姿は見えずとも、ミネルヴァにはそれが分かった。

「あぁ……ヘルメス様は罪な人ですね」

その呟きは、周りの令嬢たちの声にかき消された。

けれど近くにいたアルテミスの耳にだけは届いている。

「まったくですね」

彼女はくすりと笑ってそう返事をするのだった。

▼△▼

「ミリシア様」

〃倶利伽羅《くりから》への貢ぎ物〃こと狩猟祭が始まってしばらく経《た》った。

遅れて会場にやってきたユリアンが、代理のメイドと交代する形でミリシアに近づく。

「あらユリアン、遅かったわね」

「申し訳ございません。アイテムを入手するのに時間がかかってしまいました」

本当は自分がいたという証拠を処分していたのだが、それをおくびにも出さず、懐から一冊の本を取り出し、ミリシアに差し出した。タイトルも刻まれていないシンプルで黒い不気味な本だ。

「こちらがお約束していたヘルメス様を篭絡《ろうらく》するのに役立つかもしれないアイテムです」

「これが？　なんだか気味が悪いわね……」

本を受け取って早速開こうとした彼女をユリアンが止めた。

「お待ちください、ミリシア様。その本は開くことで効果が発動します。使うなら狩猟祭が終わる直前がよろしいかと」

「そうなの？　ちなみに本にはどんな効果が？」

「ミリシア様の魅力を高めてくれる効果が備わっています。まあ、本来は第一印象をよくするためのアイテムですが、ヘルメス様からの印象を変えるという意味では相応《ふさわ》しいかと」

真っ赤な嘘《うそ》だ。

ユリアンがミリシアに渡したアイテムは、呪われた効果を持つ最悪の魔法道具。こんな日のためにユリアンが用意しておいた奥の手に他ならない。

魔族である彼は人が苦しむ姿を見るのが大好きだ。ミリシアが徐々に解ける洗脳に苦悩し、かつての記憶を思い出しながら違和感を覚える姿を見るのに熱中するくらいには性格が悪い。

そしてこの奥の手は、わざわざ使う必要がないものでもある。あえて使おうとする理由は、やはり最後くらいは王国で派手なことをしたい、という下卑た魔族らしい考えが根底にあった。

この地を去る前に、ヘルメスの強さを確認するという意味でも悪くない。

「これがあれば、ヘルメス様を……」

本を見つめるミリシアの瞳に、わずかな濁りが見えた。ユリアンは満足げに笑い、ぺこりと頭を下げる。

「あとはミリシア様次第です。頑張ってくださいね」

「うん。ありがとう、ユリアン」

ユリアンに感謝したミリシアは、その本を持ってどこかに消える。ユリアンはその背中を追いかけることはせず、ただただ楽しそうに呟いた。

「精々、派手に踊ってくださいね？　お嬢様」

▼△▼

冷たい風が肌を撫でる。

激しく動いたことで温まった体が、ほんのわずかに冷える。

俺は右手に持った青白い剣の切っ先を地面のほうへ下げた。足下には大量の血でできた池が広がっている。

周りには夥《おびただ》しいほどの死体が転がっていた。すべて、俺が倒したモンスターたちだ。

中にはキマイラと同じ中型のモンスターも紛れ込んでいる。当然、三体のキマイラも倒れていた。

「……ふぅ。なんとかなったな」

アトラスくんを逃がしたあと、俺は自らの意思で〝聖剣スキル〟を発動させた。

今の俺が持つのは、マーモン戦と〝砂上の楼閣〟で出した〝長剣《クラウソラス》〟じゃない。だいぶ刃渡りの短い短剣だ。

しかし、外見はロングソードの時とほとんど変わらない。

黄金の光を纏《まと》う青白い剣身。まさに聖剣そのものだった。

これはあくまで俺の推測にすぎないが、聖剣には幾つかの外見が存在する。それも、姿・形ごとに設定された能力が違う。

この短剣はきっと聖剣の一番弱い状態だ。解放条件も簡単だった。自分が状態異常《バッドステータス》になってさえいれば発動できる。いろいろ検証した結果、偶然発見できたものだ。

その時、システムメッセージは確かにこう表示された。

『発動条件が満たされました。個体名：ヘルメス・フォン・ルナセリアに状態異常《バッドステータス》あり。〝聖剣スキル〟が発動します』

『第一形態：モード〝デュランダル〟』

そう、第一形態。

俺が前に発動させたのが第二形態のクラウソラス。要するに、サイズも小さい、強化能力も低いデュランダルは一番弱い状態ってことになる。

第二形態が最終かは分からないが、少なくとも使いやすい第一形態があってよかった。

おかげで強化された能力と魔法で中型の群れを殲滅《せんめつ》することに成功した。

聖剣がなかったら割とまずかったし、改めて検証は大事だということが分かった。

光り輝く聖剣を体の中に収納する。凄《すさ》まじい速度で減っていた魔力が、そこでぴたりと止まった。

あとはこのモンスターを会場まで運べば、今回の狩猟祭は俺の圧倒的な優勝だろう。狩猟祭にはどれだけ強い参加者がいるのか明確にするためにも、運んだモンスターの量、質で順位がつけられる。

俺以上のモンスターを狩れる参加者がいるとは思えない。いるとすれば、俺の姉と、この国の騎士団長くらいだ。

地面に転がるモンスターの死体を次々にインベントリの中へ入れる。インベントリの容量はかなりデカいか無制限。すべてのモンスターがすっぽりとインベントリの中へ納まった。

「よし。帰るか」

さすがにもう魅了の秘薬の効果も切れただろう。くるりと踵《きびす》を返し、俺は来た道を戻る。

アトラスくんが無事であることを祈った。

▼△▼

森の中をゆっくり歩いて突っ切る。

まっすぐ直線に移動しただけあって、予想より早く王都正門前に到着した。

すでに俺以外の参加者もかなりの人数が戻ってきている。その中にはフレイヤの姿もあった。レアはどうやらまだ帰ってきていないらしい。

仮設された会場に足を踏み入れると、まるで待ってましたと言わんばかりにミネルヴァたちがこちらへやってくる。

「ヘルメス様！　お疲れ様です。モンスターは狩り終えたんですか？」

「ええ。そこそこの成果をお見せできると思いますよ」

「楽しみですね」

アルテミスもにっこり笑っている。

だが、二人揃《そろ》って俺の顔をジーッと見つめており、なかなか視線が外れない。

これは間違いなく……期待されている、と思っていいんだろうか？

俺は一瞬、二人にモンスターを渡してもいいかもしれないと考えたが、直後に改める。

そうだ。アトラスくんが俺の想定とは違う展開を突き進んでいる可能性がある。下手に俺がミネルヴァたちに過度な干渉をすると、いよいよもってメインシナリオが破綻するかもしれない。

今さら遅いかもしれない。だが、下手に藪《やぶ》を突《つつ》く必要はないだろう。同じ理由で、角が立つからアルテミスにも渡せない。

二人には悪いが、当初予定していた人物にモンスターを渡すことにした。

「とりあえずモンスターを出しますね」

俺はインベントリからモンスターの死体を取り出す。その際、インベントリの効果を偽装するために袋の中から取り出したように見せかけた。

この世界では、少なくとも今のところ俺以外にインベントリを使っている者はいない。異空間収納と同じ効果を持つ道具はあるが、何もない空間から物を取り出すことはできないようだ。

だから余計な詮索を避けるために魔法道具に偽装している。

ミネルヴァもアルテミスも、俺の様子を窺《うかが》っていた多くの令嬢たちも、気にした様子はない。出てきたモンスターを見て、大きな歓声を上げた。

「す、凄《すご》い！　見たこともないようなモンスターばかりよ！」

「それにどれも大きい……」

「他の参加者たちはあのモンスターの半分もなかったわよ？」

「やっぱりヘルメス様は特別なのね！」

周囲がどんどん俺を持ち上げて賑やかになってくる。

人が集まり、騒音が耳に痛かった。

ごちゃごちゃして見通しが悪くなるが、幸運にも目当ての人物を見つける。

それはミリシア・ローズ――の妹である双子の姉妹だった。

年齢は一緒だが、聞いたところによるとミリシアのほうが先に生まれたんだとか。母親が違うといっても、先に生まれたミリシアのほうがお姉さんだな。

まあそんなことはどうでもいい。

大事なのは、俺がフェローニアとフロセルピアの二人に討伐したモンスターを差し出すこと。

彼女たちはゲームのヒロインじゃない。好感度に関する心配はなく、仮に上がってもメインシナリオに何ら影響は出ないと思われる。ミネルヴァやアルテミスと密接な関係もないし、まさに無難な選択だ。

そして双子が直面する辛《つら》い状況の打破にも繋がるかもしれない。

俺は人ごみをかき分けながらミリシアたちの下へ向かう。

三人のうち、一番前にいたミリシアは、俺が目の前にやってくると頬を赤く染めて目を見開いていた。

「へ、ヘルメス様？　もしや……私にモンスターを!?」

やや大きな声が出る。だが、俺は彼女に、

「違いますよ。申し訳ありませんが、そちらの双子のレディに用があります」

と言ってミリシアの隣を抜けた。

双子の前で膝を突く。

「へ、ヘルメス様……？」

「これはどういう……」

フェローニアもフロセルピアも動揺していた。

周りの令嬢たちもざわりと驚きを見せ、直後に沈黙する。全員が、俺の一挙手一投足を見守る。

チクチクと視線が痛いが……さっさと終わらせるか。

俺はにこりと笑みを浮かべて二人に言った。

「フェローニア嬢、フロセルピア嬢。お二人に私が狩ったモンスターを献上します。どうか受け取ってください」

「そ、そんなっ！」

真っ先に反応を示したのは、俺の背後に立つミリシア・ローズだった。

わなわなと震える声で続ける。

「ありえない……ありえないわ!? どうしてそいつらがヘルメス様からモンスターをもらえるのよ！　平民の子供で、何の役にも立たない愚図《ぐず》なのに！」

それは自らを上に見せようとする痛々しい叫び声だった。

周りの令嬢たちもミリシアの話に乗っかるわけではないが、釈然としていないのが空気から伝わってくる。

その上で俺は、彼女たちにハッキリと告げた。

「生まれは関係ありません。俺が彼女たちにあげたいと思ったからモンスターを渡すだけです。でも……品性はまともだと思いますよ？　誰かさんより」

くすりと、俺は珍しくミリシア・ローズを馬鹿にした。

あまり他者の印象を落とすような発言はしたくなかったが、さすがにカチンとくることもある。

フェローニアもフロセルピアもいい子だ。彼女たちのおかげで妖精と契約できたし、何より可愛《かわい》らしい、ただの女の子だ。

それを馬鹿にするのはやめてほしい。自分自身をおとしめていることになぜ気づかないのか。

それだけこの世界には貴族としての位が根付いている。当然といえば当然だが、俺はその当然を認めたくない。

言うべきことは言い終えた。顔を真っ赤に染め上げるミリシアから視線を外し、再び双子を見る。

「だから受け取ってくれ。フェローニア嬢、フロセルピア嬢」

「ふぇ、フェローニアは……フェローニアは……」

二人共困惑していた。すぐには返事は出せないと思われる。

フロセルピアに至っては気絶しそうなくらい顔色が悪い。ミリシアを差し置いて自分たちが、と不安に思っているのだろう。

だが、むしろ彼女たちにはいいことでもある。

俺が二人を贔屓《ひいき》していると周りは受け取ったはず。その上で彼女たちにちょっかいをかけるとどうなるか……もちろん、俺の不興を買うことになる。

だからこれは二人を守るためでもあった。

それを理解してくれるよう、俺は二人に小さな声で説明しようとした、その時。

「ヘルメス様！　私の話を聞いてください！」

スルーしたはずのミリシアが、懐から一冊の本を取り出した。その本を彼女が開いた途端、本がわずかに発光する。次いで、数十メートルにも及ぶ巨大な魔法陣のようなものが地面に展開された。

本も魔法陣もゲームで見覚えはない。俺が知らない何かしらのアイテムだろう。だが、本能が警鐘を鳴らす。このままではまずい、と。

周囲に集まった貴族子息、令嬢たちも怪しい魔法陣が現れて動揺している。悲鳴が上がり、動揺が混乱に変わっていく中、それは姿を見せた。

魔法陣から、複数の化け物が顔を出す。どいつもこいつも、砂上の楼閣で見た、あの小さなモンスターによく似ている。

完全に会場内はパニック状態へと陥った。

七章　悪魔の軍勢

地面に描かれた模様から複数の化け物が姿を見せる。

その化け物に俺は見覚えがあった。

「あれは……!?」

醜悪な外見。黒い肌に頭部に生えた赤い角。

間違いなく、中級ダンジョン〝砂上の楼閣〟で遭遇したレベル40ほどの悪魔のようなモンスターに酷似している。

あの時の個体に比べるとサイズはかなり大きいが、纏《まと》うオーラのようなものはあまり変わらない。きっとレベルは40以上だろう。

だが、それが十体を超えて現れるとなると、さすがに警戒心が強烈に働く。

さらに、ひときわ大きな悪魔が一体。あれは確実に他の個体より圧倒的に強い。まさにボスって感じのオーラを放っていた。

「ガハハハッ!　俺様復活!　悪魔への供物も大量じゃねぇか!」

大柄なボス格が口を開く。途端に魔法陣は消え去り、これ以上の悪魔の出現はなかった。

しかし、合計十二体。

ボスを含めると十三体の悪魔が俺たちの周囲を囲む。

当然、レベルの低い貴賓たちはパニック状態だ。周囲からたくさんの悲鳴が溢《あふ》れる。

「ヘルメス様！」

すぐにミネルヴァ、アルテミス、フレイヤの三人が俺の下へやってきた。

傍《そば》にいるフェローニアとフロセルピアも、服を掴《つか》むほどの距離まで近づいてきている。

全員が不安そうな表情を浮かべていた。

「みんな、よく聞いてくれ。敵はそこまで強くない。あの大きい奴《やつ》を除いて」

あの大柄の悪魔だけは別格だ。おそらく前に俺が戦ったマーモンよりも強い可能性がある。

「だから、俺があのデカブツを相手する。みんなは他のモンスターを処理してくれ。さすがに俺一人じゃ限界がある」

「わ、分かりました。できる限りのことはやってみます！」

「任せてください！　絶対に、皆さんを守ります！」

「頑張る。あれくらいなら倒せると思うから」

ミネルヴァ、アルテミス、フレイヤの順番で彼女たちは頷《うなず》いた。

恐怖もあるだろうに、心の強い子たちだ。

しかし、すぐには頷けない者もまたいる。

「ふぇ、フェローニアたちは……」

「フェローニア嬢とフロセルピア嬢は無理しなくていい。他の人たちを最低限守れれば嬉《うれ》しいけど、まずは自分のことを第一に考えてくれ」

「ヘルメス様……」

二人共どこか表情が暗い。

俺たちは全員が戦おうとしているのに、自分たちだけ何もできないことが悔しいのだろう。

だが、それはしょうがないことだ。フェローニアとフロセルピアはおそらく低レベル。普通に戦ってもモンスターたちには勝てない。

むしろミネルヴァたちの足手まといになる可能性が高い。

俺は心配させないように、にこりと二人に笑いかけたあと、

「さぁて……どいつから食べてやろうかなぁ」

と貴族たちを吟味している悪魔のほうを見た。

もはや一刻の猶予もない。できるだけあの悪魔をこの場から遠ざけつつ戦う必要がある。

俺でも他の悪魔に邪魔されるとまずいからな。

何より、この場では聖剣が使いにくい。さらに戦闘に他の人たちを巻き込む可能性がある。

まずは大柄な悪魔だけでも遠くへ吹き飛ばす！

ちらりと横に並ぶシルフィーを見た。シルフィーもまた、俺の意思を汲《く》み取《と》ってくれたのか、俺の顔を見つめている。

「シルフィー……最大威力であの悪魔を吹き飛ばす。俺の魔法に合わせてくれるか？」

「きゅるっ」

シルフィーは頷き、了解と言わんばかりに鳴いた。

その反応だけで充分だ。俺はシルフィーを信じることができる。

地面を蹴り、大柄な悪魔へと接近する。その間に、俺とシルフィーは同時に魔力を練り上げた。

今の俺が放出できる最大の魔力を、風属性に性質変化。それを、ただの風の塊として目の前の悪魔に放つ！

「んあ？　なんだお前ら。強そうだ──」

言葉の途中、俺とシルフィーはほとんどズレもなく、ほぼ同時に魔法を繰り出した。

二人とも同じ魔法だ。風の魔法が悪魔の体を正面から叩《たた》き飛ばす。

「ぐおっ!?」

悪魔が反応するより先に、その巨体が遥《はる》か遠くへと吹き飛ばされていった。

もちろん俺とシルフィーはそれを追いかける。

最後に、振り返ることなく背後のミネルヴァたちへ叫んだ。

「ミネルヴァ！　みんな！　残りを頼んだ!!」

返事はない。だが、全員の決意はもう聞いてある。俺は信じてただ前に進むだけだ。

再び森の中へと駆け出した。

▼△▼

森の中を駆ける。

全速力で吹き飛ばした悪魔の下へ向かう。

一秒でも遅れれば、奴は起き上がって会場のほうへと戻る可能性があるからだ。

木々の隙間をするりと抜け、茂みを破壊する勢いで飛び越えていくと、徐々に濃密で邪悪なオーラを感知した。

「よかった」

どうやらまだ悪魔は移動を始めていない。その証拠に、身が震えるほど気味の悪い気配がその場に留《とど》まり続けていた。

しばらく走ると、やがて起き上がる悪魔の姿を捉える。

俺はギリギリ間に合ったらしい。

「テメェ……よくも俺様をぶっ飛ばしてくれたなぁ」

悪魔は醜悪な顔で俺を睨《にら》む。モンスターと同じ真っ赤な瞳が、憎悪と殺意に満ちていた。

いい感じでキレているな。理性を失ってくれるとなおいいんだが……。

相手は人間と同じ言葉を喋《しゃべ》るモンスターだ。知能の高い人型の化け物を相手にするのは、これで二度目だな。

なんで俺はたびたびこんな化け物と遭遇してしまうのか……まるで俺がこの世界の主人公みたいじゃないか。

弱音を吐きながらも鞘《さや》から剣を抜く。

鈍色《にびいろ》の剣身を見て、悪魔が盛大に笑った。

「あぁん？　ハハハハ！　俺様にそんなナマクラで挑もうっていうのか？　舐《な》められたもんだなぁ」

にちゃぁ、とギザギザの歯を見せながら悪魔は嘲笑する。

完全に俺のことを舐めていた。無理もない。

今の俺のレベルは50にも達していない状態だ。推定される相手のレベルは少なくとも50以上。

ＲＰＧにおいては致命的な差だ。それをひっくり返すには、やはり聖剣の力が必要になる。

しかし、聖剣は馬鹿ほど魔力を食う。できるならあまり使いたくはなかった。

より正確に相手の力量を測るため、俺はまず聖剣に頼らない戦闘を行うことに決めた。

剣を構え、シルフィーに魔法の発動をお願いする。

地面を蹴って悪魔に肉薄した。

「ほーん」

悪魔は余裕で俺の一撃をガードする。

金属音が悪魔の腕から響いた。

「ッ！　硬すぎるだろ」

なんつう耐久力だ。俺の筋力《ＳＴＲ》で打ち込んだ剣を生身の体で止めやがった。

これじゃあ簡単には相手の防御を突破できそうにないな。

次いで、一度後ろに下がってから剣に魔法を纏わせる。属性は風。付与魔法《エンチャント》だ。

風は刃の斬れ味を向上させ、攻撃範囲《リーチ》の拡張にもなる。

マーモンにも通用した一撃だ。悪魔の防御力を突破することができるだろう。

その状態で俺は再び地面を蹴る。悪魔に接近し、先ほどより速く剣を振る。

「？　なにを――ぐっ!?」

決して剣が届かない距離から悪魔の胸元が薄《う》っすらと裂ける。

マーモンもコイツもそうだが、自分より明らかに弱い相手を舐める傾向があるな。

魔力の動きを感知すれば今の攻撃だってギリギリ避《よ》けられたはずだ。それをしないのは舐めてる

とし か言えない。

次なる俺の一撃が悪魔の防御を貫通した。敵の皮膚が斬れ、血が滲《にじ》む。

いける。いけるぞ！

攻撃が当たるなら死ぬまで攻撃を与えれば勝てる。

俺はさらに剣を数回悪魔に向かって振るった。

しかし、

「チィッ！　奇妙な攻撃だな……だが、俺様には通じないぜ！」

ギィイインッ！

二度目の攻撃が悪魔の両腕にブロックされ、またしても金属音が響いた。

「なん、だと？」

俺の一撃は確かに悪魔に通用していた。だが、次の瞬間には防御されている。

どういうことだ？　今、悪魔の体からわずかに洩《も》れた魔力が原因か？

マーモンと同じように、あの悪魔も何かしらの能力を持っていると見て間違いない。

一瞬にして思考を巡らせる俺。背後からシルフィーの放った風の刃《やいば》が悪魔の体に届く。けれど先ほどの俺と同じく、シルフィーの魔法攻撃は防がれてしまった。悪魔の皮膚を斬り裂けない。

「ハハハハ！　これで終わりか？　蛆虫《うじむし》！」

「！」

今度は悪魔の攻撃だ。

素早く俺との距離を潰し、太い腕をぐるんっと回して俺に叩きつける。

咄嗟《とっさ》に横へ跳《と》び退《の》いて避けるが、悪魔の拳が地面に当たって盛大な衝撃波を放つ。

「ぐっ！」

衝撃波だけで俺は吹き飛ばされた。地面を転がりながらすぐに立ち上がる。

「ガハハハ！　人間のくせになかなかいい動きをするじゃねぇか。お前、そこそこ強いな？」

「そういうお前は脳筋タイプか？」

俺が先ほどまで立っていた場所は見るも無残な有様だ。クレーターのように地面がひび割れている。

さすがにあれは一撃でも喰《く》らえばヤバいな。

物理攻撃オンリーのパワー型か？　さっき俺の攻撃に対応できたのも、身体能力を強化したってところか。

考えられる能力は幾つかあるが、身体強化はシンプルゆえに攻略の術《すべ》がない。

なぜなら相手は確実に自分より強いのだ。それを超えるには、こちらもまたシンプルな答えしか出せない。

相手より強くなる。これに限るな。

そもそもダメージを通すためには、もっと威力が必要になる。かといって相手がダメージを食らうための隙をどうやって用意するか……。

こんなことなら一人くらい仲間を連れてくればよかったか。

いや、アイツは近接タイプ。他のメンバーでは相性が悪い。ミネルヴァたちを連れてきても犠牲者が増えるだけだ。それなら向こうで雑魚《ざこ》狩りをさせたほうが遥かにいいな。

かなりギリギリにはなるが、やはりシルフィーに魔法を使ってもらい、その隙に聖剣を使って相手に致命傷を負わせるしかない。

魔力がもつか、相手が死ぬかの戦いだ。

俺は自らの胸元に手を当て——直前でピタリと固まった。

視界の端に、見慣れた空色の髪が見えたから。

「なんで……」

「あれ？　ヘルメスくんだ。こんな所で何をしてるの？」

「レア!?」

まさかの人物の出現に俺は動揺する。

そういえば彼女はまだ会場に姿を見せていなかった。おそらくモンスターを狩っていたんだろう。

それが、こんなタイミングでかち合うなんて……。

俺は慌てて彼女に叫ぶ。

「ここは危険だ！　早く逃げてくれ、レア！」

「ふむふむ……見るからに危険そうな化け物が一体。ヘルメスくんがまだ倒せていないってことは強敵だよね。しかも、あの外見……前にダンジョンで見たことのある奴と似てる」

「王都正門前で複数のモンスターが出現したんだ。そいつは中でも一番強い個体だ。俺が引き付けるから、レアは先に会場のほうへ——」

「ダメだね」

きっぱりとレアは俺の指示を拒否する。

首を左右に振ってこちらに歩み寄った。

幸いにも悪魔は、レアのことを警戒しているのかいきなり襲いかかってくることはない。

いや、警戒しているのは俺か？　無駄な隙を作ろうとはせず、ジッと俺たちのことを眺めている。

その間にレアは俺の隣にやってきた。肩にスライムのような妖精スイを乗せている。

「どうやらボクが知らない問題が起きてるようだけど、ボクはヘルメスくんのことが大切だ。この場で見捨てていくなんて無理だよ」

「いや、俺は一人でも勝てるから……」

「本当に？」

ぎくり、と図星を突かれて動揺する。

レアはくすりと笑った。こんな状況でも余裕の態度を崩さない。

「ボク、ヘルメスくんがあんな風に叫んで慌てる姿はほとんど見たことないよ。よっぽどの緊急事態なんでしょ？　なら、ボクにも手伝わせてほしいな。たまにはヘルメスくんの力になれるってことを証明しないと」

彼女は悪魔のほうへ向き直る。

スイを掌《てのひら》に乗せ、やる気満々で悪魔を見つめた。

「一人でキツいなら二人でやろう。ボクがサポートするよ、ヘルメスくん」

「レア……」

俺の脳裏で様々な思考が飛び交う。

正直、レアの登場はかなり運がいい。状況が好転したと言っても過言じゃない。相手の隙を作る役をレアが担ってくれるなら、俺は攻撃に集中できる。

だが、同時にそれはレアを危険に晒《さら》すことになる。

彼女はこの世界のメインヒロイン。狩猟祭でこんな敵が出てくるなんて話、俺は知らない。万が一、このイレギュラーな状況でレアが死んだりしたら……取り返しがつかない。

俺は悩む。一瞬の間に脳がはちきれんばかりに考える。

しかし、最後にはレアが答えをくれた。

「大丈夫だよ、ヘルメスくん」

彼女は自信満々に笑った。

「ボクは絶対に……生き延びるから。生き延びて、またいっぱい魔法の鍛錬をしよう」

「ッ」

彼女は本気だった。本気で命を懸けている。

本能的に相手の強さを理解しているのだろう。恐怖を堪《こら》えて、俺のために立ち向かおうとしてくれている。

もはや説得は不要だった。俺も腹をくくって、必ず彼女を守る。目の前の悪魔を倒して。

「……分かった。力を貸してくれ、レア！」

「任せて！　行くよ、スイ！」

ぷるん、とレアの言葉に応えてスイの体が大きく揺れた。

ここからは俺たちのターンだ！

再び胸元に手を置き、俺は自らに闇属性の魔法を発動させた。

次いで、〝聖剣スキル〟を求める。

『スキル〝聖剣〟の発動条件を満たしました。第一形態：モード〝デュランダル〟』

スキルの発動を告げるシステムメッセージが表示された。

次いで、俺の体に確かな熱量が巡る。胸元の中心からは黄金の光を放つ柄《つか》が現れ、俺はその柄を摑んで剣を抜く。

姿を見せたのは青白い輝きを放つ短剣だ。アルテミスがよく使っている武器と同じく、ロングソードに比べるとその刃渡りは半分ほどしかない。

だが、この聖剣はそこらの武器より遥かに強力だ。少なくとも魔族マーモンの防御力を貫くくらいの高い斬れ味を持っている。

俺は発光する聖剣を構え、先ほどまで使っていた剣を鞘に収める。

レアは俺の姿を見るなり興味深そうな視線を向けてくるが、今は戦闘中だ。余計な言葉を呑《の》み込《こ》み、目の前のことに集中してくれている。

内心でそのことに感謝しながら地面を蹴った。

ここからが本当の戦いだ。

▼△▼

一際大きなモンスターを吹き飛ばし、それを追いかけて森の中へと向かったヘルメス。

彼がいなくなったあと、狩猟祭の会場では、いまだ複数の悪魔が人間たちを見下ろしていた。

「ギギ、グガガガ！」

「グギャ！　グルルル！」

リーダー格と思われるボス級の悪魔以外は、人間と同じ言語能力を持っていない。奇怪な音を口から発しながら、醜悪な顔でニタニタと笑っている。

もはや襲われるまでに一刻の猶予もない。

周りで必死に逃げ惑う貴族たちを横目に、戦える者たちは剣を持った。

「いきますわよ、アルテミスさん。ここはヘルメス様に我々が任されているのですから！」

「はい、ミネルヴァ様！　サポートします！」

ヘルメスに雑魚狩りを任せられたミネルヴァとアルテミスもまた、鞘から剣を抜いて勇敢に立ち回る。一番近くにいた悪魔に狙いを定め、勢いよく地面を蹴った。

肉薄し、鋭い一撃を叩き込む。

しかし……。

「グラァ？　ギャギャギャギャ！」

「なっ!?　私《わたくし》の攻撃が……通らない!?」

全力で打ち込まれたミネルヴァの一撃は、剣を用いても悪魔の皮膚を斬り裂くことができなかった。

金属質の肌に阻まれ、あっけなく刃が弾《はじ》かれる。

アルテミスの攻撃も同じだ。元々筋力《STR》パラメータがミネルヴァより低いアルテミスでは、ミネルヴァが斬れなかった悪魔に傷を付けることはできない。

二人揃《そろ》って一度後ろへ跳んだ。

「まさかここまで硬いとは……計算外ですね」

「どうしますか、ミネルヴァ様。攻撃が通らないとなるとそもそも倒すことができません」

「そうですね……普通なら逃げる一択ですが、我々はヘルメス様にこの場を任されました。ヘルメス様があの巨大な化け物を倒し終えるまで、被害を最小限に留める必要があります」

「私たちだけで……」

ミネルヴァの言葉は正しい。ヘルメスはアルテミスたちを信じてくれていた。

だが、実際には雑魚の悪魔ですらミネルヴァたちより強い。このままでは絶対に勝つことはできない。

時間稼ぎすらできるかどうか怪しかった。

それでも、と。ミネルヴァは瞳に輝きを宿す。

「前を向いてください、アルテミスさん。私が先陣を切ります。私に続いてください」

「え？　ミネルヴァ様、何を……」

アルテミスの問いに、ミネルヴァは行動を以《もっ》て答えを示した。

彼女は全身から黄金の魔力を放出する。

普段のミネルヴァからは考えられないほどの魔力濃度だった。圧倒的なオーラが彼女から放たれ、アルテミスはごくりと喉を鳴らす。

「それは、前に見せてくれたスキルですね」

「はい。これを使って悪魔たちを攻撃します。この魔力なら悪魔たちの防御力も貫けるはず！」

言うやいなや、ミネルヴァは掌に黄金の炎を生成する。

炎は螺旋《らせん》を描くように捻《ね》じれ、球体から槍《やり》のように細くなった。それを構え、全力でミネルヴァは正面の悪魔に投擲《とうてき》する。

悪魔は避ける暇もなくミネルヴァの攻撃に当たった。きっと受けてもダメージはないと勘違いしたのだろう。

知能の低さが仇《あだ》となり、ミネルヴァが放った黄金の炎が、悪魔の胸を容易《たやす》く貫いた。

「グギャアアア!?」

これまでにない断末魔の叫びを上げ、悪魔の体が光と炎に包まれる。

あれだけ硬く、恐ろしい存在だった悪魔は、その炎に焼かれて体を灰に変えた。さすがのミネルヴァもその光景を見て驚く。

「は、灰になった……？」

先ほどの魔法はかなり魔力を消費したが、悪魔を灰にするほどの火力はなかったはずだ。

だいたい、生き物はそんな簡単に灰にならない。あまりにも早すぎる。

そこでもしや、とミネルヴァの中で一つの仮説が生まれた。

「あの化け物たちは炎に弱い？　もしくは……私の魔法には、あの化け物が苦手とする特別な効果がある？」

おそらく可能性が高いのは後者だ。

今日を迎えるまでに、ミネルヴァもまたヘルメスの〝聖剣スキル〟と同じように自らのスキルを検証した。その時、ダンジョンのモンスターを相手に使った時は対象を灰にすることはできなかった。外で遭遇したモンスターも同じく。

つまり、悪魔が炎を苦手とするか、ミネルヴァの炎――魔力に悪魔に対する特別な能力が備わっていると考えるほうが自然だろう。

念のため、ヘルメスに伝える情報の一つとしてミネルヴァは、一度黄金の魔力を解除して普通の炎魔法を使った。

その結果、答えは簡単に出る。

ミネルヴァの魔法は悪魔に命中したが、ダメージは低く、悪魔を灰にするほどの効果は見込めなかった。

逆に、また黄金の魔力を使って魔法を放つと、威力を低く調整してもなお……悪魔は灰になった。

このことから、ミネルヴァのスキルには悪魔に対して特別な効果があると分かる。

「ふふふ……なるほど。普段、ヘルメス様が検証の大事さを説いていましたが、このような気持ちになるのですね」

「ミネルヴァ様、凄《すご》い……」

「任せてください、アルテミスさん。私が活路を開きます！　アルテミスさんは近づいてくる他のモンスターを弾いてください！」

「りょ、了解です！」

こくりと頷き、アルテミスは懐から幾つかの魔法道具を取り出した。

アスター伯爵家にはダンジョンから持ち帰った貴重な魔法道具が幾つもある。それをアルテミスは普段から持ち歩き、性能を確認した上で上手《うま》く使っている。

今回も足止めや拘束、ミネルヴァの護衛をメインに次から次へと複数の魔法道具を切り替えながら使った。

これに関してはヘルメスすら彼女のほうが優れていると認めるほどだ。もしかすると彼女のスキルかもしれない、と目星を付けている。

悪魔たちは全員がミネルヴァを脅威と認定し、他の人間たちを放置してミネルヴァを囲む。

魔法の発動中はミネルヴァが無防備状態になる。そんな彼女を守るために、アルテミスは必死に頭を働かせた。

しかし、相手のほうが数が多い。ミネルヴァの魔法が危険なものだと判断するや、回避行動を取るようにもなった。

徐々に防御が追いつかなくなっていく。ミネルヴァ自身も悪魔の攻撃を避けるが、そのせいで攻撃になかなか移れていない。

まずい、このままではまずい。

アルテミスが焦る中、銀色の剣閃が横から放たれた。

それはミネルヴァでもアルテミスでもない。

「私も手伝う」

「ふ、フレイヤさん!」

彼女たちを助けに入ったのは、銀色の長い髪をさらりと伸ばした剣聖の娘、フレイヤ・フォン・ウィンターだった。

彼女は鋭い視線を悪魔たちに向けながら何度も剣を振るう。ステータスこそ悪魔たちを軽く傷付ける程度しかないが、上手くミネルヴァに近づけないよう捌《さば》いていた。

さすがの技量だ。

さらにそこへ、一陣の風が暴風の壁となり、ミネルヴァたちを囲んだ。

どこからどう見ても魔法の力だ。ちらりと背後を見ると、同じ顔の少女が二人、手を合わせながらミネルヴァを見つめていた。

その顔に覚えがある。

「あなたたちは……ヘルメス様のご友人ですね」

「は、はい。フェローニア・ローズです」

「フロセルピア・ローズです……」

「貸します、貸します。ヘルメス様のために力を貸します！」

フェローニアからの提案は、ミネルヴァに疑問と安堵《あんど》をもたらす。

疑問は二つだ。

一つは、双子がどうやって魔法を使っているのかが分からない、というもの。

無理もない。フェローニアたちは妖精に頼んで魔法を発動してもらっている。双子たちの〝魔力操作〟能力は低いため、自分たちで使っても役に立たないと思っているからだ。

そしてもう一つの疑問。

こちらはシンプルだ。双子たちとヘルメスはどういう関係にあるのか。むしろこちらのほうがよりミネルヴァは気になった。

「……ありがとうございます。私を守ってください」

「は、はい！」

頷く双子を見て、ミネルヴァは「あとで問いただせばいいですかね」と口元に笑みを刻む。

ここにきて戦況は完全に一変した。

ミネルヴァの護衛にアルテミスとフレイヤ、そしてフェローニアとフロセルピアが合流し、悪魔たちの猛攻が止まる。

ミネルヴァは手数を増やし、次から次へと悪魔を討伐していく。

特に活躍したのは双子の魔法だった。

双子と契約した妖精たちが、器用に魔法を操って悪魔たちを拘束する。それが的となり、ミネルヴァの殲滅《せんめつ》速度を加速させた。

「あなた方、ずいぶんと魔法の使い方が上手いですね」

「そ、それほどでもない……ないです」

「普通、普通です」

褒められた双子はサッと視線を横に逸《そ》らした。

ミネルヴァは怪訝《けげん》な表情を作るが、今は戦闘中のため深くは訊《き》かない。それを分かっているのか、双子たちも意識を集中させて魔法を繰り返した。

▼△▼

「ど……どうなっているの……？」

目の前の光景を見つめて、ミリシア・ローズはぽつりと零《こぼ》した。

今、彼女の眼前では、複数の化け物が貴族子息や令嬢を襲っている。醜悪な、悪魔のような怪物が……。

それは自分が使ったあの黒い本のせいで生まれた生き物だと、使った張本人であるミリシアは本能的に理解していた。だが、理解はできても納得はできない。

「あれはヘルメス様の関心を引くことができるアイテムなんじゃ……」

「あははは！　これを見てもまだそんなことを言っているなんて、お嬢様は頭が悪いですねぇ」

ミリシアの背後から甲高い嘲笑が飛んできた。振り返ると、ユリアンの姿があった。

「ゆ、ユリアン！　あなたがくれたアイテム、何よこれ!?　どうなっているの！」

「大きな声を出さなくても聞こえてますよ～、お嬢様。それに、今さらそんな質問しても意味ないじゃないですか。よーく見てください。あなたが無用心にも悪魔を呼び出すアイテムを使ったせいで、多くの人が傷ついています。全部全部あなたのせいですよ？　あははは！」

「ち……違う！　私は悪くない……だって、知らなかったもの。こんな奴らを呼び出すアイテムだなんて……」

「重要なのは誰が悪魔を呼び出したのか。もしかすると大勢があなたの仕業だと気づいているかもしれませんねぇ。バレたら終わりだ。犯罪者として歴史に一生汚名を残すことになる」

ククク、とどこまでもユリアンは楽しそうだ。前方で繰り広げられる戦いも、逃げ惑う貴族たちの姿も何もかもが心を温かく満たすものに他ならない。まさに地獄絵図。これこそがユリアンの求めていたものだ。

「ふざけないで！　あなたのせいでこうなったんだから、あの悪魔をどうにかしなさいよ！」

「いやいや、無理に決まってるじゃないですか。一度解き放たれた悪魔は死ぬまで殺戮《さつりく》を続ける。せいぜい大事な大事な妹たちが惨殺される様子を眺めていてください。どうせ、あなたには何もできないのだから」

「大事な……妹？　ユリアン、何を……ッ！」

ズキッ、とミリシアの頭が痛む。元気よく庭を走り回るフェローニアたちの姿が頭に浮かんだ。

追いかけているのは──自分？

「ああ、そうでしたね。すみませんお嬢様。あなたの記憶を封印し、洗脳していたのは私だというのに」

「洗、脳……？　さっきから何を……」

「ふふ。すぐに思い出させてあげますよ。それでこそあなたの絶望は輝くというもの」

スッとユリアンが右手を伸ばす。ミリシアの頭の上に置かれ、直後、ミリシアの脳裏に大量の記憶が押し寄せた。それらは、忘れていたフェローニアたちとの記憶。仲良く遊ぶ三人の姉妹の記憶だった。

ミリシアはすべてを思い出す。

「あ、ああ……あああああぁぁぁあああ!?」

情報量、そして後悔。罪悪感。様々な感情がミリシアの体を突き抜ける。

絶叫が震えて喉を裂き、ビリビリと周囲の空間に響く。ごくごく自然に流れた涙は、ミリシア本来のものだった。

「わたっ！　私は……！　あの子たちになんてことを!?」

「いいっ！　凄くいいですよぉ！　わざわざ貴重なアイテムまで渡して、ここまで利用した甲斐《かい》がありました!!」

絶望するミリシアを見て、ユリアンはゾクリと興奮した。快楽が頭を壊すんじゃないかと思うほど刺激してくる。

「本当にありがとうございます、お嬢様。私のために踊ってくれて。私を楽しませてくれて。最後に、とっておきの思い出が作れました」

くすくす、と笑ってユリアンは踵《きびす》を返す。もはやこの地獄に用はない。ヘルメスが悪魔を倒して駆けつける前に逃げることにした。

しかし、その前にミリシアが叫ぶ。

「ふざ……ふざけるな……ふざけないでよ!!　ユリアン!!」

咆哮《ほうこう》。次いで、ミリシアが右手を前に突き出した。瞳にはありありと憎しみや殺意が込められている。

「――――〝風刃《ふうじん》〟！」

風の刃がユリアンの背中めがけて飛んでいく。それをユリアンは煩わしそうに右手で――弾いた。

「……え？」

魔法が防がれたことではなく、その防ぎ方にミリシアは驚く。

「す、素手で……私の魔法を弾いた？」

「ハァ。過剰な自信があるようですが、お嬢様の魔法では私を傷つけることはできませんよ。あなたは妹たちよりも無能。才能がなく、ただ吠《ほ》えるだけの落ちこぼれなんですから」

ユリアンは見下すようにミリシアへそう吐き捨てた。ズキッ、と今度はミリシアの胸が痛む。

ユリアンの言葉は自分がフェローニアたちに、妹たちに言っていたもの。鏡を見ているような気分になり、彼女は苦悶《くもん》する。

「あなたは本当にいい表情を見せてくれる。もっと苦しませてあげたい――のは山々ですが、さすがにそこまでの余裕はありませんね。あとは悪魔たちに任せるとしましょう。生きていればまた」

再びユリアンは歩き出す。ミリシアはどうにかして時間を稼ごうとするが、彼女の魔法は何度撃ってもユリアンに悉《ことごと》く弾かれてしまう。力不足を痛感し、諦める――直前。

「むっ」

ユリアンが初めて回避の行動を取った。横に跳び、ユリアンが立っていた場所に風の刃が叩き込まれる。

ミリシアの魔法ではない。さらに大きな魔力の気配が彼女の背後から飛んできた。

「今の……今の話はどういうことですか……」

「記憶を封印？　洗脳？　あなたが……あなたがお姉ちゃんを!!」

フェローニアとフロセルピアがミリシアの後ろに並ぶ。珍しく、双子は怒りの感情に支配されていた。

それは本当に偶然。悪魔たちと戦っている最中、偶然にもミリシアとユリアンの姿を見つけた。

気になった二人が近づくと、ユリアンの言葉が聞こえてくる。そこからは一気に思考が沸騰した。

生まれて初めてとすら感じるほどの怒りに、二人は身を焦がしている。

「おやおや、盗み聞きとは悪い子たちですね。風の妖精に音を拾ってもらいましたか？」

「あいつを捕まえて、エア！」

「ウインド！」

ユリアンに返事をする暇すら惜しんで、双子は全力で魔力を解放する。供給された魔力を使い、二匹の妖精が連続でユリアンに攻撃を仕掛けた。

だが、

「はっ！　頑張ったところで無意味だとなぜ気づかないんですか？　あなたたちの攻撃は通用しませんよ」

〝妖精魔法〟による補正を得てもなお、フェローニアたちはユリアンに傷一つつけることはできない。ユリアンがちょっと力を入れれば簡単に弾ける程度でしかなかった。フェローニアたちのレベルはまだ低すぎる。

それでも双子は攻撃を続けた。魔力が枯渇するんじゃないかという勢いでユリアン相手に派手な魔法をぶっ放す。

「無意味だと言っているでしょう。魔力切れまで粘りますか？」

言いながらもユリアンは少しだけ動揺していた。

彼は魔族本来の力を解放して逃げることができない。それをすれば簡単に逃げられるが、ヘルメスに感知される可能性があったからだ。

何より、プライドの高い魔族が雑魚を相手に逃げるという行為に若干の恥を感じている。マーモンがそうであったように、魔族は人を見下しているのだ。

とはいえ、いつまでも遊んでいる暇はない。徐々に森のほうへ下がっていき、そのまま逃げようとした。が、その前に黄金の炎がユリアンの背後に壁を作る。

「なっ!?　この魔力は！」

咄嗟に足を止める。フェローニアたちの近くに複数の影が増えていた。

「何やら楽しそうに遊んでいますね、あなた方」

「フェローニアさんたちを傷つけるのはダメですよ！」

「私も交ぜて」

新たに現れたのは、ミネルヴァ、アルテミス、フレイヤの三人だった。

「馬鹿な！　もうあれだけの悪魔を倒したというのですか!?」

ユリアンは彼女たちの背後に視線を送る。が、すでに悪魔は根絶やしにされていた。もっと時間がかかる……いや、そもそも負けるなどと想定すらしていなかった。

「あの程度、私の魔法なら余裕です」

「私とアスター公女も頑張った」

「あはは……まあまあ、みんな頑張ったということで」

「くっ！　マーモン様が探していた希少な魔力系統のスキル持ちですか。まさかここまで成長しているとは……」

短期間で悪魔を圧倒するほどの力を付けるとはユリアンですら想像できなかった。その背景にはヘルメスという存在の影響があるのだが、ユリアンはそれを知らない。

今はただ、想定外だったと結論をつける。

「まあいいでしょう。どちらにせよ私を倒すほどの力はあなた方にはないのですからね」

「どうかしら。薄汚い魔族には、私の魔法はよく効くのでは？」

「なぜそれを!?」

「カマをかけました。あなた、やっぱり魔族なんですね」

くすりとミネルヴァが笑う。ユリアンは顔を真っ赤に染めた。

「貴様ぁ！　贄《にえ》の分際で！」

「あなたを捕まえてその話を聞くとしましょう。アルテミスさん、フレイヤさん、手を貸してくださいね」

「お任せを！」

「分かった」

真っ先にフレイヤが地面を蹴る。一瞬にしてユリアンの懐へ入ると、銀閃がまっすぐに首を狙う。

ユリアンは体を半身にして鋭い刺突を躱《かわ》した。そこへさらに炎の槍が飛んでくる。

「煩わしい！」

大きな動きでミネルヴァの攻撃を避ける。ユリアンでもあれは当たったらまずい。

「ちょっとフレイヤさん！　殺さないように注意してくださいね！」

「ん、大丈夫」

「どこが大丈夫なんですか!?　首を狙わないでください！」

「…………」

「フレイヤさん？　フレイヤさん！」

ミネルヴァの抗議の声を無視してフレイヤはユリアンに突っ込む。内心、「殺すくらいでちょうどいい」と呟《つぶや》いて。

「クソッ！　羽虫ごときが……！」

剣を振るうフレイヤの攻撃を防御しながら、ユリアンはどんどんストレスを溜《た》めていく。

魔族としての力を使えば倒すのは難しくない。しかし、ヘルメスにバレるリスクがある。どうするべきか、フレイヤたちの攻撃を捌きながら考えた。

（もはや……さっさと蹴散らして逃げるべきですね……）

時間が流れていく中、ユリアンは覚悟を決める。

▼△▼

「くっ！」

大柄な悪魔の顔に水球が撃ち込まれた。威力は低いが、確かに悪魔の動きと視界を一瞬封じる。

その隙に、聖剣デュランダルを握り締めた俺が接近した。青白い光を放つ聖剣を振ると、あれだけ頑丈だった悪魔の皮膚が豆腐のように斬れる。血が飛び散った。

「俺様に近づくんじゃねぇ！　その気色の悪い剣を見せるなぁ!!」

ダメージを負った悪魔は、それでも軽快な動きで俺を殴る。聖剣を盾に攻撃をガードするが、すべての衝撃を殺すことはできず二十メートルほど横へ飛んだ。くるりと空中で体勢を整えると、ガリガリ地面を削りながら減速して止まる。

「聖剣のどこが気色悪いんだよ。気色悪いのはお前だろ」

「黙れ！　よもや勇者が誕生していたとは思ってもいなかった。魔王は何をしているんだ！」

「魔王は封印されてんだよ、馬鹿」

吐き捨てながら地面を蹴る。俺の動きに合わせてレアが水属性の魔法を放つ。槍のように水の先っぽを尖《とが》らせ、複数の矢として悪魔を囲んだ。

「邪魔をするな！」

悪魔はレアの攻撃を避ける。

今のレアはレベルだけなら俺より圧倒的に低い。おそらく20くらいだろう。それでは悪魔にダメージを通すことは不可能だ。

しかし、凡人と違ってレアにはその差を覆すほどの才能がある。——妖精魔法という才能が。二倍の熟練度が魔法の威力を底上げし、格上の悪魔ですら警戒せざるを得ない攻撃と化している。だから避けているのだ。回避を選択しているのは、俺という存在がいるからでもあるが。

いくらレアが妖精と二人で攻撃しても、悪魔がその気になれば防御しながらレアを殺しにいける。レアを殺すだけなら簡単だ。その間に俺がいるせいで、というか聖剣があるせいで中途半端にガードができない。隙を見せれば俺の攻撃をモロに喰らうから。

でも甘い。レア・レインテーナの才能は悪魔の予想を超える。

「ッ！」

継続的に飛んでくる水の槍。時に弾き、時に躱し、時に潰す。そうして最小限の動きで俺の攻撃に対処できるよう悪魔は計算していた。もう少しレアの攻撃力が高ければこうはいかなかっただろう。あくまで足りないのは威力だけ。魔力の操作能力は――俺以上だ。

唐突にギュンッ！　と曲がる水の槍。それは悪魔の目の前で弾け、レアは飛び散った水をさらに操作した。

本来ありえないレベルの緻密な操作――俺でさえ飛び散った魔法を即座に制御し直すなんてこと不可能だ。

なんせ飛び散った水は小さな粒ごとに操作しなきゃいけない。その数は数えるのも馬鹿らしい。

だがレアは違う。やはりスキルによる力なのか、無数に拡散した水を制御し、捻じり、鏃《やじり》のように悪魔の顔面に放つ。

「グアアアアッ！」

たまらず悪魔が絶叫する。眼球を刺し貫かれたのか、先ほどまでの完璧な動きが雑になる。

「首、もらうぞ」

俺はこのチャンスを逃さない。一気に聖剣を悪魔の首元へ持っていった。刃が届く――直前、悪魔が乱暴に振るった右腕が俺を捉える。

偶然だ。まぐれ当たりだ。それだけに、防御できず俺は吹き飛ばされる。盛大に地面を砕き、跳ねて、何十メートル先まで転がる。

痛みが全身を駆け巡り、最後には脳を強く刺激する。

「クソッ……やってくれるじゃねぇか」

格上の攻撃をモロに喰らった。死ぬほど痛いが生きている。

口元に付いた血を拭い、

「けど、これで準備は完了だ」

手にした聖剣の切っ先を悪魔のほうへ向ける。次いで、

『スキル〝聖剣〟のさらなる発動条件を満たしました。形態変化。第二形態：モード〝クラウソラス〟』

システムメッセージが俺に告げる。遅れて聖剣デュランダルの剣身が伸びた。見慣れたクラウソラスが姿を見せる。

「これでさらに火力が出せる」

言い終えるのと同時に地面を蹴った。これまで以上の全能感に身を委ねる。目から血を流しつつも視力を回復させた悪魔の懐に入った。

「しまっ!?」

悪魔はすぐに反応する。人体を貫くほど長く鋭い爪を俺の体に打ち込もうとするが、

「俺のほうが速かったな」

先に攻撃したのは俺だ。聖剣クラウソラスが悪魔の左腕を斬り飛ばす。

「ギャアアアア!!」

空気をビリビリと震わせるほどの絶叫が響いた。今の俺にはそれすら心地のいいＢＧＭに聞こえる。

苦悶の表情を浮かべる悪魔に向かって俺はさらに一歩踏み込み、浅く斬りつけられたその首を狙う。

もう外さない。防御も間に合わない。間に合ったところで意味がない。

咄嗟に悪魔は後ろへ飛び退こうとするが、レアの放った水の槍が悪魔の足を貫き地面に縫いつけた。

拘束は一瞬。だがその一瞬があまりにも長すぎた。

「じゃあな、悪魔」

聖剣クラウソラスが届く。何の抵抗もなく、悪魔の首が斬れた。今度は叫ぶ暇すらない。音は消え、悪魔の首が回転しながら地面に落ちた。

決着である。

二メートルを超える巨体が鈍い音を立てて倒れた。聖剣による影響か、斬られた箇所から灰のようになっていく。

「ハァ……ハァ……終わった……」

割と動き回ったせいで体力が枯渇しかけている。無我夢中だったな。

肩で荒い呼吸を繰り返す俺に、笑顔のレアが近づいてきた。

「お疲れ様〜、ヘルメスくん！　さすがだね、あんな強そうな化け物を倒しちゃうなんて」

ガバッと両腕を広げたレアは、そう言うと何の遠慮もなく俺に抱きついてきた。彼女は女性としては幼い体型だが、それでも女性に抱きつかれるという行為そのものに慣れていない俺は、思わず顔を赤くしてしまう。

一人分の重量が圧《の》し掛《か》かり、温かいような気恥ずかしいような複雑な気持ちになる。

「れ、レアもお疲れ様。魔法でのサポート、凄く助かったよ。こんなに早くあいつを倒せたのはレアのおかげだ」

「あはは！　そんなことないって。ヘルメスくんが強かったからこそだよ」

「珍しく謙遜するんだな。最後に見せた飛沫《しぶき》の制御や操作は本当に見事だった。あとで俺にも教えてくれ」

「あ～、あれね。いいけど説明が難しいんだよなぁ」

「難しい？」

俺の問いにレアは頷く。

「うん。なんて言うんだろ……ボクもやろうと思ってできたわけじゃないんだ。無意識にやった、と言うべきかな？」

「でも、知る必要がある。知ったら更に強くなれるかもしれないだろ？」

俺は――否《いや》、ヘルメスは天才だからな。

「それはそれで悔しいような……まあいいけどね」

にかっと笑い、レアが俺の体から離れる。戦闘後の高揚した心が、少しずつ平静を取り戻していく。

「この後はどうする？」

「会場に戻るよ。今、向こうでミネルヴァたちが頑張ってくれてるはずだ。助けに行かないと」

「そういえば、さっきそんなこと言ってたね。うん、なら早く駆けつけてあげよっか」

レアも俺の意見に同意を示し、悪魔の体が完全に消滅したのを確認してから、俺たちは移動を始めた。

しかし、少し走ったところで俺は、

「――ッ!? 今の不吉な魔力の反応は……！」

遠くから、身に覚えのある魔力を感知した。以前、マーモンから漂ってきたあの邪悪な魔力だ。

ミネルヴァたちのほうに魔族がいる!?

「？ どうしたのヘルメスくん」

「急ぐぞレア！ 嫌な予感がする！」

「嫌な予感!? とりあえず了解」

神聖属性の強化魔法を使い、レアを抱き上げてから加速する。急いで王都正門を目指した。

▼△▼

ヘルメスが悪魔を討伐する少し前。狩猟祭の会場から逃げようとするユリアンと、ミネルヴァたちが刃を交えていた。

「チィッ！ どいつもこいつもしつこい！」

後ろに下がるユリアンに対し、ミネルヴァとフレイヤが左右から挟む。二人は剣術が得意だ。相手の間合いを見極めながら、互いの剣が当たらないよう細かく時間を調整して剣を振るう。それがユリアンの神経を逆撫《さかな》でした。

「苦しいようでしたら、いつでも降参してくださって構いませんよ？ 私たちはあなたを殺したくありませんから」

「死なない程度に痛めつける」

ミネルヴァの言葉に同意しつつフレイヤがユリアンの首を狙う。何が死なない程度に、だ。ミネルヴァは何度目かのため息を吐《つ》いた。

「そう言いながら殺意がこちらにまで伝わってきますよ、フレイヤさん」

ミネルヴァの左手から黄金の炎が鞭《むち》のようにしなって伸びる。彼女は魔法が苦手なフレイヤと違い、剣と魔法、どちらもいけるオールラウンダーだ。

殺す気満々のフレイヤの代わりにミネルヴァが何度かユリアンを捕まえようと魔法を行使する。

だがユリアンはそれを毎回巧みに躱していた。逃げに徹しているからこそ手強《てごわ》い。

「仕方ない。強敵は殺す気でやらなきゃ負けるってルナセリア公子が言ってた」

「ヘルメス様の教えですか……それはそうと、まだ逃げるおつもりで？　いい加減、追いかけっこは飽きてきましたよ」

ミネルヴァの鞭を避け、フレイヤの剣術を捌き、さらに二人のリズムを崩さないようサポートに徹するアルテミスとフェローニアたちの攻撃すべてを凌《しの》ぐユリアンが途中で足を止めた。すかさずアルテミスが背後を取り、逃げ道を塞ぐ。

「私としてもあなた方は倒しておきたいんですがね……勇者が怖くて手出しができないんですよ」

「勇者？　誰のことですか」

「さあ。私を捕まえることができたら教えて差し上げますよ」

「つまり殺せばいい」

フレイヤがまたしても踏み込む。

銀閃がユリアンの首元を狙う。これまでのやりとりすべてが急所を狙っていた。フレイヤの研ぎ澄まされた剣術は、一片の曇りもない。それが逆に読みやすかった。

首を傾けて鋭い一撃を躱し、そのまま足に力を込めて地面を蹴ると、

「まずは弱いところから崩しましょうか」

小さく呟き、まっすぐ来た道を戻る。正面には、フェローニアとフロセルピア……そしてミリシアの姿があった。

「チマチマと攻撃されてムカつくんですよぉ！　お嬢様！」

ユリアンの狙いはミリシアだった。この中で最も弱く、最も脅威にならない者を狙う。

懐から短剣を取り出し、刃を素早く振った。

ユリアンの迷いない行動にフェローニアたちは反応が遅れる。まだ戦闘に慣れていない彼女たちは、自分たちが魔法を使うことはおろか、妖精たちに咄嗟の指示を出すこともできなかった。

視線だけがユリアンの姿を捉える。最後に、ユリアンの予想どおりの展開が訪れた。

何の変哲もない短剣が刺さる。ミリシア——を守るために前に出たフェローニアの体に。

「が……ぁっ！」

痛みに喘《あえ》ぐフェローニアの短く小さな声が漏れた。

にんまりとユリアンは笑みを作る。

「やっぱり……お姉さんは大事ですよねぇ？」

洗脳されていた事実を知った双子なら、愛する姉を守るために体を張ると予想していた。それこそがユリアンの狙い。

本当はミリシアなどどうでもいい。ミリシアはどれだけ頑張ってもユリアンの脅威足りえない。だが、妖精を持つ双子は別だ。何より双子を攻撃しようとすると妖精に阻まれる可能性があった。それも突破できる自信はあるが……一番効率いいのは、ミリシアを殺そうとして双子を殺すというもの。

見事に目論見《もくろみ》は成功し、短剣を受けたフェローニアの腹部からじんわりと血が流れた。

「「フェローニア！」」

ミリシアとフロセルピアが同時に叫ぶ。フロセルピアのほうもフェローニアと同じくミリシアを守るように前に出ていた。運が悪かったのはフェローニアのほうである。

「ウインド！　あいつを攻撃して！」

口早に妖精へ指示を出すフロセルピア。風がユリアンを吹き飛ばし、その隙に背後からミネルヴァたち三人が襲いかかる。

「ギリギリ間に合うんですよ――ッ!?」

視線だけ背後に送ったユリアン。体を動かそうとして、ぴたりと止まる。まるで金縛りにでもあったかのような……。

「ふ……ふふっ……！」

笑い声が前方から聞こえた。ユリアンは瞬時に自分の身に起きた異変を理解する。

風だ。風がユリアンの体を覆い、動けないよう縛り上げていた。

「フェローニアアァァァァ!!」

犯人は一目瞭然だ。血を流しながらも笑う、薄緑髪の少女。彼女しかいない。

ユリアンは絶叫する。これではもうミネルヴァたちの攻撃を避けられない。ほぼ同時に三人の攻撃がユリアンの背中に迫る。

こうなってしまったら——。

ユリアンは一瞬の迷いを捨てて、魔力を解放した。ミネルヴァたちは拘束を解いたユリアンに吹き飛ばされる。

それはもう魔法ではない。純粋な暴力だった。

「「「きゃあああ！」」」

「虫けら共が……！　私に力を使わせるなんて！　殺してやろうか!?」

ユリアンは怒りに吠える。頭の中は沸騰しつつもどこか冷静だった。

本気で殺してやりたいところだが、万が一にもヘルメスが戻ってきたら困る。まだ悪魔の首領を相手に苦戦しているだろうが、それも時間の問題。ユリアンは悔しそうに奥歯を噛《か》み締《し》め、起き上がろうとするミネルヴァたちを一瞥《いちべつ》すると、足に力を込めて逃走を選んだ。

しかし、

「——レア」

「うん、任せて」

走り出そうとしたユリアン目掛けて、大量の水の矢が飛んでくる。水の矢は一つ一つが意思を持つように曲がり、高速でユリアンに狙いを定める。

「ッ！」

ユリアンは飛んできた矢をすべて躱した。だが、通りすぎた矢はまた曲がってユリアンを狙う。それが分かったユリアンは、魔力を込めて水の矢を殴り飛ばして霧散させた。

ユリアンの魔力による影響を受けた水は、レアの制御を失い地面にポタポタと落ちる。

誰だ、とユリアンが言葉を口にする前に、彼の背後にいた一人の青年が倒れたフェローニアの傍に寄り、膝を地面に突ける。

「フェローニア……大変だったね。見れば分かるよ」

青年の手元が輝く。白い光がフェローニアの腹部に集中し、遅れて青年は刺さったままの短剣を引き抜く。フェローニアが苦痛の声を出すが、瞬時に傷は再生を始めた。そう思えるほどの治癒速度だ。

「へ……ヘルメス様……」

フロセルピアが涙を流す。それは紛れもない安堵の感情だった。

「遅れてごめん、フロセルピア。状況はなんとなく察しがついた。フェローニアは問題ないから、あとは——俺に任せてくれ」

治癒が終わる。光が消え、フェローニアの表情が穏やかなものに戻った。それを確認してヘルメスは立ち上がる。

視線の先はユリアンに——

「お前、魔族だったんだな」

「勇者！　どうしてこんなに早く駆けつけることが……!?」

「あの悪魔はもう死んだよ。お前もすぐに同じ場所へ送ってやる」

ふつふつと湧き上がる怒りに身を任せ、ヘルメスは言った。

「力を貸せ、聖剣」

その想《おも》いに応えるように、ヘルメスの胸元から柄が現れた。迷いなくそれを掴む。

『スキル〝聖剣〟の発動条件を満たしています。第二形態：モード〝クラウソラス〟』

〝聖剣スキル〟が発動した。青白い、黄金色の魔力を纏った剣の切っ先をユリアンに向ける。その圧倒的な神聖力にユリアンはたじろいだ。

「くっ！　マーモン様をギリギリ凌いだくらいで調子に乗りやがって……！　今のお前は満身創痍《まんしんそうい》だろうが！」

悪魔との戦闘で傷ついたままのヘルメスを見て、ユリアンは勝機を見出《みいだ》す。それが、あえて聖剣のために回復していないとも知らずに。

「レア」

ユリアンの声を無視して離れた所にいるレアへ声をかける。彼女はヘルメスが何を頼むのかすでに理解していた。

水属性の魔法が構築される。レアの頭上に巨大な水球が浮かんだ。足下からも水が溢れ、周囲に浅い水溜まりを作っていく。

「さあて……次は上手くいくかな？」

言いながらレアは水球をユリアンへと飛ばす。人間二人分は呑み込めるほどの量だ。ぶつかれば無事ではすまない。

けれど水球は、なぜかユリアンの頭上へ放たれた。これではユリアンには当たらない。

「？　何がしたい――」

怪訝に思うユリアン。彼がレアの行動を理解する前に、水球がユリアンの頭上で弾けた。

次いでレアは、雨のように降り注ぐ水へ魔力を繋《つな》げた。魔力操作の応用だ。

魔力は体から離れるほどに制御が難しくなる。レアとユリアンの間には二十メートル以上の距離がある。普通、そこまで離れた魔力を扱うのは常人には不可能だ。

しかしレアなら操れる。にやりと笑って落ちる雨水を針のように変え、ユリアンへと降り注がせた。

「これは!?　小癪《こしゃく》な……！」

だが、多少の血が流れる程度の軽いダメージしか与えられていない。

「こんな子供の遊びで私が倒せるとでも思ったか！」

「いいや？　強そうだもんね、君。簡単に倒せるとは思っていないよ」

レアが右手をくいっと上に上げると、ユリアンの足下にあった水溜まりから水が噴き出し、ユリアンの体を覆うように絡みつく。

「だからさ、君にはボクの実験に付き合ってもらおうと思ってね」

ふふん、とドヤ顔を作るレア。その表情のまま彼女は右手の指を鳴らした。

直後、ユリアンの体に刺さっていた針が――伸びた。

「がはっ!?」

体中が文字どおり針の筵《むしろ》になる。

「うーん、成功！」

「な……何を……した？」

頭にも針は突き刺さっているというのに、その状態でもユリアンは生きている。

「おー、凄いねぇ魔族って。あの攻撃に耐えられるんだから」

魔族の頑丈さにレアはパチパチと拍手しながら言った。

「今のはボクのオリジナル魔法とでも言えばいいのかな？　いや……オリジナル技術？　とにかく、君の体に刺さった水の針に新しく魔力を注ぎ込んだんだ」

原理は簡単。水でできた針に新しく水を加え、伸ばした。それだけだが、すでに刺さっている針があらゆる方向に伸びるのだ、条件さえ満たせば不可避の攻撃となる。事実、ユリアンは大きなダメージを負った。

「欠点は魔力操作の難易度が高すぎるのと、魔力消費が多いことかな？　元々強い人なら使う必要ないし、格上専用ってところだね」

つらつらとレアは自分の技を説明する。これがどれほどの神業か本人は理解していなかった。

「ぐぅ……！　舐めるなよ……人間が！」

ギリリ、と奥歯を嚙み締めてユリアンは魔力を解放する。レアの魔法は弾かれ、ただの水として地面に流れ出した。

「あらら。確かに他人の魔力が混ざると制御ができなくなって魔法が弱体化するね……殺傷力は高いけど欠点も多いなぁ」

　残念残念、とレアは笑う。ユリアンはその表情に強い怒りを表すが、

「――まあそれはいいとして。いつまでもボクに構ってて大丈夫？　後ろ、来てるよ」

レアへ攻撃を仕掛ける前に、背後にヘルメスが立った。

決してユリアンは油断していたわけではない。ヘルメスにも注意を払っていた。だが、あまりにもヘルメスが速すぎる。

　クラウソラスにより強化された脚力が、ユリアンの警戒を掻《か》い潜《くぐ》って接近を許す。ユリアンが気づき、背後を振り向いた時には――視界がズレた。

「え？」

　ユリアンの情けない声が漏れる。

　事切れる前の一瞬、ユリアンは自身が二つに切られたことに気づいた。

　溢れた血が地面を穢《けが》し、レアの作った水たまりが真っ赤に染まる。その上でもうユリアンは動くことはない。本人も想定外なほど、あっさりとした最後だった。

▼△▼

　聖剣による一撃を受けて魔族が死んだ。

　あの大柄な悪魔との戦いに比べればあまりにあっけない決着。少なくともユリアンはマーモンや悪魔より弱かった。

「ヘルメス様――――！」

「おっと」

背後からミネルヴァが抱きついてくる。

「さすがヘルメス様！　あの化け物を瞬殺するなんて！」

「ミネルヴァこそ凄いです。魔族を相手に奮闘したようですね」

「こちらにはフレイヤさんにアルテミスさんもいましたから。それと、あちらにいる双子も」

ちらりとミネルヴァの視線がフェローニアたちに向いた。

ミネルヴァの拘束が緩む。俺はそれが「行ってください」と言ってるように思え、ゆっくりフェローニアたちの下へ歩み寄った。

すると、意識を失っていたフェローニアが目を覚ます。

むくりと起き上がって、俺の顔を確認する。

「ヘルメス様……もしかして、もしかして、フェローニアを助けてくれましたか？」

「一応ね。傷の具合はどうだい？」

「大丈夫です、大丈夫です。痛みも嘘《うそ》のように引きました」

「それは何より。……で？　なんで君がユリアンに刺されていたのかな？」

俺は単刀直入に訊《たず》ねる。たぶん、状況的にミリシアが関わっているんだろうな。

「わ、私を！　フェローニアは私を守って刺されたの！」

答えたのはミリシアだった。そういえば彼女の雰囲気が少し変わったように見える。

「ミリシア嬢を？　なぜ？」

俺の記憶によると双子と彼女の仲は険悪だった。とても命を懸けてまで守るとは思えない……と感じるのは、俺が冷たい人間だからかな？

「ミリシア様はユリアンに記憶を封印されて操られていたの！　操られていたの！」

今度はフロセルピアが答える。

「記憶の封印……洗脳ってこと？」

訊ねるとフロセルピアはこくこく頷いた。

なるほどね。

「それがユリアンの持つ能力だったのか。厄介だな」

あの場で殺しておいてよかった。この手の能力は放置しておくと何をされるか分かったものじゃない。それに、これまでがどうであれ、フェローニアたちの大切な姉を取り戻すことができてよかった。

「ちなみに二人はいいの？　それで。今までミリシア嬢には苦しめられてきたじゃん」

目で語る。「復讐《ふくしゅう》しなくてもいいのか」と。

当然、俺は彼女たちがどんな結論を出すのかある程度予想している。だからあえてけしかけた。

するとフェローニアもフロセルピアも首を横に振る。やっぱりね。

「気にしてません、気にしてません。確かに苦しくはありましたが……お姉ちゃんの意思じゃなかったと分かってスッキリしました」

「これからはまた優しいお姉ちゃんが待ってます。そうだよね？　そうだよね？」

フェローニアが言って、フロセルピアがミリシアに訊ねる。

しかし、当の本人は俯《うつむ》いた。

「ダメよ……」

ぽつりと呟く。

「私はこれまであなたたちに何をしてきたのか覚えてる。操られていたとはいえ、もう昔みたいには……」

ミリシアは今にも罪悪感に潰されそうになっていた。気持ちはよく分かる。気まずいなんてレベルじゃない。本人たちが許してもミリシア自身が罪の意識に耐えられない。

これを解消するには、関係自体を清算する必要がある。

「そんなこと……そんなこと言わないでください!!」

珍しくフェローニアが大きな声を発した。俺は初めて聞く声にぱちくりと両目を開閉させる。

「お姉ちゃんは……お姉ちゃんはフェローニアたちの大切なお姉ちゃんです！　ずっと、また……仲良くしたいと思ってました」

「恨んでません。フロセルピアたちは信じてました。お姉ちゃんはまた優しくしてくれるって。してくれるって！」

「フェローニア……フロセルピア……なんで……」

ミリシアはポタポタと涙を流す。嗚咽《おえつ》が零れ、二人に支えられる形で泣きじゃくった。

フェローニアたちも遅れて涙を流す。

加害者は罪の意識に潰されそうになり、被害者はそれを真っ向から許した。他人からすれば理解しにくい光景も、姉妹の間にある絆《きずな》を考えれば当たり前だと俺は思う。

俺だって、最初から三人が仲良く過ごせるのが一番だと考えていた。予想も当たって心がスッキリする。

あとは彼女たちの問題だ。俺が関わる必要はない。

振り返り、俺と同じように温かい目を向けるレアたちの下へ。

さてさて……狩猟祭の結果はどうなるのかな？　ここまで派手にぶち壊されたら、祭どころではないが……。

今はそれだけが気がかりだった。

終章　衝撃の事実

無事……とは言えないものの、何とか狩猟祭は終わった。

ミネルヴァたちのおかげで、幸いにも悪魔による死傷者も出ず、俺たちは口裏を合わせてミリシアが悪魔を召喚したという事実を隠蔽した。

あれはユリアンという魔族の仕業だ。犠牲者が出ていないのなら、これ以上無駄に事を荒立てる必要はない。

ミリシアはだいぶ俺たちの意見に反対したが、最後には双子が止めてくれた。

元の性格は意外なほど律儀というか馬鹿正直というか……うん。俺は今のミリシアのほうが遥《はる》かに好きだな。

そんなこんなで慌ただしい狩猟祭から数日が過ぎ、俺は授業をサボって――否《いや》、休んでベッドの上で横になっていた。

「退屈だ……暇に殺される……」

俺がこんな窮屈な思いをしている理由は、悪魔との戦闘にある。

悪魔だけならまだしも、俺は魔族とも戦っている。どちらの戦闘でも聖剣を使った。前の時以上に強い反動を受け、狩猟祭終了後には一日爆睡を決め込むほど疲れていた。

それだけなら学園に復帰するのも簡単だったのに……心配したフランが両親に今回の件を伝えた

結果、数日は安静にするよう命令された。フランの奴《やつ》、俺を裏切るなんて酷《ひど》すぎる。

そういうわけで、疲労も抜けきっているというのに、俺はすっかり暇を持て余していた。

「せめて誰か来いよ……お見舞いとかあるじゃん……」

俺が休んでいる間に訪ねてきた者は一人もいない。そう、一人もいないのだ。

ミネルヴァとアルテミスくらいは来てくれると思っていたが、なんと一人も来ない。悲しくて泣きそうになったのは秘密だ。

みんなも休んでいるのかな？

若干不貞腐《ふてくさ》れながらもゴロゴロベッドの上で転がっていると、不意に人の気配がした。次いで、扉がノックされる。

「ヘルメス様、いますか？」

男の声だ。ここは男子寮だし当然か、と思いながらも、ミネルヴァたちじゃなかったことにわずかなショックを受けてしまう。それが当たり前だというのに。

とりあえずベッドを降りて扉の前に。扉を開けると、廊下に立っていたのは……。

「――アトラスくん？」

《ラブリーソーサラー》の主人公、アトラスくんだった。

人懐っこい、茶髪の髪に平凡な顔立ち。間違いない。

「なんで俺の部屋に？」

「ヘルメス様がずっと休んでいるのでお見舞いに来ました」

「アトラスくん……！」

君って奴はなんていい子なんだ！　まさか一度しか絡んでいないアトラスくんだけがお見舞いに来てくれるとは思ってもいなかった。俺は内心めちゃくちゃ喜んだ。

「それは嬉《うれ》しいね。よかったら部屋の中に入ってくれ」

「いいんですか？　ありがとうございます」

嬉しそうに笑い、アトラスくんが俺の部屋の中に入る。

こうして誰かを部屋に入れるのはフラン以外では初めてかもしれないな。レア？　あれは彼女が勝手に入ってきただけだからノーカンだ。普通に不法侵入である。

アトラスくんを中央のソファに座らせ、俺は対面に腰を下ろした。

「ヘルメス様、お元気そうですけど体は大丈夫ですか？　ずいぶん無理をされたらしいですが……」

「このとおりピンピンしてるよ。俺が授業を休んでいるのは、過保護な両親のせいだね」

「あはは。なるほど。親からしたら子供の身を心配するのは無理ありません。今回、ヘルメス様たちが戦ったのは魔族なんでしょう？　ヘルメス様は二度目だと」

「まあね」

思えば短期間でドタバタとした日々を過ごしているな。

入学早々ヒロインは誘拐されるし。怪しい不審者たちと戦うわ、魔族と遭遇するわ……で、今度は悪魔にまた魔族ときた。

俺って呪われているんじゃないよな？　今回ばかりは自分から首を突っ込んでいるわけでもないのに面倒なことになったぞ。

改めてアトラスくんから言われてズゥウゥウンッッと気持ちが沈む。得たものも大きいが、なんとも釈然としない。

「助けられた側の僕が言うのもなんですが、お体には気を遣ってくださいね。そして森の中ではありがとうございました。ヘルメス様のおかげでこうして今日を迎えることができています」

「あはは、そんな大げさなことでもないさ。君ならきっと生き抜いていたよ。あんな状況でも」

だってアトラスくんはこの世界の主人公だもの。

「どうでしょうかね……一度は諦めました。次があるならもっと善戦してみせる！　とは思いましたけど」

「それで充分さ」

学ぶ意思があるのはいいことだ。それにしては、アトラスくんはあまりにも弱すぎるとは思うが。ゲームの頃とはだいぶ違う。果たしてどのルートを行こうとしているのか。ふと、それが気になって俺はアトラスくんに訊ねた。

「ちなみにアトラスくん」

「？　はい」

「君、誰か好きな子とかいないの？　ミネルヴァやフレイヤ、レアとかさ」

「えぇぇえええ!?　ミネルヴァ様たちに懸想するほど愚かじゃないですよ！」

おや？　今言った中にはいなかったのかな？　だとすると残りはアウロラとイリスってことになるが……可能性としてはアウロラかな？

そう考えていた俺の耳に、信じられない情報がもたらされる。

「そもそも僕、今のところ恋愛にはまったく興味ありませんしね」

「…………は？」

待て待て待て。ちょっ……えええええぇぇええ!?

俺の絶叫が心の中で響き渡った。

モブだけど最強を目指します！

～ゲーム世界に転生した俺は自由に強さを追い求める～

EXTRA EPISODE

ガールズトーク？

少女たちは肩まで伸びた薄緑色の髪をわずかに揺らし、困惑の表情で部屋の持ち主に訊《たず》ねた。


「ふふふ……ようこそ、我が家へ」

薄暗い一室に、二人の少女が通される。


「えっと……えっと、レア様？　なんで部屋がこんなに暗いんですか？」

「カーテンが閉まってます。閉まってます」

双子の少女――フェローニアとフロセルピアに問われた空色髪の少女レアは、にやりと口角を上げて答える。

「そんなの決まってるじゃないか……なんとなく、だよ！」

「な……なんとなく？」

「そう、なんとなく」

うんうん、とレアは何度も頷《うなず》いた。しかし、やはりというかなんというか、フェローニアもフロセルピアも彼女が何を言ってるのか理解できていない。

ぽかーんとその場で立《た》ち呆《ほう》ける二人に、レアは座っていた椅子から立ち上がって窓際に歩いていった。

「それより、二人とも座りなよ。いつまでも立ってたら足が疲れちゃうよ～」

言いながら、レアは締め切っていたカーテンを横にスライドする。ぱぁっと部屋中に外から陽光が差し込み、暗闇が晴れた。

「は、はい！　はい！　座らせていただきます！」

「今日はお招きありがとうございます！　ありがとうございます！」

フェローニアとフロセルピアは、部屋の中央に置かれたソファにおそるおそる腰を下ろす。他の貴族令嬢の部屋に入ったのは初めてで、二人は明らかに緊張していた。

「いいのいいの。ボクが君たちと話したくて呼んだわけだしね。むしろ来てくれてありがとう。そっち、今いろいろと大変じゃない？」

カーテンを開けたあと、レアも双子の対面に座る。タイミングよく部屋の扉がノックされ、レインテーナ子爵家で働くメイドが入ってきた。メイドはお茶とお茶菓子をテーブルに並べ、一言も発することなく部屋から出ていった。それを見送ってから双子は返事をする。

「平気です、平気です。ヘルメス様やレア様、それにミネルヴァ様たちのおかげで、お姉ちゃん……ミリシア様は無罪になりました」

「改めてありがとうございます。ありがとうございます！」

ぺこりと双子が同時に頭を下げた。それはもう深々と。

「お礼を言われるほどのことでもないさ。ミリシアさんは魔族に操られていたし、幸いにもミネルヴァさんたちが頑張ったおかげで、死傷者もゼロ。誰もミリシアさんが悪魔を呼び出したところを見ていない……ともなるとね」

本当なら、多くの貴族子息・令嬢の身を危険に晒《さら》したとして、ミリシアは処刑されてもおかしくなかった。あの場には、最高位貴族の子供たちが何人もいたのだから。

だが、被害を収めたミネルヴァたちが彼女の罪を問わず、むしろ哀れみ、協力的ですらあった。

おかげでミリシアは、罪人というレッテルを貼られることも、重い十字架を背負うこともなく、平穏な日々を過ごせるようになった。

問題があるとすれば、騒動を起こしたミリシア本人が、今回の件を悔いていること。レアの耳にも入っているが、なんでもミリシアは、自らの罪を告白しようとしたらしい。家族――フェローニアとフロセルピアが必死に抑えていなければ、せっかく丸く収まったのに、真相がバレるところだった。

本来のミリシアは、それだけ誠実な人間なのだろう。

(誠実すぎるとは思うけどねぇ)

レアは内心でくすりと笑う。

「その後はどう？　彼女、元気にしてる？」

「元気です、元気です！」

「昨日、フロセルピアたちのためにお菓子を作ってくれました！　くれました！」

「へぇ、ミリシアさんってお菓子が作れるんだ。女子力高いなぁ」

珍しく、レアは心の底から感心した。

「女子……力？」

こてん、と双子は首を傾《かし》げる。

ここぞとばかりにレアは強く頷いた。大きな声で言う。

「そう！　女子力！」

びしりと人差し指を双子の前で立てた。

「ボクが二人を呼んだのは、その女子力に関係しているのさ！」

「は、はぁ……どういう意味でしょう？」

「フロセルピアたちには難しい話です。話です」

なおも困惑が消えない彼女たちに、レアは続ける。

「簡単さ……ヘルメスくんのことだよ」

「ヘルメス様？」

「うん。実はボク、ヘルメスくんに惚《ほ》れちゃったっぽいんだよねぇ」

「ほ、惚れっ!?」

ぼん、と双子の顔が真っ赤に染まる。受け答えしたフェローニアなんて、頭から湯気が出そうになっていた。

「もうヘルメスくんにラブだよ！　最近はヘルメスくんのことばかり考えてるし、積極的にアプローチもしてるんだよ？　でもね？　ヘルメスくんのガードが固くてさ……」

「あわわわ！　あわわわ！　恋の話です！　大人の話ですぅ！」

「こ、こっちまでドキドキしますね……ドキドキしますね……」

「二人だってヘルメスくんのこと好きでしょ？」

「え……えええええ!?」

フェローニアとフロセルピアは声を重ねて叫ぶ。図星だ。先ほどよりさらに顔が赤い。

「ど、どうして……」

「分かるさ、フェローニアさん。だって二人共、ボクと似た表情を浮かべているからね、ヘルメスくんと一緒にいると」

「ッ」

身に覚えがあるのか、フェローニアもフロセルピアも声を詰まらせた。その沈黙が何よりの答えだ。

もじもじと忙《せわ》しなく視線をあっちへこっちへ彷徨《さまよ》わせる双子を見て、レアはふっと頰《ほお》を緩めた。

微笑みを向ける。

「別に答えなくてもいいよ。口にすると恥ずかしいよね。分かる分かる」

双子は内心、「どこが!?　平然と仰《おっしゃ》ってますよねぇ!?」とツッコんだ。

実は、レアにしては珍しく照れているのだが、表情からは二人共本当に彼女が恥ずかしがっているのか分からなかった。いつものように楽しさを滲《にじ》ませているようにしか見えない。

「でもさ……ボクは二人のことも応援するよ」

「え？」

どういう意味だろう、とフロセルピアがか細い声を零《こぼ》した。

「ボク、君たちのこと気に入ってるからね。正直、二人が側室なら文句はないかな」

レアがナチュラルに自分自身を正室扱いしている点は、状況が状況なのでフェローニアもフロセルピアも気づかなかった。むしろ、側室だろうと愛人だろうと関係ない。二人は、誰かに認められた、必要とされたことに驚いていた。

これまで、姉のミリシア以外からそんな言葉を言われたことは――ない。ヘルメスは異性だから除外するとしても、同性の友人からはレアが初めてだった。

思わず、双子の両目から涙が流れ落ちた。

「れ……レア様……」

「フェローニアさん!? フロセルピアさんまでどうしたの!?」

急に泣き始めた二人を見て、レアは狼狽《うろた》える。本人的に泣かせるつもりはなかった。笑顔の一つでも浮かべ、「フェローニアたちもです!」と言われて終わりだと思っていた。

「す、すみません……すみません。レア様に、近くにいてもいいって言われて……」

「とっても嬉《うれ》しかったです。心が温かくなりました。なりました……!」

双子はポタポタと涙を床に落とす。レアは、二人の言葉を聞いてもなお、「そんな感動するようなこと言ったかなぁ?」と首を傾げた。

「二人が喜んでくれてボクも嬉しいけど……さすがにびっくりしたな。ダメだよ? 女の子が涙を見せる時は、大好きな男の子の前でって相場は決まってるらしいよ」

「そ、そうなんですか? 知りませんでした……知りませんでした」

姉のフェローニアより早く涙を拭いたフロセルピアが問う。レアは満面の笑みで頷いた。

「うん。ボクが読んだ本にはそう書いてあったよ!」

「本……薄いです、薄いです。信憑性《しんぴょうせい》が……とっても……」

フェローニアがくすりと笑う。釣られてフロセルピアも笑った。最後にはレアも、「そうかな?」と苦笑いする。

「まあ薄くても濃くてもいいじゃん。ボクたちの青春は、きっとこれからだよ」

「これから？」

フェローニアはなんとなく嫌な予感がした。

「これからたくさん思い出を増やしていくんだ。覚悟はいいかい？　二人共」

「か……覚悟……？」

フロセルピアも嫌な予感をひしひしと感じとる。

そんな二人の心境を肯定するかのように、レアはグッと親指を立てて言った。

「打倒ミネルヴァさん&アルテミスさんだよ！　あの二人は前からヘルメスくんと仲がいいしね。ボクたちも負けてられないよ！　相手が二人なら、ボクたちは三人だ！」

「ええええええ!?」

なんでそうなるの――!?　と双子は盛大に叫ぶ。


その日、レアの部屋からは、幾つもの笑い声が聞こえた。夕方になるまで、声は決して途切れなかったとか。

モブだけど最強を目指します！

～ゲーム世界に転生した俺は自由に強さを追い求める～

ヘルメス

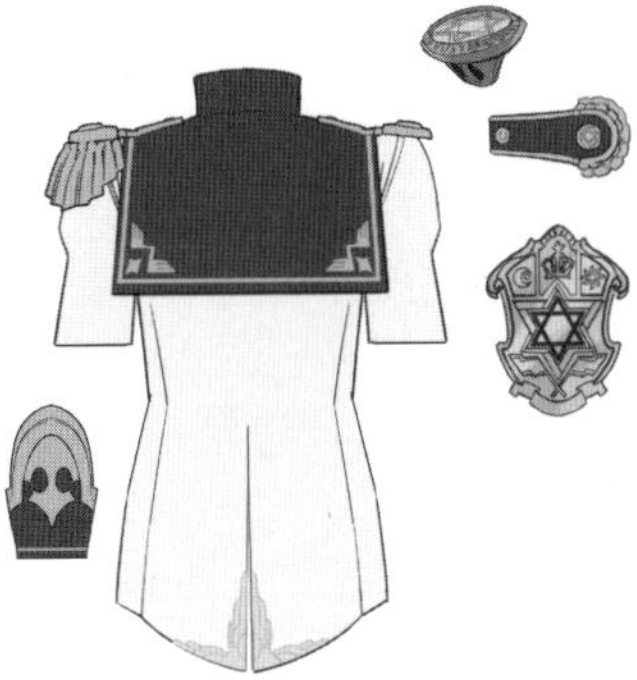

カドゥケウスがモチーフです
状態1
状態2
わずかに角度
溝

ミネルヴァ

CHARACTER DESIGN

アルテミス

CHARACTER DESIGN

CHARACTER DESIGN

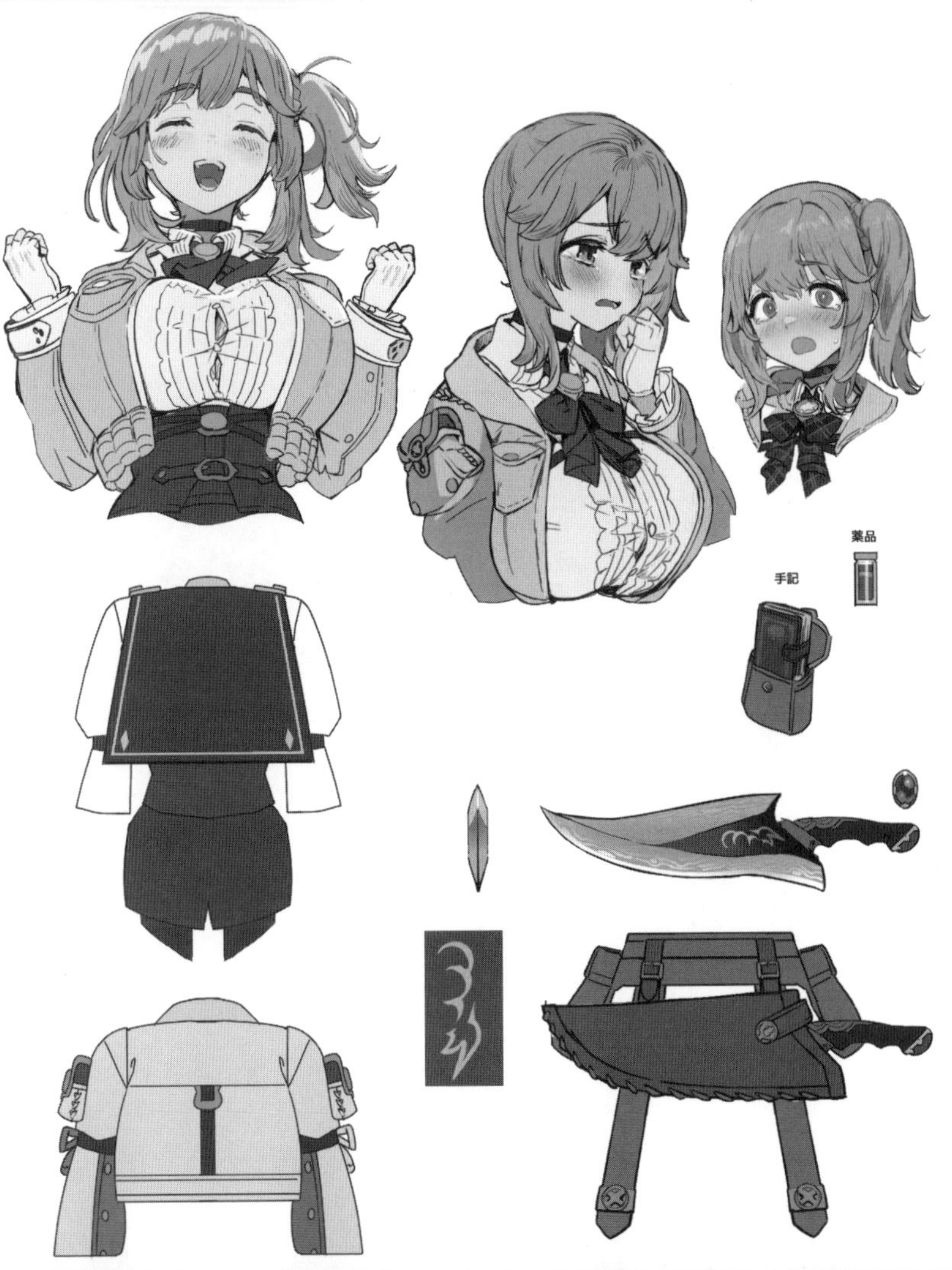

レア

CHARACTER DESIGN

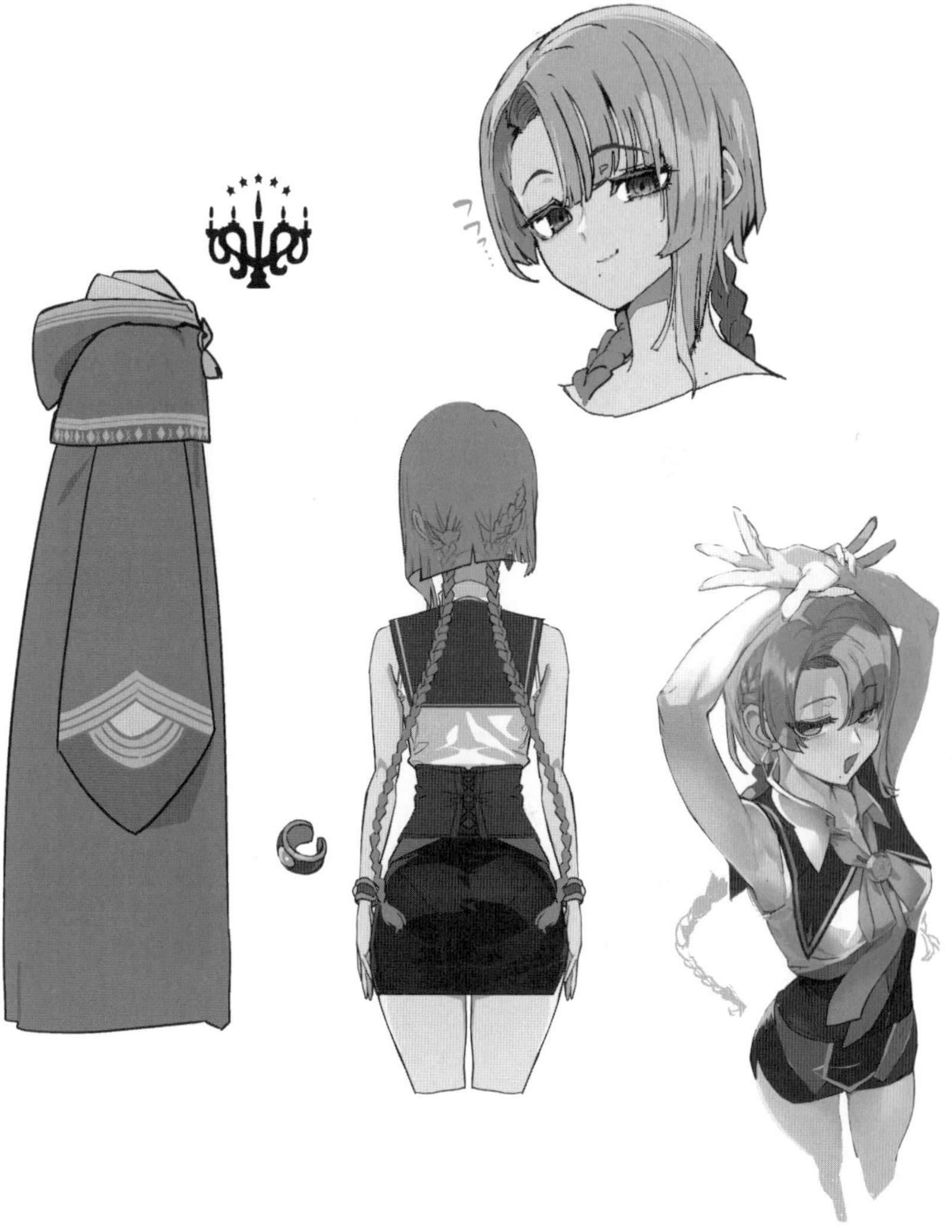

フレイヤ

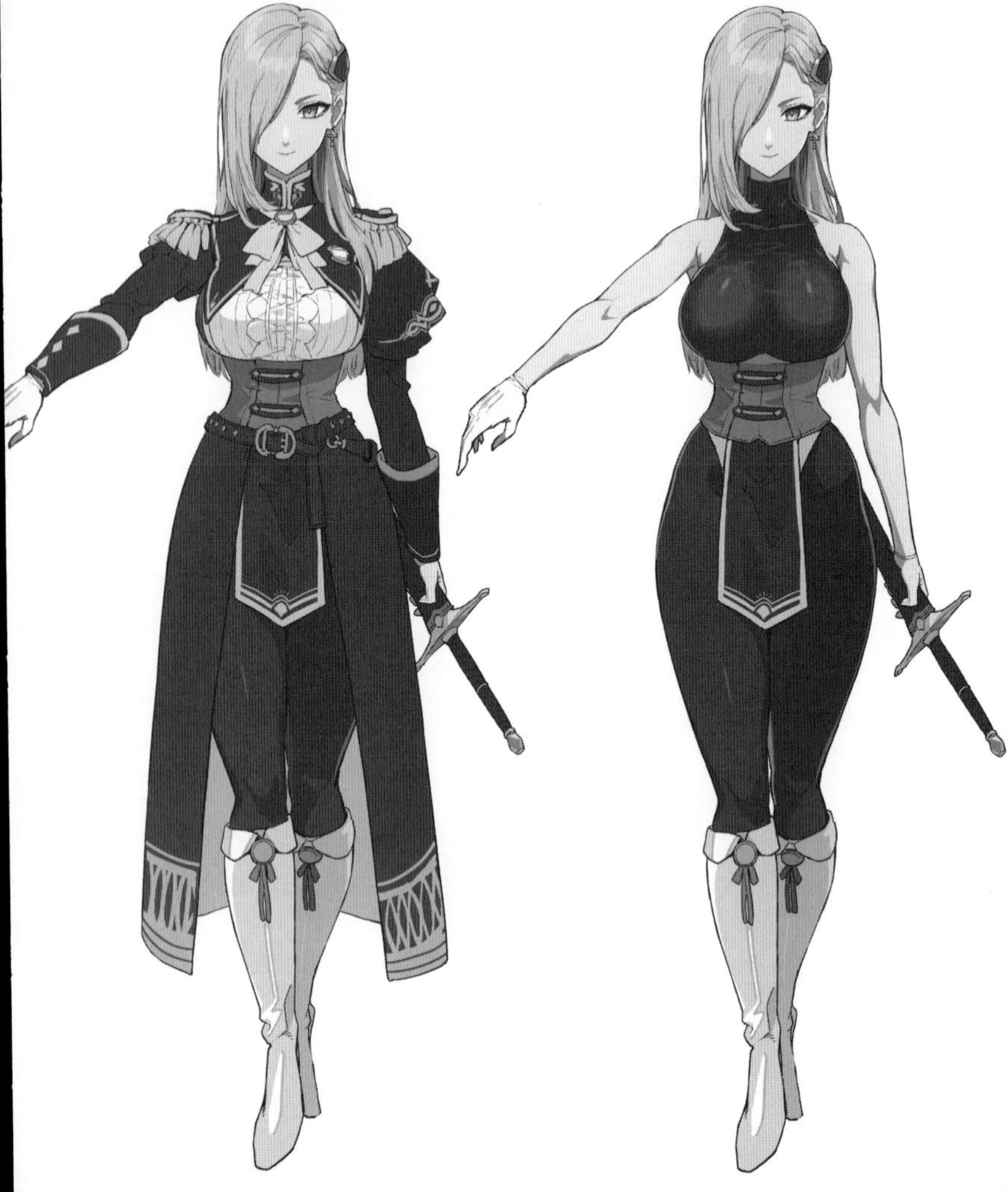

CHARACTER DESIGN

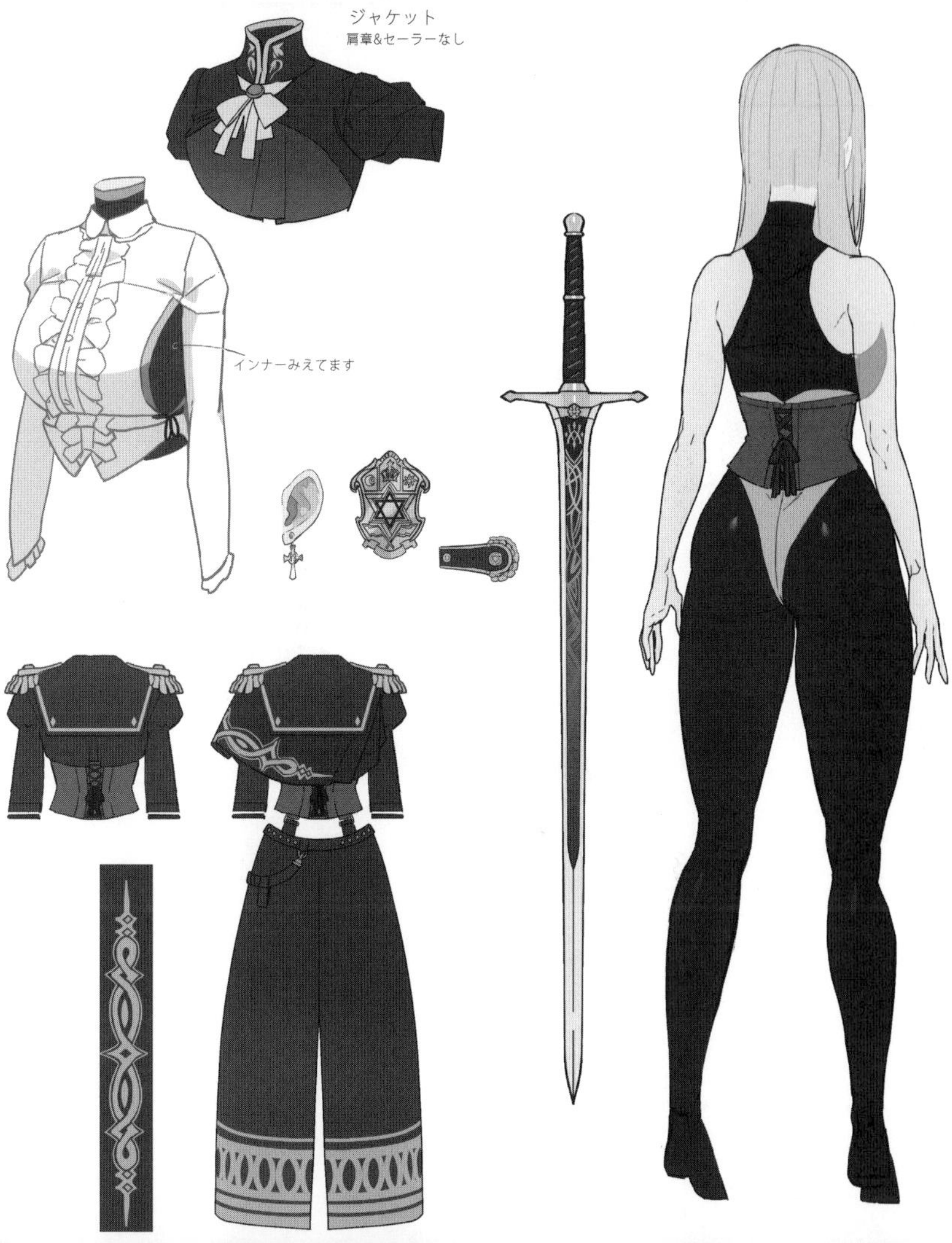

フェローニア&フロセルピア

アトラス

モブだけど最強《さいきょう》を目指《めざ》します！ ～ゲーム世界《せかい》に転生《てんせい》した俺《おれ》は自由《じゆう》に強《つよ》さを追《お》い求《もと》める～ 2

2024年7月25日　初版第一刷発行

著者　反面教師
発行者　山下直久
発行　株式会社KADOKAWA
〒102-8177　東京都千代田区富士見2-13-3
0570-002-301（ナビダイヤル）
印刷・製本　株式会社広済堂ネクスト
ISBN 978-4-04-683717-2　C0093

担当編集　姫野聡也
ブックデザイン　AFTERGLOW
デザインフォーマット　AFTERGLOW
イラスト　大熊猫介

本書は、カクヨムに掲載された「モブだけど最強を目指します!～ゲーム世界に転生した俺は自由に強さを追い求める～」を加筆修正したものです。

この作品はフィクションです。実在の人物・団体・事件・地名・名称等とは一切関係ありません。

MFブックス

MFブックス既刊

アラフォー賢者の異世界生活日記 ①〜⑲
著：寿安清／イラスト：ジョンディー
40歳おっさん、ゲームの能力を引き継いで異世界に転生す！

アラフォー賢者の異世界生活日記 ZERO ーソード・アンド・ソーサリス・ワールドー ①
著：寿安清／イラスト：ジョンディー
アラフォーおっさん、VRRPG《ソード・アンド・ソーサリス》で大冒険！

名代辻そば異世界店 ①〜②
著：西村西／イラスト：TAPI岡
一杯のそばが心を満たす温かさと癒やしの異世界ファンタジー

泥船貴族のご令嬢〜幼い弟を息子と偽装し、隣国でしぶとく生き残る！〜 ①〜②
著：江本マシメサ／イラスト：天城 望
バッドエンドから巻き戻された2度目の人生、今度こそ弟を守ります！

モブだけど最強を目指します！ 〜ゲーム世界に転生した俺は自由に強さを追い求める〜 ①〜②
著：反面教師／イラスト：大熊猫介
極めたゲーマーはモブキャラから最強を目指す!?

転生令嬢アリステリアは今度こそ自立して楽しく生きる 〜街に出てこっそり知識供与を始めました〜 ①〜②
著：野菜ばたけ／イラスト：風ことら
知識を伝えて、みんな自立して幸せになります！

竜王さまの気ままな異世界ライフ ①
著：よっしゃあっ！／イラスト：和狸ナオ
最強ドラゴンは異世界でのんびりライフを満喫……できるのか!?

無能と言われた錬金術師 〜家を追い出されましたが、凄腕だとバレて侯爵様に拾われました〜 ①〜②
著：shiryu／イラスト：Matsuki
仕事もプライベートも幸せ！ 凄腕錬金術師のリスタート物語♪

左遷されたギルド職員が辺境で地道に活躍する話 ①〜②
著：みなかみしょう／イラスト：風花風花／キャラクター原案：芝本七乃香
解き明かす者『発見者』のギルド職員、頼れる仲間と世界樹の謎に挑む——！

スキル【庭いじり】持ち令嬢、島流しにあう 〜未開の島でスキルが大進化！ 簡単開拓始めます〜 ①
著：たかたちひろ／イラスト：麻谷知世
島流しから始まる開拓ライフ!? スキルで楽しい島暮らし始めます！

勇者な嫁と、村人な俺。 〜俺のことが好きすぎる最強嫁と宿屋を経営しながら気ままに世界中を旅する話〜 ①
著：池中織奈／イラスト：しあびす
結ばれた二人と、魔王討伐後の世界。——これは、二つの〝その後〟の物語。

屍王の帰還 〜元勇者の俺、自分が組織した厨二秘密結社を止めるために再び異世界に召喚されてしまう〜 ①
著：Sty／イラスト：詰め木
再召喚でかつての厨二病が蘇る？ 黒歴史に悶える異世界羞恥コメディ爆誕！

「こぼれ話」の内容は、
あとがきだったり
ショートストーリーだったり、
タイトルによってさまざまです。
読んでみてのお楽しみ！

アンケートに答えて著者書き下ろし「こぼれ話」を読もう！

よりよい本作りのため、
読者の皆様のご意見を参考にさせて頂きたく、
アンケートを実施しております。

奥付掲載の二次元コード（またはURL）にお手持ちの端末でアクセス。

↓

奥付掲載のパスワードを入力すると、アンケートページが開きます。

↓

アンケートにご協力頂きますと、著者書き下ろしの「こぼれ話」がWEBで読めます。

- PC・スマートフォンに対応しております（一部対応していない機種もございます）。
- サイトにアクセスする際や、登録・メール送信時にかかる通信費はご負担ください。
- やむを得ない事情により公開を中断・終了する場合があります。